Alfred Döblins frühe Romane führen nach wie vor eine Art Schattendasein. Das liegt an der schwierigen, z.T. postumen Publikationsgeschichte. Es hat aber auch damit zu tun, dass sie in den gängigen literarhistorischen Erzählungen allenfalls als Vorspiel oder Cliffhanger taugen: Danach erst passieren die entscheidenden Dinge. Die vorliegende Edition von Döblins ersten beiden Romanen ›Jagende Rosse‹ (1900/01) und ›Der schwarze Vorhang‹ (1902/03) zeigt demgegenüber, dass man es hier mit genau komponierten, sehr reflektierten Texten zu tun hat, die sich bewusst vom Realismus des 19. Jahrhunderts absetzen und die mit ihren partikularen Perspektiven auf gesellschaftliche Rand- und Grenzgänger bahnbrechend für die frühe Moderne sind.

Alfred Döblin wurde am 10. August 1878 in Stettin an der Oder geboren. Nach dem Studium der Medizin arbeitete er fünf Jahre lang als Assistenzarzt und eröffnete 1911 in Berlin eine eigene Praxis. Nach der Veröffentlichung erster Erzählungen, darunter ›Die Ermordung einer Butterblume‹, erschien Döblins erster großer Roman, ›Die drei Sprünge des Wang-lun‹, im Jahr 1915/16 bei S. Fischer. Sein größter internationaler Erfolg war der 1929 ebenfalls bei S. Fischer publizierte Roman ›Berlin Alexanderplatz‹. 1933 flüchtete Döblin vor dem Nationalsozialismus nach Zürich. Die meiste Zeit seiner Jahre im Exil verbrachte er in Frankreich und den USA. Aus dem Exil zurückgekehrt, lebte Döblin zunächst wieder in Deutschland, zog dann aber 1953 mit seiner Familie nach Paris. Alfred Döblin starb am 26. Juni 1957.

Weitere Informationen, auch zu E-Book-Ausgaben, finden Sie bei www.fischerverlage.de

ALFRED DÖBLIN

Jagende Rosse

Der schwarze Vorhang

Mit einem Nachwort
von Sascha Michel

FISCHER Klassik

Alfred Döblin
Gesammelte Werke
Herausgegeben von Christina Althen
Bd. 1

MIX
Papier aus verantwortungsvollen Quellen
FSC® C083411
FSC
www.fsc.org

Erschienen bei FISCHER Taschenbuch
Frankfurt am Main, April 2014

Satz: Dörlemann Satz, Lemförde
Druck und Bindung: CPI books GmbH, Leck
Printed in Germany
ISBN 978-3-596-90466-2

Unsere Adressen im Internet:
www.fischerverlage.de
www.fischer-klassik.de
www.alfreddoeblin.de

Inhalt

JAGENDE ROSSE

Den Manen Hölderlins
in Liebe und Verehrung gewidmet

Glänzende Augen.

Junges Träumen.

Der Wind geht über Land und Gärten, rührt an die Gräser vor mir, summt auf, legt sich, lau und herbe. Mein Sinn spielt und hascht sich mit ihm; die Gedanken schweifen mir, jagen, vergehen, sind wieder da.

Bläst wieder auf, leis, – du, o du –.

– Die Äste wiegen sich; ja, wie ich in die Luft starre! So heraus gedrängt bin ich aus mir, hin zu – ? – Wohin nur? Vergessen und verloren bin ich.

Da lieg ich im kalten Grase und belausche den Sonnenschein und will ihn heimlich etwas fragen, – ich bin doch anders zu ihm als sonst, – fremder, so viel ferner.

Ich klammere mich auch abends an das Mondlicht und hege verträumt und atmend an der Erde: sie küssen mich nicht mehr, meine Schwestern und Brüder, meine Gespielen, sie lieben mich nicht mehr, und ich blicke sie doch an so verwandelt und lokkend, denn es grüßt sie zart aufblühend, überschwenglich, süß und schmerzlich etwas in mir und grüßt sie.

Ach, leise sind die Träume, die ich habe. Mich dünkt, daß ich von manchem um mir scheiden müsse.

Die weißen Wolken oben ziehen und schimmern zu mir herunter; – ist wohl ein Zauber, ein Zauber in der Luft, der bethört alles.

* * *

Es ist doch ein Wandel über mich gekommen; ja, so wund, so wund, so aufgerissen und aufgesprungen bin ich. Wonach drängt und tastet mein Herz, daß mir angst wird, wenn es dunkel anschwillt und sich weitet, nicht lassen kann? Wie in ein Märchen bin ich verloren. Die Menschen scheinen mir so matt, tot und traurig; ich sah sie nie so an. Und ich, – nun sind wohl zwei in mir, – ich taumle: bald lache ich und möchte doch schluchzen, und weiß nicht, was es ist. Was ist mit mir geschehen?

Ich träume nicht leise; das ist kein Träumen mehr: das sind doch nasse Thränen hier an meinen Händen: ein Narr und irr bin ich. Die Vögel kommen zurück, sie ziehen in ihr Nest; und mit Bitternis muß ich ihnen nachsehen, weil sie so sicher ihres Wegs ziehen und fliegen.

Traumvoll, in Thränen lallend.

Ach, wo bin ich? Wohin treibe ich?

Krank, krank bin ich, – und einsam. –

* * *

Wie es Herr über mich wird.

Bald zwitschert es in mir auf, bald singt es, daß ich zittre und mich dehne vor Überdrang und Schmerz; – vor Schmerz oder wie ich es nennen soll. Es wechselt und mischt sich in mir leise, wie lauer, herber Wind.

Mich lockt etwas und ruft mich. Es quält mich und läßt mir nimmer Ruhe.

Genug. –

– Ich bin müde, ich will schlafen. Und träumen, oh, wie gestern Nacht. –

Mit einem Stein auf der Brust habe ich dagelegen, die Augen weit aufgerissen. Um Hilfe will ich rufen und ich kann nicht die Lippen bewegen und niemand hilft.

Gerungen und gewunden in heller Angst.

Der Stein drückt auf die Brust, und da schreit es, heult wahnsinnig wie ein Tier.

Der Schweiß trieft von der Stirn; es bäumt sich. Und dann hat es noch gekämpft; die Arme sind heruntergesunken. Still, und der Stein drückt langsam die Brust ein, daß das Blut aus dem Munde bricht. Ja, alles lastet auf mir. Geöffnet und aufgebrochen bin ich ganz, und da flattert mein Sehnen hilflos in der Luft und ich starre in den weißen Sonnenschein.

Einsam bin ich. Heiß stürzende Thränen.

Ich frage nicht; was ist mit mir geschehen, sind das meine Hände, mein Haar, mein Kopf; ich staune nicht, daß ich mir fremd geworden bin; ich weiß nur, daß mich Schauer überkommen und daß sie mich fortreißen werden –, wohin?! –

* * *

Ich kann nimmer liegen.

Es hat draußen gewittert.

In mir geht ein Sturm auf; Schauer auf Schauer.

Ich muß die Angst abwerfen.

Hinaus.

Oh in die weite Mitternacht hinaus.

– Königstochter, jüngste, mach mir auf! –

Hastige, leise Tritte durchs Gras. Es bleibt stehen, es hastet weiter.

Die weißen Wolken ziehen an dem blauen Nachthimmel still vorüber: hell ist die Frühlingsnacht.

An einer Birke steht es und hält sich fest und legt den Kopf an die Rinde; schaut mit leuchtenden Augen auf den Mondschein. –

Es läßt den Baum los und stolpert weiter: Dann wirft es sich still in das Gras. – Der Wind kichert und weint durch das grüne Gras.

Lange –.

Streicht wie eine Hand über den Waldboden. – Es richtet sich im Gras langsam auf; ein verträumtes, klares, stilles Gesicht.

Horcht auf verlorene Töne nah und fern.

– Faß mich, – noch nicht, haha! –

Der Frühlingsmondschein blüht klar und innig auf der Wiese. Tiefblau und weit ist der Nachthimmel.

Das Haar bewegt sich im Wind. –

Es setzt sich auf einen starken Baumknorren in der hellen Frühlingsnacht.

Die Nüstern zittern, als ob sie etwas in der Tiefe der Nacht witterten.

Die Lippen lächeln glücklich und wild halboffen.

– Aus dem Munde kommt ein gurrendes, leises Lachen.

Es atmet auf, reckt sich, die Arme weiten sich.

* * *

Frühling!

Frühling!!

Frühling, Geliebter!!!

Ein Schwindel faßt mich bei den Locken, ein Schrei bricht aus meiner Brust. Selig, unselig, reckend, dehnend.

Du hast mich gesegnet, du hast mich gequält. Nebel gehen über das Land: das sind die Riesen, die Frühlingsriesen; die schreiten mit schweren Schritten in weißen Nebeln über das Land, bücken sich, reißen Erde auf, heben zum Licht. Ich will fliegen wie die Schwalben im Frühling, ich! Sie kreisen im Morgenlicht um mein Haus: bald geht die Sonne auf.

* * *

So tief und traumhaft will es mir über das Herz gehen.

So selig ist mir zu Mut, so trunken, brünstig, begehrend und verlangend, – frei lachend und lallend und sehnendheiß und hoch.

Mir ist wie einer Birke, wie einer sprießenden Birke draußen im Walde, die neigt und wiegt sich, als ob ein Gott in ihr erwacht und sich dehnt. Die hab ich wachsen gehört.

Sie surren auf, all die jungen, girrenden Säfte, quellen, überströmen, rütteln an das Herz der jungen Birke; erst verhalten, dann schmetternd und jauchzend, – da brechen die lustigen Frühlingstriebe auf und schlagen aus, wollen die Sonne locken.

Wie sie rufen: wach auf, wach auf –! Es ruft und singt und girrt in mir, webend, schwellend, pochend: Komm mir, komm mir, Sonne. Mein Herz verlangt dir und aller Weite und Höhe nach,

– strecke die Arme aus nach dir; du mußt, mußt mir kommen; hörst du, du mußt mir kommen. –

* * *

Langsam ist ein Gewitter in mir aufgezogen. Ein Gewitter trage ich in mir, das will niedergehen.

Es weitet sich alles um mich und blüht.

Ich sehe: eine neues Verlangen ist unter den Schauern in mir aufgegangen.

Daß ich Mensch bin, fühle ich, und verstehe es, und schauere darunter.

Oh weiter, weiter.

* * *

Oh Lust und Weite. Ungeduldig hebt es sich auf, auffliegen will ich. Wie ich ihm mit Sinn und Atem entgegenlechze; Lust will meine Glieder umspülen.

Du Hohes, Süßes, – Schmerzliches.

Ach was rührt mich leise?

Still hält mich eine Hand fest; es bittet etwas so dringend und klammert sich an meinen Leib. In der Stille, im Traume spricht mich heimlich eine Stimme an, daß ich all das Neue vergessen, verwerfen möchte und die Zähne zusammen beiße und die Augen fest schließe.

Ich habe wohl Angst um mich und Sehnsucht nach meiner Paradiesesstille und meinem Dunkel. Und ein Grauen steigt mir, und Entsetzen vor diesem Drängen und Quellen auf –.

Wie reiß ich mich los?

Ach hätte ich jagende Rosse, die mich forttrügen von aller Angst zu dir –; fort, fort von hier.

Und wenn es mich graut vor dir, so will ich dich; ich will dich haben, oh Weite und Sonne, Menschenleben, – so geb ich mich dir hin, ganz.

Ich habe dich gesucht; dir bin ich geweiht; ich will es, ich will es.

Zerrissen das Gitter; abbrech ich nun alle Brücken, damit ich frei stehe.

Ich bin nicht mehr ohne dich; du wirst mich von mir erlösen – mit deinem letzten Grauen.

Dein letztes Grauen, – sieh, mein Herzblut schreit nach dir; mir ist bang nach dir, oh du.

Ach, nimm mich hin!

Verschling mich!

* * *

Das wogt und braust und brandet.

Rauschen und Gischen; Sausen, Murmeln und Flüstern; Flüstern, Rauschen, Brausen, Aufbranden. Sie schlagen bis an den Himmel hinauf und hinein, sie lecken an den lichten Sternen, die Wellen.

Ihre grünweißen Kämme umschlingen Menschen mit starken Armen, mit lohenden Augen, zerrissen und zerwühlt das Antlitz in zuckendem Bangen, Bangen.

Es wehen goldene Weiberhaare; quellende Glieder, sich dehnend und sehnend; Gelächter aus sonnigen Gesichtern und heißes Schluchzen. Dazwischen Ächzen und Brüllen aus qualvoll verschnürten Kehlen. Verschleierte Qual und bitter verzerrte Münder.

Und überall Röcheln, Zanken und Zucken, Angst brechende Blicke.

Die Wellen fluten an, schwellen, höher, höher. Jetzt heult es auf, schlägt auf, – sieh, sieh, es greift mit der Rechten nach dem funkelnden Sterne, umfaßt ihn schon –. Unten Donner, Brüllen.

* * *

Das Leben singt um mir mit tausend Lippen.

Es duftet um mich mit Würze, Mandeln und Leidenschaft. Und wie eine Riesenorgel klingt mir das Leben. All das zu atmen, zu trinken, bis zum Grund auszulechzen.

Die Sehne gespannt; und wenn sie auch bricht, was tut das? Ein

Mehr ist besser als ein Weniger; Sterben, das Springen und Tönen der Sehne ist besser als zehn Sehnen, heil und lose. Brich aus, mein Blut, vertropf dich nicht! Ach, eine Riesenmauer, aufgetürmt bis an den Mittag der Sonne, bis zum Äußersten, Letzten und dann ein Block von oben und zerschmettert die Stirne; – ach daß es keine Götter giebt, uns zu verderben.

Blumen und Kränze umschlingen mich. Ach, der Duft und die Wonne.

* * *

Liegen Kränze auf meinem Haar?

Honig liegt auf meiner Zunge.

Ich bin kein brausendes Gewitter; ein milder Balsamregen bin ich, und mein Herz ist voll und trunken von purpurner Lust und Wein. Lust will sich durch meine Adern gießen.

Ach laßt mich singen das hohe Lied der Lust. Ein süßes Gedüft ist mein Blut und Sinnen, ein Opfer mein Lachen und heimliches Träumen, herzlich dir willkommen. Mein üppiger Mut und blühendes Frohlocken ist eine blutigrote Rose in deinem Haar. Und ich will dein Geliebter sein.

Ich sehe dich lächeln.

Was strahlt die Sonne über das Land?

Wie ich sie liebe.

Sieh die Himmelskönigin, die liebe Frau, sie hat sich mit blauer Seide geschmückt. Ihr Brüstlein, die Sonne, scheint aus der blauen Seide hervor: damit tränkt sie die Erde und den Tag.

Ströme von Wonne wälzen sich ausgeschüttet und dröhnend über die Erde.

Blumen, Musik und Tanz.

Mein helles Auge sieht über die Erde hin, über Menschen, Wälder und Äcker. Wohin ich schaue: reckende Arme.

Oh Himmel und Lust und Leben.

* * *

Meine Locken wallen leise. Meine Stimme bricht verhalten aus der Brust.

Leben, ein Tollen und Lachen, ein Aufbrechen aller roten Wunden.

Ein himmlisches, schmerzlichsüßes Verbluten.

* * *

Ein Mensch bin ich; das machte mich einmal glücklich, und jetzt bin ich trübe.

Gar zu eng ist der Becher, aus dem ich trinke. Nur ein Mensch bin ich.

Könnte ich dahin, wohin mein Verlangen drängt, ach könnte ich hin zu den Quellen dringen, mich drängen zu den Lippen, von denen alles Leben fließt, Zauber und Träume und Wunder, Glück und Sehnsucht, die brünstige Gewalt, und mag sie mich auch, wenn sie will, gleich fortnehmen. Dann möchte ich gesättigt werden; von den Lippen möchte ich *allen* Honig saugen. Ausdürsten will ich *alle* Brüste und Quellen; die Sonne, der Mond und die Sterne, die sollen leuchten in meiner Brust.

Die Menschen wandern und treiben ihr Geschäft, die einen froh, die andern unglücklich; mit Hast und Leere leben sie; sie arbeiten sich müde und traurig und streichen sich vor dem Sterben verwundert die Stirne, selbst fragend und auf eine Frage lauschend. Denn ein Rätsel ist die Sonne und Erde; keiner hörte die Fragen sein Leben lang, die sie stellen und – selber sind; den Menschen scheint vieles zu klar. Mehr Dunkel für diese Menschen.

Ich spüre, ich bin nicht wie sie.

Was ist mir das Leben, wenn ich nicht nach dem Höchsten, Lockenden greifen kann?

Die Arme strecken und in Lust vergehen.

Von dem blauen Himmelsgewölbe strömt alle Lust und Kraft, fragen, singen, rasen alle Rätsel.

Schwing dich, meine Sehnsucht.

Eine Leiter will ich ansetzen, den Nacken an das Gewölbe

gelegt, aufgereckt, daß die blaue Himmelsdecke zerbricht und jubelnd hineingestiegen in den ewigen Reigentanz.

Die Leiter, ach wo finde ich die Leiter? Die Leiter zu meinem Ziel? Ach, ich will nicht nur träumen von der Himmelsleiter. Mein waches Leben drängt doch so inbrünstig, still und feiervoll hinauf, wie eine qualenlose, heilige Flamme.

Flamme will doch zu Flamme: Flamme muß doch zu Flamme. –

* * *

Hoch und still leuchtet der Tag.

Aus blauen Himmelsfernen schwimmt Leid über meine Brust. Ich liege auf duftenden Blumen, ich wiege mich auf schwellenden Ähren.

Ein Palast schimmert oben mit Springbrunnen und hohen Palmen, und glänzt herunter.

Weh wird mir.

Die Strahlen spielen goldigrot um mein Haar und Haupt und sind ganz ausgebreitet über mich.

Dort hinten neigt sich die Sonne; die Wiesen und Seen leuchten. Nach dem Bronn des Lebens verlangt es mich von ganzem Herzen und ganzer Seele.

Die Strahlen spielen goldigrot um mein Haar und Haupt. –

– Es kommt doch strahlend auf mich zu, in purpurnem Lichtglanze.

Sieh –.

Auf weißem Rosse, die Arme weit ausgebreitet und die Haare flattern wild im Wind, reitet es, jagt es; ja es naht mir, – du meine wetternde Lust, du mein singender Schmerz. Ein süßer Heiland kommt auf die Erde.

Ah, – mit meinen Armen umschling ich dich und halte dich, hosiannah.

Deine Augen flammen Tod; dich lieb ich.

Wie deine weichen Brüste sich an mich drängen; deine glühenden Lippen, – o gieb. Daß du zu mir kamst!

Bist eine Erinnye, ich glaubs; singst so sinnbetörend, sinnverwirrend: Mir brichst du das Herz nicht.

Lausch: ein Brausen und Lachen in der Luft; das ist Hochzeitsmusik.

Schling ich und winde ich um unsre Nacken dein Haar, so sind wir eins. Laß uns Arm um Arm geschlungen auf unser Schloß jagen. Wenn ich dir sagen, dir jauchzen und schluchzen könnte, wie mir ist.

Sie brechen auf, die roten Herzblutwunden der Sonne, in Purpurströmen wallen wir auf, – ein Königsmantel liegt auf dir und mir. Ich höre Fanfaren.

Der lichtüberflutete, strahlende Himmel; still ists in unsern Seelen.

Engel, mit Gliedern sich goldig dehnend in Trunkenheit, mit Wangen zart wie die Morgenröte, die Augen voller Strahlen, sie blasen in Drommeten.

Die Sonne versinkt.

Die Sonne versinkt.

Das Licht will verlöschen.

Ich seh dich nicht mehr und unser Schloß nicht mehr; aber ich fühle, du bist bei mir.

Ruhig wird meine Seele. Sie schwingt sich träumend in Dämmer und Dunkel.

* * *

Geheimnisvoll und köstlich weht die Nacht. Wie die Blumen auf den Feldern duften. Der Nachtwind streicht durch die Luft, über Gräser und Blumen, lispelnd.

Blauschwarze Nacht ruht auf allem; atmet; löset still das weiche, süße Haar.

Die Flur regt sich wohl im Glück der Nacht, schlummertrunken, traumvoll und gurgelt ein tiefes Lachen und schaut mit ruhig klaren Augen auf zu dem Glanze, in die weite, segnende Offenbarung.

Die Blüten entfalten sich im Dunkeln; ich spür es, wie sie linde und aller Heimlichkeit vergessen sich öffnen.

Tiefes Duften, lustvoll und stark erhebt und senkt sich; nach blauer Ferne quillt diese Flut, – nach der still auch mich verlangt. –

Ich bin hingenommen in das Summen und Weben, verloren und verwirkt. Oh Feier und Fest, oh Nacht voll schwellend dunkler Früchte, voll Trauben und Wein, nun löst sich mir schluchzend deine süße Schönheit und giebt sich hin. Nun ich deinen Atem trinke, bist du mein.

Dort hinten schlafen jetzt die Menschen, die armen und traurigen; und ich ihnen enthoben kann leben; ich lebe, denn Lust und Schmerz ist ein Atem, – auch Schmerz –, Atem, der tief und satt und gottesvoll ist, wie deiner, du Atem der Nacht, der mir Segen, Frieden und Stille haucht. Deine Schönheit öffnet sich mir: so will mein Herz dir sagen, ich danke dir, du liebe, aber laß mich, und ich werde wohl von dir gehen. Von Reichtum und Glück drängt es mich weg, weiter, weiter. So weit schweifen meine Sinne, zu weit, – fast schau ich schon herab auf mein Glück –.

Ich bin kein guter Freund, oh du.

Ein Lispeln ist in meiner Brust, daß ich an mein Kindesleben denken muß, das ich längst zurückgelassen habe, – an mein versunken Leben, versunken in einer großen Frühlingsnacht.

In meiner Brust wird es nun still und heimlich und weh. Ein blauer Teppich mag sich auf mich senken. Ach, meine Seele bedarf der Ruhe.

So weit schweifen meine Sinne.

Ja, die Sonne ist gesunken; sie kommt wieder.

Oh Ruhe, Ruhe. –

Gesenkt und ausgestreckt in Stille.

* * *

Gesenkt und ausgestreckt in Stille. –

So liege ich.

Wie ein grünblitzendes Gewand wogen die Gräser.

Kühl weht der Morgenwind, der liebe Freund. Er streichelt meine Stirne zärtlich rauh, als wollte er mich gar trösten.

Mich schauerts –.

– Ha, – du –! – Da stehe ich und lächle verloren und leer in die weiße Luft hinein.

Steht alles so kalt und farblos im Morgengrauen da und schläft noch, starr.

Wann wird es denn warm und licht? Es soll Tag werden.

Hört, ihr feinen, die ich fast liebe wie Menschen, – etwas lächelnd, ich gestehe, – Hyazinthen, Violen, Thymian, seid ihr so vertrocknet, daß ihr schlimmen keinen Glanz und Honig habt?

Der Bräutigam der Lust bin ich. Ihr bin ich vermählt, der ungetreuen Braut, wenn ich mir auch wie vergessen die Stirn strich und fragte, manchmal, fremd und fern.

Ach, was wie Gekicher und verhaltenes Gezwitscher in meiner Brust aufschlägt, das ist kein Spott über dich; die Arme breite ich nach dir aus; ich rufe dich, die Erde wieder süß und lebendig zu machen.

Ach, ein süßes Gedüft ist mein Blut und Sinnen. Eine rotblutige Rose mein Lachen und Träumen, ich bin die Harfe in deinen lieben Händen, ich bin die Harfe in deinen lieben Händen. Schon wird es so warm in der Luft.

Ein Traum von Rosen haucht zart von ihren Lippen. Ein Atem geht durch die Luft, den trank ich oft, ein Klingen und Beben, das ist das purpurne Blut des Lebens, das ist die Seele des Lebens, die zu mir Bangem wieder kommen will.

Nun geht mir der volle Strom um Stirn und Gesicht –.

Das Licht spielt um mein Gesicht.

Gegrüßt –.

Warm ist die Sonne. Mir sinken die Hände; – still steh ich in dem Glanze da. Meine Stirn fühle ich wie ein Fremder an. Mein Herz, du willst dir etwas verbergen. Kühle und Ruhe steigt in mir auf.

* * *

Kühl wird mein Herz und ich kenne mich nicht mehr.

Du Süßes, du Tiefes, Gewaltiges, ihr goldenen Lippen, ihr duftenden Blüten, oh meine Geliebten. Ach, noch einmal kommt mir, laßt mich nicht irre werden an euch und an mir.

Sonnenkränze dacht ich, hätte ich mir geflochten, aus reifen Blumen, immer grün, und jetzt bin ich arm und verlassen. Ich wußte es ja immer, du, du Süße und Inbrunst bist es, die das Leben einzig begehrenswert macht, wert des Atmens und Blickens, und fühle es jetzt doppelt innig in meiner Trübsal und Wirrnis.

Und soll ich, auch ich zum Menschenvieh werden, das sein Leid und Elend schleppt und stirbt? Ich dachte, ich hätte Besitz von euch genommen ganz und gar, ich hielt mich für eins mit euch, und gelassen und klar sehe ich in das Sonnenlicht und fast ist es, als ob das Süße in mir stürbe.

Nicht Lust und Glanz ist jetzt in mir, und so bitter bin ich. Das Licht flackert manchmal in mir auf, erlischt bald, nebelverloren, in Dunst und Wirrsal.

Kälte und Flüstern und Schrillen und Pfeifen, keine goldenen Harfenlaute wie früher, oh –.

Verlaß mich nicht.

Ah, du mußt mir ja kommen, mein Inbrünstiges, Geliebtes, daß ich meine Seele wieder fühle; du; gewiß, du mußt mir kommen; laß mich nicht in Angst, laß mich nicht versinken; denn ich fühls, ich versinke.

– Was sprichst du? Was ist dir? –

Weiter, weiter jagen wohl meine Rosse; ich bin kein guter Freund.

Mir ist, als ob wilde Gewässer vorüberrauschen. Rauschen vorbei; das Gewitter zieht ab.

Ich schaue doch kalt auf das Vergangene, wenn ich ihm auch nachbegehre, manchmal, wie einem bunten Traume.

Über den Gewittern.

* * *

Fluten langsam ab, die Gewässer, die Frühlingsgewässer.

Mein Sinnen schweift weit, schweift weit, seine Schwingen und Schleier hoch in die Luft werfend, traumhaft verloren hoch, daß nur dann und wann ein Ruf mir verloren an das Ohr schlägt. Wie es über alles lacht, lacht und sich spöttisch wiegt in der Höhe und über sich selbst höhnt, daß Angst und tiefe Trauer über mich kommt.

Seltsam und grauenhaft klingt das Lachen, und doch sehne ich mich, es zu hören, dennoch muß ich es hören; denn mir ist, es klingt gut; – es sei mein Bestes, was da all meinem Leben höhnt. Oh still. –

Was war das alles? Wo bin ich gewesen?

Ich ruhe wie von einer Jagd, und ich war das Wild auf der Jagd. Mein Blut hat mich gehetzt; es ist ein Sturm über mich weggegangen, wie ein Blatt im Winde flog ich, daß ich jauchzte: Ein blühend Gedüft ist mein Blut und Sinnen. Oh du Narr, du Puppe, du – Mensch. Wie alle auch im Rausche taumelnd, in einem großen Rausche. Und die Erde dreht sich, die Sonne scheint und die Blumen, die blühen; die Lüfte atmen und die Nachtigallen schluchzen, nur weiter; Herbst und Winter und Kälte und Frühling, immer weiter, vorbei, vorbei; unstät und flüchtig soll ja alles sein; eine breite Bettelsuppe, ein bitteres, seltsames Lied. Das Gestern ist tot und das Heute ist tot und das Morgen ist bald, bald tot; was strecke ich nach ihnen die Hände aus?

Wo bin ich gewesen all meine Zeit? Ja dort, bei der Frau Königin, Schmerz und Lust ist ihr Atem, in seliger Knechtschaft, in Niedrigkeit, die nur ein Mensch fühlt.

Wo bin ich gewesen?

Wo bin ich gewesen?

Ach gieb mir Ruhe: so schließ mir doch einer die Augen –. So trostlose Fragen quälen mich.

– Dunkel, tief und schwer fließt das Wasser. Hoch, hoch auf der Oberfläche grüne, rauschende Schnellen.

Eine Sehnsucht erhebt wie eine Fee ihre weißen Hände. Mit stillen Augen.

* * *

Zusammengreifen, zusammenraffen.

Der Tag verrinnt, der Abend kommt und wird vergehen. Der Herr hats gegeben, der Herr hats genommen, der Name des Herrn sei gelobt.

Und süß sind die Nächte: da huschen die Gedanken wie Hunde um alles Vergangene, stöbern Gräber auf, gehen, kommen, suchen. Horchen wie eine Mutter, der das Geliebteste in den Abgrund gefallen ist und die in den Abgrund hinunter schreit.

Zusammengreifen, zusammenraffen.

Meine Seele will Zwiesprache mit sich halten; ich vergaß es lange, mit ihr zu plaudern. Ich, – wie das klingt. Was haust in mir? Was fragt hier? Sie streckt ihre Arme aus, meine Seele, und die weißen Hände ringt sie, daß mich ein Grausen überkommt. Aber der Tag verrinnt, die Blumen duften, leis singen die Vöglein heute, – das starrt mich an und klingt mir so fremd unheimlich. Was sind Vögel und Blumen, was will das alles, ja was will das alles?

Die Wellen sind mir über den Kopf geschlagen, vergessen habe ich etwas; so habe ich mich vergessen. Ich habe mich gesehnt nach Lust und Wonne und Blumenduft; ich hasse den Tag, ich hasse dieses Narrenglück, ich fluche mir, denn nun ist die Sehnsucht über mich hereingebrochen, das dumme Verlangen nach Schaum und Blut; ich habe es wachsen lassen in mir, jetzt ist es erstorben, aber es wird wieder aufblühen, mich bindend an Menschenlust und Menschenschmerz. Oh satt bin ich, satt, satt bis zum Ekel.

Ich habe etwas verloren, was ich nicht wieder finden werde, wenn ich auch in den Abgrund horche und schreie und die Hände ausstrecke. Mir ist, ich habe mich verraten und geschändet: – Oh jetzt schlafen, ja schlafen zu können wie einmal, sich zu recken, weit; zu schließen beide Augen fromm, kindesfromm, nichts hören und nichts hören.

Sind das meine Hände, meine Finger?

Fremd bin ich mir worden.

Wie ein verklungenes Schmerzenslied, – blaß, mit aufgelöstem Haar erhebt es sich. Mit geschlossenen Augen; – es weint und schluchzt und kann sich nicht lassen.

Schluchzend; strömende Thränen. Mit aufgelöstem Haar.

Der Alltag bewegt sich ringsum.

* * *

Der Wald lockt und rauscht.

Schwingen entfalten und weit hinweg fliegen.

Die Waldluft ist rein.

Leise, hold und rein wie eine duftige Waldesblume ringt ein süßes, altes, ertrunkenes Gefühl auf. Von dem Grunde des Herzens quillt es auf, will langsam alle Sinne überströmen. Es will die Gewalt abwerfen, atmet und schaut zwischen die Bäume, als ob es von da Hilfe erwarte.

Des ganzen Leids bewußt breitet es die Arme aus.

Zart webt der Wald.

Überwältigt sinkt es nieder.

– Mein Paradies, mein Kindesglück, dich habe ich vergessen; ich habe dich verloren; so öffne dich mir doch wieder, nimm mich noch einmal auf. Umschlungen will ich dich halten, will dich nicht lassen. Ich habe dich ja geliebt, geschlürft in die letzten wonnigen Heimlichkeiten meines Lebens hinein. – Was ist mir geschehen?

Zart webt der Wald.

Ihr süßen Singvögelchen; oh Mutter, Mutter, streich mir die Angst von der Stirn; manches thut mir weh!

Was weinst du?

Wieg mich wieder in deinen weichen Armen. Das beste wärs, Mutter, ich stürbe bald. Ich bin so schmutzig, so schmutzig, – ja starre mich nur an.

Zu tief bin ich verloren; wohin ich mich sehne, kann ich nicht hinauf, niemals, niemals, niemals. Seid still, Kinder, ihr seid vergiftet, mein ungeboren Leben, mein träumendes Hoffen und Sinnen. Mein Leben ist hin; ihr dürft mir nicht fluchen, ich bin ja selber mühselig und beladen; genug, übergenug zum Zusammenbrechen trage ich. Und ohne euch kann ich nicht mehr leben. –

Zwischen den Bäumen ist es still.

Es dunkelt.

Zart webt der Wald und wiegt und dehnt sich im Winde.

Auf den Ästen schluchzen und jauchzen Vögel, lang und süß.

* * *

Bleich zieht der Mond herauf.

Da schwärmen und stricken die feinen Fäden weit über das Land.

Blütenstill steigt die Nacht vom bleichen Mond herab; auf klaren nebelnden Fädchen steigt sie voll Erbarmen und Liebe zu den Menschen herab.

Ihre goldenen Gewande wallen leicht.

In zartem Mondesflimmer huscht sie und küßt die Stirn von Menschen, die sich heimlich und in Milde halten.

Nach ihr bangt, was am Sonnenlichte gequält wurde und sehnt sich nach ihren still umfangenden Armen und ihrem weichen Munde. Wie gesunkener Blumen waltet sie der unterdrückten Seelchen; alles Verschwiegene öffnet sich ihr, selbst die herzlich süßen Stimmchen der Ungeborenen klingen ihr vernehmlich. Sie schwebt in flüsterndem Schleier zu Angst und Traum; die schimmernde Frau schaut am Lager auf ein qualverzerrtes Gesicht.

In Heimlichkeit steht sie lange.

Sie löst ihr Gewand an der Brust auf.

Es trinkt und murmelt im Schlaf: »Mutter!«

Sie bricht in Schluchzen aus.

Denn alles ist Kind zu ihr und möchte sich ausweinen im Schoße unsrer heimlichen Mutter Nacht. Sie läßt es nicht geschehen wie im Märchen: die ungeborenen Kinder schreien und sterben, die Mutter aber ist schön; es fließen die roten Herzbluttropfen, nur zu, nur zu; und wenn das Herz tot ist, wenn alle Lieder verklungen sind, jene Lieder, die in der Nacht in den Ohren summen und schluchzen, wie ungeborene Kinder, dann ist man schön. Voll Erbarmen und Liebe für ihr Geliebtes gießt die bleiche Frau im zarten Mondesflimmer flammendes Gift auf das Ungeliebte. Sie hebt das Gesunkene und Ungeborene, daß es aufdrängt und brennt.

Mit Grauen und Höllenpein segnet unsre heimliche Mutter.

Und die Hölle steigt selbst in die Brust des Gesegneten hinab. –

* * *

Ein Höllenbrand ist in meiner Seele aufgegangen, – haha, Hilfe, ihr lieben Menschen.

Verloren!

Wohin jetzt? Ihr lieben Menschlein, zu Hilfe! Zu euch, die ihr ein Narrenspiel tanzt, wo ihr wiehert. Ach, ich sehe, in Kot und Gestank wälzt es sich; Fressen und Saufen, das sind ihre heiligen »Menschenrechte«, das ist mein Recht gewesen. Im Kot bewegt es sich, das ist ihr Element; in wiehernder Wollust zeugt es Kot; Schmeißfliegen, die sich gatten, wo sie sich finden, in allen faulen Lüften.

Nur Duftwasser darauf: so haben die Dichter Stoff, sich zu begeistern. Ihr lieben Menschen! Kommt nur heran; – oh vergessen willst du dich; – wenn der Leib sie kitzelt, so nennen sies Liebe: ha Überschriften, ein Königreich für Überschriften für meine armen Menschen und – für mich! Mein Leib sehnt sich nach Ruhe: wie soll ichs nennen? Weltschmerz, Weltschmerz, haha.

Überschriften, Überschriften.

Mich könnte ein süßer Traum erlösen, ein Pulver für meine seelischen Magenschmerzen; ich muß jetzt sterben, denn ich fühls ja; daß ich verderbe. Gebt mir ein Kissen zum Schlafen, etwas Religion zum Schlafen.

Ha, geht mir fort von meinem Leibe; an mir, an meinem Leibe

klebt es und brennt mich. Ich kann nicht zurück, verdammt bin ich, verdammt mein eigenes Gespenst zu sein. Ach, Verfluchtes, du Erdenschwere, du Lust zu Sonne und Mond und Blüte, du Schaum und Abschaum, du giftige Lockspeise, du Schmutz, Ekel und Gestank, du eingefleischte Lust, Geschwür, das mich verdirbt, du Fäulnis, – ich hätte sie ausbrennen müssen, ich hätte meine reine, freie Seele retten müssen, – ich fluche dir, ich speie dich an. Denn verloren bin ich durch dich; auch ich, versunken auch ich. Jetzt gilts die Qual zu fressen, fluchbeladen zu Grunde zu gehen.

* * *

Ich bin irre gefahren. Soll ich mein Haus bestellen?

* * *

Kalt und bleich.

Vorbei. Der Schwindel läßt mich schon. Ich wäre fast verirrt. Der Trost hat mich fast verlockt zu sterben.

Mir graut es nicht vor den Gespensterkämpfen.

Erwachen. Der Schmerz hat mich befreit.

Das schaukelt mich nicht mehr, spielt mir nicht mehr über das Haupt hin.

Ich weiß, ich gehe nicht zum Leben, aber ich gehe auch nicht zum Sterben.

Ich bin siech, meine Seele ist krank.

Stille, stille –.

Weiß wie die Schneefelder daliegen, blütenweiß –

Aufgehen, aufgehen muß ich in wehem Lichte bis ich so blütenweiß bin, rein und heil. Bei den Menschen lasse ich alle Angst und Lust; ich war ausgegangen ein Königreich zu suchen und habe eine Eselin bei ihnen gefunden, in ihrer Welt.

– Laß sie ruhn.

* * *

Was so verloren in mir lebt und zittert: ich spürs, es ist nicht zu spät. Ich träumte. Retten will ich mich, – mir ersterben, leise mich heimrufen.

Unter Schmutz liegt es begraben; die Lider sind verklebt. Es ist halbtot und regt sich kaum; vergessen, weggeworfen, nicht geachtet, – meine Seele, meine Seele.

Was so blütenrein in mir lebt und zittert, von dem Schmutz, der Schwere und Angst sich lossehnt, sie ist es; sie schaut weh und bitter zum Lichte auf wie ein Blinder, – meine Seele, meine Seele. Das ist die Sünde, die ich gefühlt hatte, gleich, vor langer Zeit, als die Wasser so süß rauschten.

Denn eine Sünde giebt es, wie sie auch darüber lachen, die Sünde gegen die eigene Seele.

Durch alle Thore ist es auf sie eingedrungen und hat sie gelockt und wollte sie niederwerfen. Und wenn die Seele unterliegt, dann schreit sie um Hilfe, um Hilfe: das ist die Unrast und der Schmerz. Ich habe die Sünde begangen, Schmerz ist in mir. Ich höre den Hilferuf; es ist nicht zu spät. Die Thore, die schließe ich nun; heim rufe ich meine Seele. Wenn ich sie von Qual und Lust aufrichten dürfte, Schale um Schale, Hülle um Hülle abzuwerfen!

Eingehen zu dir, – du, oh komme heim.

* * *

Nun wird es still in mir.

Vieles schweigt in mir; das üppige Singen und wilde Schmerzen verstummt mählich. Das tolle Gewucher, das Frühlingskraut nun geht es still zu Grunde: war zu schwach; ich spiele nicht; seine Zeit ist um.

Vorbei.

Keine Lust ist in mir; nur im Stillstand, in Fäulnis ist Lust; das Steigen schmerzt, und – schließlich schweigt so Lust wie Schmerz.

Ich starre nur hin auf das Leben, auf das geheimnisvolle heilige

Leben, daß ich es ganz erlöse, rein und frei, – meine Seele, meine Seele.

Ihr opfere ich alles; es ist wenig: aber laß mich zu ihr.

Ich enttauche schon langsam der Enge und sehe ruhig hinunter. In Wechsel und Wandel brauen da Hoffnungen und Begierden, Schmerz und Lust; sie steigen wie ein Rauch in Wechsel und Wandel auf, drängen auf die Seele ein, beflecken sie, betäuben sie, ein wirrer Spuk.

Wechsel und Wandel: die Erde dreht sich, die Sonne scheint und die Blumen die blühen, die Lüfte atmen und die Nachtigallen schluchzen; der Tag verrinnt und Herbst und Winter und alles verrinnt, – ich strecke danach nicht die Hände aus. Wechsel und Wandel, das große Kinderspiel, das sie so ernst spielen, was ist das? –

Manches bist du, aber ein Kind bist du nicht. –

Der Tag leuchtet, die Wolken dehnen sich, – was habe ich mit alledem zu thun?

Was habe ich mit Sonne und Mond zu thun, mit Tier und Pflanze und Mensch, Wachsen und Welken und Vergehen?

Der geboren ist, der sterben muß, bin ich nicht; ich habe mich verirrt, um – wieder heimzukehren da ich es sehe.

Mir ist, als wäre meine Erdenkindschaft nur ein Traum, ein toller Spuk.

Wenn ich jemals zurückkehre in die verträumte, verspielte Welt, wenn ich jemals Schmerz und Lust zu ihr empfinde, so will ich mich nicht kennen, will ich von mir verlacht und verachtet sein.

So banne ich mich selbst, so wehre ich mir dies Weiterschreiten. Zurückfallen.

Hülle um Hülle sinkt schon von mir.

Weiter.

* * *

Todesstille.

Wandrer, Weiterwandrer.

Die Hunde bellen noch um mich, Lust und Schmerz.

Ich habe zum Tändeln keine Zeit; Leben und Sterben, was ist mir das?

Ich bin gewandert, ich wandre weiter.

Es dämmert leise.

* * *

Nun bin ich frei von Erdenschmerz und Erdenlust. Kalt bin ich, aber in mir regt sich etwas wie unter Eis, ein Leben und beginnt heimlich aufzublühen.

Es schwillt und atmet, überirdisch, leise, – es ist, als ob tief innen eine Musik anhöbe, ein tiefes Summen im Baum; eine stille dehnende Kraft will wieder Sprache gewinnen, – die Seele, die Seele.

Es zieht mich, daß ich zittere. Mir ist so seltsam, so eigen.

Wie ein Fliegen aufwärts, nach innen, langsam, unverwandt. Zu einem Sterne, so weit verloren.

Mir ist als ob ein Arm aus den Wolken herablangte, als ob es mich lächelnd aufhöbe zu sich.

Neigte meine Stirn und küßte mich.

Es ist schon tiefe Dämmerung.

* * *

Löst sich der Schmetterling aus der Puppe? Mich überkommt diese Milde, dunkel und voll und tief, und bricht tief wie Blut aus der Traube hervor.

Das Atmen der Seele füllt mich aus, webt wie zagend und will mich durchströmen voll und schwellend, gewaltig und nimmt mich ganz hin. – Das Leben, das heilige, reine Leben atmet wieder in mir, – von dem ich abgefallen bin, ich wie alles, – zu dem ich wieder heimkehre. Zu der Quelle bringe ich mich heim; nun hebt auch schon die Seele auf; nun ahne ich fast, was ich fast verloren hatte.

Und ist verträumt, bekannt und kindesheimlich. Ich breite ihm die Arme entgegen, – ich bin rein. Wie bin ich geworden, wie habe ich gewandelt! Vom irdischen Leben bis hierher.

Ein Lied von Traum und Sehnen hob es an; von Schauern war ich überströmt, voll Angst und Grauen, ungeduldig wie ein zartes Füllen. Ein Frühlingsgewitter ist gekommen, da wirft es von sich, was drückt, und stürmt dahin in Übermut, in Kindesherrlichkeit, in Jugendpracht.

Mein Blut hat geschmaust; es gab ein Gastmahl: das war ein Fest. Ach.

Und träumend und verwirrt saß das Seelchen zu Gast. Sie streichelten, badeten es fast in süßem Wein und Lust; sie setzten ihm Kränze von Blumen auf das Haar, von duftigen Blumen; ich wußte nicht, wo ich war, – so jung und berauscht saß ich. Sie wollten das arme Seelchen prellen und es glaubte ihnen. Bis das Fest aus war und die Seele sich umschaute und weinte.

Ich muß lächeln über die Übermütigen. Ich bin ihnen nicht böse: sie sind doch ganz, was sie sind. Sind besser als die Klugen und Geistreichen, als die Reifen und Abgeklärten, die Krone der Menschen, die unter ihrer Leere nicht einmal leiden; die allem verzeihen, weil sie nichts lieben; die ihr Leben heiligen müssen – aus Armut.

Ich denke ohne Bitterkeit an sie zurück; ich möchte die Kinder noch segnen, bevor ich gehe.

Die Sterne gehen auf.

Die Sterne gehen auf.

Das heilige Leben atmet in mir. Ich will bald den letzten Wanderschritt gehen.

* * *

Nacht.

Atmet tief. Die Augen strahlen ruhig und groß.

– Oben im tiefdunklen Blau wandelt es, – einsam.

Nun bin ich frei.

Abgefallen von Gott, abgefallen von den Menschen, abgefallen von mir.

Nun stehe ich allein und kettenlos, ungefesselt von Vaterliebe, Mutterliebe, Kindesliebe. Die Sterne wandeln, und unten die Menschen können leben und an sich und ihre Träume denken.

Ich konnte es nie verstehen, daß der Mensch nichts als leben soll, daß es ihm wohlergehe und er mit seinen Kindern sich nähre auf Erden. Wie armselig ist das Menschenglück; die begnügsamen in ihrem Ameisenhaufen! Durch allen Lärm der Erde habe ich es gehört, das heimliche Weinen. Nimm die Angst und Enge von mir und mach mich rein und frei, – erlöse mich. Nach der Mutter weinte es, die große Mutter, die alle vergessen haben, die Ewigkeit, – die Ewigkeit, – die Ewigkeit.

Meine Heimat.

Was mir geschehen, das letzte will ich wagen. Versunken ist die Welt, aufgegangen, eine andere. –

Langsam heben sich die Arme und weiten sich ruhig den funkelnden Sternen entgegen. Von meinem Blute seid auch ihr, von meiner Mutter Blut; seid meine Schwestern, meine Brüder.

Oh, bald bin ich bei unserer Mutter.

* * *

Ein Schleier sinkt vor meine Augen nieder, daß ich nicht sehe, nicht Licht, nicht Stern.

Was dunkelt in mir auf? Und nimmt mich hin? Ihr blühe ich entgegen, die meiner harrt und wartet, die nach ihrem Kind verlangt, süchtiger und süchtiger, so süchtig –.

Du Mutter, deren Knie meine kalte Wange schon berührt, mein ewiggeliebtes, dem ich von Anbeginn verfallen war, du lausche nur stille auf das Stammeln deines Sohnes, um deine bleichen Lippen, den alten, sehnenden, sehnenden Zug. Zu dir komme ich und sterbe, während ich dich grüße.

Ich höre den Gesang aus ihrem Munde, schwer, unermeßlich, feierlich, den Atem von ihrem Munde; der mich langsam, gewaltig fortreißt, daß ich mich verlieren und vergessen soll. Mir graut es, mir graust es fast vor dieser tiefen satten Fülle, der ich mich so ruhig entgegendehne und -spanne. Wie Fäden und Stricke ziehen mich. Entgegendehne, hineinwachse ich wieder in meine Ewigkeit, es zieht mich hinein: oh dieses Schweigen, das sich durch meine Seele senkt, wie soll ich es nennen?

Wurzelsicherheit durchreckt sie, Wurzelsicherheit! – Ach, wo ist die Gewalt, die sie zerstören könnte; was kann sie nun noch fürchten, was soll sie hoffen?

– Es flüstert nur noch, es lispelt; ich muß lauschen.

Es zieht mich nach innen, in ein schwarzes, so weitweites Meer.

Oh. Nach, nach.

Das dunkle Wasser liegt still.

Untertauchen, daß die Wellen lautlos über dem Kopf zusammenschlagen.

Lautlos versinken.

* * *

Ich recke mich und frage leis.

Es blüht und umschlingt und hält mich, daß ich träumen muß –.

* * *

Wohin starren meine Augen?

Mir grauts. Wie vergessen bin ich.

Was verberge ich das Gesicht in den Händen?

Oh, die Seele in mir ist wach und blüht –, wie blüht es in mir! Das ist kein Blühen mehr; das ist wild und süß, ein heimlich stilles Aufschießen, Sprießen und junges übernächtiges Wuchern. So tief in mir ist Inbrunst; wenn es still mich durchgiert und leise in mir auflächeln will, so ist es die alte Lust und Süße wieder.

Spürst du, wie es in dir schluchzen, jauchzen und locken will, dich umschlingt und schmeichelt, flüsternd: Sei mein. Ich fühl es, zitternd und bebend.

Die alte, begrabene Welt, – noch ist sie nicht tot; sie steigt mir noch einmal auf. Ich bin nicht rein, mich hält sie noch fest. Sie wollen mich noch nicht loslassen, die Bluthunde; sie jagen nach mir, schlagen heimlich die Pranken in mein kaum geheiltes Herz, rütteln und wühlen an meiner Seele, hungrig, wie im Todeskampfe, mit glühendroten Zungen, triumphierenden Lichtern!

So soll meine Seele doch noch verloren gehen, noch einmal, gerettet und verloren?

Nein.

Nach soviel Qualen, so nahe dem Ziel, – ich komme zu Ende.

Lodert auf, wird verlöschen. –

– Was birgst du das Gesicht in den Händen?

– Du, – oh du –!

* * *

Ich bin wie gefangen und will mich leise losreißen aus einem Zauberkreise.

In dich starre nur hinein, immerzu, und frage: wo ist Menschliches an mir? kam ich nicht ans Ende? und lausche wieder –; sing doch ein lautes Lied, daß die Angst dich nicht faßt und du nichts weißt, ja, ja: – Ein Stern stand in der Nacht so weit –, Ihm schauerte mein Sinn entgegen – und war ein süßer Duft in mir.

– Starr und träume nicht so. Und birgst wieder das Gesicht in den Händen. Es ist nicht gut, daß du so grausam und entsetzlich fragst.

Weh mir, laß mich los!

Was ich gerungen habe nach meinem Heiligtum, umsonst ist alle Mühe gewesen, umsonst. Singe! Du! – Jetzt willst du dir die Ohren zuhalten, und träumst und starrst – wohin? was spürst du in dir schluchzen und jauchzen, oh was ahnst du und gestehst es nicht? –

Ich will es dir sagen; ich muß es dir ja sagen, was du weißt und nicht gestehst, nun sollst du mich hören, ja, – aber es ist nicht wahr! – Du sollst dir nicht die Ohren verschließen; Wort für Wort mußt du mich anhören, – oh, oh, – sollst nicht stammeln: Genug, – ich habe schon zu viel gelitten; du wirst es thun wollen.

Sieh, sieh auf dich. Die alte Welt lebt in dir wieder auf?

Wie kam sie in dich? Erst jetzt? Du!

Oh jetzt, wo meine Seele blühend aufgegangen, ist mir, als wenn heimlich in mir jenes alte geblieben, als wenn die Lust in meiner Seele aufgeblüht sei, die alte Lust, und still in mir träumte, über mich lächelte, heimlich, heimlich ungesehen! Doch nannte ich sie nicht Lust.

War nicht Lust in jener Nacht? Was war die Nacht hoch und groß; ich duftete und berauschte mich an ihrer Hoheit und träumte mich hinweg über mich: das war doch Stolz und Glück, was ich fühlte, und flog – hinaus in die Ewigkeit –. Wo flog ich hin, in meinem Herzen ein hohes Glück. Wie mein Blut fessellos und frei strömte und fast verströmte, und meine Seele sich weitete, da hob ich mich zu verschwiegenem Entzücken und schwelgte und sog an süßen Lippen Seligkeit aus dem Ewigen – Süß und eng, wie von Mutterliebe, Vaterliebe und Kindesliebe, war deine Lust, – gesteh es nur ein.

Wo bin ich gewesen?

Ich bin niemals frei und blütenrein geworden, rein um die Mutter zu erlösen; blütenrein.

Das ist die Blüte: von Gastmahl zu Gastmahl bin ich geeilt, – du mußt es hören, – zu neuen, zauberhaft feinen Genüssen und Schwelgereien. Ein Gewand warf ich meinem Erdendrang und seiner Gemeinheit um, um ihn vor mir zu heiligen, weil ich ihn sonst scheute.

Die Lust, ja der alte schwellende Stolz lockt mich in überirdischem Gewande, wonach er maßlos frech gegriffen hat. Die Lust hat mich gelockt, sie, nur sie; ich habe ihr das Gewand geglaubt, und habe *sie* umschlungen! Der Lust und dem Schmerz bin ich vermählt; der Bräutigam der Lust bin ich, – oh du altes begrabendes Leid –; einmal habe ich mich ihr hingegeben, nun bin ich gebunden an die Erde.

Ich kam nicht zu Ende. Die Blüte ist aufgebrochen. Umsonst war die Sehnsucht gesehnt, umsonst streckt meine Seele weh die Arme aus, – ich sollte sie nicht erlösen, auch ich nicht; umsonst, Mutter –! Oh Mutter!!

* * *

Was schlage ich die Hände vors Gesicht?

Ich bin ruhig, ich will ruhig sein; ich weiß ja, daß ich träume.

Du quälst dich so grausam, du lieber Narr. Ja, ja, ich bin frei und kalt; noch lebt meine Seele, und meines Lebens Schiff, von einem Sehnsuchtssturm getrieben, von der Windsbraut meiner Sehnsucht zur Mutter hin, meiner wilden, wahnsinnigen, innigen Sehnsucht jagt tanzend – wohin? Zur Heimat, zu der Ewigkeit.

Das ist kein Traum, wonach mich so glühend heiß, so weh und dürstend, ungeduldig, hoffend und wartend verlangt.

Alles Lebens Sinn hängt an dieser Kette; sie muß fest sein die einzige Kette.

Oh fahr zu, zerscheitere und vergehe, mein Leben du! –

Haha, ha, – oh mich packst du wieder. Laß mich los. Horch auf dich und lausch.

Dein Begehren ist wild und sehnsuchtsvoll, du fühlst es, – dazwischen schluchzt und jauchzt die Hölle, nein ich selbst. Ich spür es. –

– Klar bin ich auf einmal

Was betrüg ich mich?

Vorbei.

Es ist vorbei.

Und als das Kind geboren war, da war es kein Heiland; da war es ein schmutziges Bettelkind.

Die Seele, die Ewigkeit –.

Es ist kein Begehren, das nicht irdisch wäre; ich habe mir einen Kelch bereitet, so tief und süß und voll, wie je Menschenstolz und -hochmut getrunken hat, den Kelch der – »Ewigkeit«, und – sah es nicht.

Mein Geist taumelte mit meiner Seele Arm in Arm, so trunken von ihrem Wein. Ich schwebte und verschwebte, selig, körperlos, ins Endlose; ich atmete Duft, der von keinen Blumen kam und ich war Musik, die von keinen Saiten klang.

Verstiegene Lust und Tollheit, du lieber Narr, wie sie dir ziemt, ist das; das sind Blasen, die aus dem Wein deines Verlangens aufstiegen und dich mit ihrem Schillern taumeln machten und berauschten.

Was spreche ich von Ewigkeit? Was weiß ich von Ewigkeit?

Damals sind mir die Träume unter Schauern und Wehen gekommen; ich war gejagt und gehetzt von Ekel, ich mußte mich retten. Ruhe und Kälte that mir not; ich mußte mich heben von mir selbst, von Schmutz, Leib und Ketten. Da habe ich mir ein Flügelpaar von Lügen geschaffen: ich flog auf und war mir entwendet und vergaß mich. In ihrer Angst hat sich meine Seele, mein Leib, eine neue, »bessere« Welt gebaut, du Weltschöpfer, du. Es war eine köstlich hohe Komödie.

Inzwischen blühte die Kraft wieder in mir auf, so wild, so üppig, bis mein kluger Geist es merkte, der kranke, matte Geist, mein kluger Geist. Aber ich, – ich war ja gerettet.

Gerettet –!

* * *

So war ich gerettet.

Und wozu gerettet?

– Entsetzliches Träumen. – Nein, nein, in welchen Wahn verstricke ich mich tiefer und tiefer. – Gerettet, um gerettet zu sein?

Es ist nicht Ewigkeit, kein ewiges Ziel, kein ewiger Sinn; wie kann ich sein, wenn ich nicht in Schranken und Grenzen bin? Ich fühle mich: blühende Kraft loht doch in meinen *Gliedern*; nur in der Enge und in den Dingen lebt das Leben, ja, – aber weiß ich auch, wohin ich nun jage, wohin ich – falle? Faß ich es auch ganz?

Ich will langsam und still noch einmal alles denken.

Wenn ich nur geträumt habe, wenn, wonach ich langte, nur

Rauch ist und Nebelgestalten und Irrlichter, die aufhuschten und schwirrten auf dem Teiche meiner Not, dann – haben sie Recht, in Wechsel und Wandel. Aber, was – was soll dann alles, wozu lebe ich dann?

Wozu lebe ich?!!

– Wie du dich umschaust, wie du dein Lachen vergißt!

– Wozu lebe ich? – Mach jetzt schnell die Augen zu, fest, ich sage dirs; jetzt gilts nicht hören und nicht sehen. Sing doch, laut, laut! Ich sage dir, sing oder schreie! –

Meine Augen sind hell, ich begreife nicht.

Ich träume.

Das kann ja nimmermehr wahr sein.

Still.

Oh, ich will alles aufgeben, mich beugen, mich beugen vor wem auch immer; ich will alles, mein Stolz und Leben, mich vergessen, – nur das nicht.

Es ist alles nur eine Anfechtung, eine Einflüsterung. Ich bin bleich und gequält, gequält und kann mich nicht lassen, – das kann ja aber nicht wahr sein. Mich schwindelt –; wie mich Wahnsinn sanft rührt, wie mich das Entsetzen herzinnig streichelt. Meinem Leibe bin ich nachgerannt, es – war nichts; – das Ende!

– Es ist nur Sonne und Erde und Tier und Mensch, die sollen sich anstarren –! Sie sollen sich nähren und wachsen und sterben –!

– Was wird aus mir?

– Ich muß hinabsteigen.

* * *

Aber jetzt will ich erst wie ein Bergmann in meine Seele hinab. Ich klopfe an alle Kammern und frag: Was krampft mich so zusammen? Was weine ich, was schluchz ich, was schreie ich? – Ich sehe klar und immer klarer, mich hat keine Anfechtung jetzt heimgesucht, sondern mich hat eine verlassen.

Eine Lüge ist von mir gegangen, war sie auch süß wie Nacht und Mondlicht, – auch groß war sie; wohl trauern darf ich um sie wie um irgend etwas; wohl ist das ein furchtbares langsames Erwachen.

Eine Lüge war es doch, und doch weint es in mir; – weil ich nicht mehr fliegen soll, weil mir die Flügel gebrochen sind; weil nichts da oben und da hinten wartet, weil ich gefangen in einem Käfig bin, aus dem sich auch keine Hoffnung, keine Sehnsucht, kein armseligstes Verlangen je retten und stehlen kann. Nur Meer und Erde und Himmel und Luft. Ich darf nicht darum trauern, nicht so darum trauern; denn das ist kein Schmerz mehr, der in mir wächst, das ist Wahnsinn, Erstarrung und Qual, die in mir aufheult und sich aufreckt durch mein ganzes Wesen.

So ist dieser lügnerische Drang, dieses Langen nach dem einzigen Höchsten lebendig in mir, herrscht und will nicht sterben.

Es hat mich von Wahnsinn zu Wahnsinn getrieben.

Ihm habe ich alles, fast mich selbst geopfert. Dieser heilig-unheiligen Eiche, die sich ruhig dehnend und wachsend alles zerdrückt und erstickt hat um sich herum, dieser Lüge, dieser fleischgewordenen Lüge.

Wie ich es hasse: so betrogen zu sein!

– Oh, jetzt sollst du bestes, du glücklichstes, du tiefstes in mir, du selbst etwas fühlen. Für alle Qualen, die du mir gebracht hast, räch ich mich jetzt. Den Stolz will ich dir brechen.

Sollst nicht lachen, sollst nicht tanzen, sollst nicht glücklich sein.

Jetzt fress' ich mich in meine Tiefe wie in einen Schacht und glühe mich bis zum Grunde aus. Wenn es kein Ewiges giebt, und nichts oben oder unten liegt und deiner wartet, woher nimmst du deinen Adelsstolz?

Wie alles Gemeine in mir willst du, du Fürst und Herrscher, nichts als Schmerz und Lust und Gewalt und kannst nichts anderes wollen; gemein auch du. – Im Rausch habe ich immer gelebt, im Rausch und entlegenem, schwelgerischen Entzücken; Rausch: *das* ist das Höchste, wonach ich gegriffen habe –. Und daraus wuchs mein Stolz heraus, wuchs ich selbst, – aus einer Lüge.

Es ist nichts Ewiges, Hohes. Ekel und Enge ist bei den Menschen. Aber auch du, das mich schluchzen und fast zerbrechen läßt, du bist nicht, was du heuchelst.

Gladiatorenspiele, Komödien spielen meine Seelchen in mir, weil das Anstarren von Wald und Himmel gar zu langweilig wäre.

Ein Schauspieler bist du, der beste Hansnarr in meiner Gesellschaft, und Tragödienspieler; ein Schauspieler auch du. –

– Es ist nichts Ewiges, Hohes; Ekel und Enge ist im Wechsel und Wandel: so blase ich alles in die Luft.

Nichts!

Nichts.

Nichts.

Alles zerfetzt und zerfressen. Seifenblasen.

– Und weil mich nun das Lachen ankommt: ein Wort im Vertrauen zu dir, meine Seele, da wir nun einmal so süß miteinander plaudern. Warum ist mir die Ewigkeit versunken, warum habe ich sie verlacht und das tiefste, glücklichste in mir gemordet und mich so mit den Zähnen in mich verbissen?

Du weißt es, – ja.

Das ist die tollste Unterhaltung und Selbstbelustigung, die ich mir jemals gegeben habe.

Mein Schauspieler, bravo, bravissimo!

* * *

Und darum Alles?

Ein großer Aufwand schmählich ward vertan.

Himmel und Erde und Menschen, um sich tot zu gähnen. Wie blödsinnige Kinder spielen wir mit allen Dingen, die uns in die Hände fallen, und uns Geburt und Land und Freund in die Hände rollen lassen? Und das beste Spiel nennen wir das höchste; und was uns sagt, es sei Ernst und kein Spiel ums Leben, das ist auch heilig? Das ist ein leises, hastiges, entsetzliches Wirken und Selbstbetäuben, – nun sehe ich, – nach Selbstvergessen ringt es, manchmal hohnlacht es aber.

Zwischen Himmel und Erde sind wir geworfen; seht nun zu, was ihr anfangt: ihr seid geboren; genug, daß ihr seid.

Elend, elend sind wir; wir wollen es nur gestehen.

Und wen eine dunkle Ahnung überkommt, eine dunkle Ahnung, der – mag verrückt werden, nur bald!

An irgendeine Himmelsecke lügt es sich einen Nagel, nur um leben zu können; da klammert es sich fest; – erlogen ist alles; leibhaftige Lügen und Poesien seid ihr Menschen: das ist das letzte, das ich euch zu sagen habe.

Eine Hure, eine bunte, freche Hure ist das Leben; wen es so mit toten Augen dann anschaut, der schreit und heult vor Wut, daß er sich hat äffen lassen.

Den Kopf stecken sie in den Sand, nichts zu hören, nichts zu sehen und verbeugen sich davor, daß sie geboren sind. Und spielen weiter Leben.

Ich könnte ihnen zur bloßen Posse den Heiland spielen und sie dann auslachen, aus bloßer Tollheit, – aus bloßer Verzweiflung. Ja, lausche nur und horche, du brennende sengende Sehnsucht.

Das ist das Hier, nach dem ich mich einmal so gesehnt und gewunden habe, und dem ich jetzt wieder in den Busen greife, ins Gesicht speie. Das Leben riecht mir nach einer verzweifelten Narrheit; wie von einem faulen Geschwür ist der Geruch, das ausgestochen werden muß, schon längst mußte. Eine Narrheit ist deine brennende Sehnsucht nach Weisheit.

Eine Narrheit mein Denken, und ich –, ich selber –.

* * *

Genug, genug, ah übergenug.

Vorbei.

Es ist alles vorbei. –

– Stille Stunde komm.

Du von allen Thorheiten du holdestes: Vergessen; Sterben.

Du dunkles, ruhiges, köstlichtiefes senk dich über mich wie ein schwerer ausgebreiteter Teppich. Wenn doch ein Blütenregen über mich fiele, weicher, rieselnder Blütenschnee weich, so reif, überreif: das wäre ein guter Ausklang, wie jene hohen köstlichen Nächte.

Vom Wein des Lebens, der gemischt ist aus Leid und Qual, oh so tausendfach wilder Qual, bin ich so trunken, so trunken, so verzweifelt trunken. Nun umschling mich langsam und stark. Spül mich hinweg, in brünstigen Wellen, Tröster! Ah –, still. Oh dunkle, grüne Fluten. Deine Haare schwimmen mir voll ins Gesicht; umschlingst mich. Ich danke dir.

– Sterben; ich will sterben.

Die alte Sehnsucht in mir ist es, die so herzinnig singt, – die alte stolze Sehnsucht, die ich selber – war. Sie schluchzt: ich kann nicht leben in Menschenenge und Angst, ich kann ja nimmer so leben und muß mich retten.

Ach, du hast dich nie, nie nach anderm als nach Irdischem gesehnt und hast es nur geglaubt – und jetzt –.

Du solltest lachen, daß ein Traum, ein wirrer Traum dir erloschen ist; aus der Erdenangst giebt es keine, keine Rettung für dich.

Du irrst dich, oh du irrst dich, meine Sehnsucht.

Was willst du also gehen?

Wohin willst du gehen?

Du?

* * *

Wohin?

– Die Vöglein sitzen auf den Ästen und wiegen sich. –

Zwischen Himmel und Erde.

Hinauf und hinab.

Wohin?

Ich finde mich nimmer zurecht; – ich liege und liege.

Blühend ist das Leben in mir aufgegangen und schüttelt an meinem Herzen; laß schütteln, laß drängen; ich weiß nicht, wohin; ich finde mich hier nicht zurecht.

An die Sterne habe ich gerührt, und lächle hier und liege und träume.

Schwüle senkt sich durch meine Adern. In meiner Seele spannt sich heimlich etwas und wird sich wohl weiter spannen; – oh wer gab mir solchen Bogen und kein Ziel und keine Sehnsucht und keine Lust am Menschenleben und Schmetterlingsglück.

Es giebt, es giebt nur Augenblickglück und -ziel: wer läßt mich darüber lächeln und vergehen? Soll ich aufspringen, ihnen etwas Geliebtes morden, etwas Heißgeliebtes und sie dann küssen und lachen und weinen? Oh meinesgleichen und mein Blut!

Aber ich rufe und mir antwortet nichts. Ich weiß nicht, warum ich lebe; was geh ich mich an? –

Mein Wissen: ist das Wissen?

Was ist Wissen, wo keine Wahrheit ist?

Lüge und Wahrheit: vergebliche Worte.

Ich bin es gewesen, ich mit meiner Sehnsucht und Not, der sein Glück und sein Verderben so geschmückt und geschändet hat; – was ich bin, das kann es mich lehren.

– Ein Mensch! Ich!?

* * *

Ich hob die Hände vor das Gesicht; ich dachte, ich wollte auflachen und nun quellen mir die heißen Thränen durch die Finger.

Das ist ein endloses Sterben, worin ich liege; eine Leere, unersättliche Leere.

Die Vögel wiegen sich auf den Ästen, hinauf, hinab. Mir singen keine Nachtigallen im Herzen, auf meinen Lippen ist kein Honig; aber Drängen und Angst ist in mir, bang und gierend; mir ist die Brust so voll und berstend, leer und voll, breitende, weitende, schluchzende Überfülle. Wohin lenk ich meine Rosse?

Ich habe kein Verlangen zu Wechsel und Wandel, und da ist doch mein Heil und mein trostloses Elend. In solche Not bin ich gekommen.

Ja, wenn du jetzt leben willst, mußt du dir Lügen schaffen, eine

Lüge, ein Spielzeug; Scheuklappen für deine Augen und Begierden, daß sie nicht auf die Sterne sehen, nur gerade die Erde anstarren, wie Menschenaugen zu thun pflegen. – Verflucht mein Wissen, meine Sternennarrheit. Was Lügen! – Lichtstrahlen und Farben ist alles: wo lebt doch die Lüge, wenn die Wahrheit gestorben ist? So ist es doch: ein wilder Lebensbronnen springt, der sättigt alles mit Licht und taucht die Welt in Tinten, daß sie glüht und sprüht oder schimmert und lächelt und hoch atmet, wie die Seele atmet und leuchtet, in Sonnenlicht oder holdseligem Mondesflimmern oder Sternenglanz.

Wie meine Seele leuchten mag, die den Tod gebiert, aus der nichts Lebendiges quillt?

Oh wer bist du, meine geliebte Seele?

Wessen Seele bist du?

– Ich will mir die Schweißtropfen von der Stirne wischen, ich – nackter Mensch. –

Ich kann nicht, ich kann nicht leben wie die Menschen, in Tag und Nacht, in Glück und Qual, Lust und Verzweiflung, Essen und Trinken und Schlafen. Das kann ich nimmermehr. Zu tief habe ich es verachten gelernt.

Und wenn ich mich ihnen wieder hingebe, so werden wohl Gespenster auftauchen: ein müdes Lächeln, ein Achselzucken, ein Kopfschütteln wie über ein ewig unbelehrbares Kind, so werde ichs fühlen, wie der Wurm in dem Holze weiter nagt, bis es von selbst zerfällt. Von einem Wurm ist nun mein Leben gestochen; ja, morsch bin ich.

– Ich lieg und vergehe.

Über meine eigenen Füße stolpere ich wieder, und zerquäle mich selbst.

Ich sehne mich nach keiner Musik; ich weiß nichts von Sonne und Ewigkeit, ich weiß nur, daß sich langsam in mir etwas aufbäumt in Jammer und heißem Grauen; ich weiß nur, daß ich zu Ende mit meinem Wissen bin, und daß es mir nichts genützt hat.

So darf ich nicht liegen.

So darf ich nicht liegen!

Hinaus in die Nacht.

Wohin?

In die atmende Nacht.

* * *

– Irrlichtertanz.

Still!

Hinter dem Wald verkriecht sich der Mond.

Auf den Hügeln liegen Menschen, schwarze Leiber; sie schlafen mit starren Gesichtern, sitzen vornübergebeugt. Zerrissene Kleider; zusammengepreßte Lippen.

Der ist wohl zusammengebrochen. Ein Krampf hält das Gesicht verzerrt.

Was quält euch?

Für all euer Leid, für alle Wunden wüßte ich ein Kraut, – süße Heilung: was kümmert ihr euch um euer Freud und Leid? Was geht ihr euch an?

Ein süßes falsches Wort; es ist gut.

Ach gäbt ihr mir euren Schmerz dafür.

Der Wind streicht ihnen das Haar aus dem Gesicht. – Da lugt er über die Bäume – der Mond; geht fort.

Der Narr fürchtet sich vor meinem Gesicht. Ich thue dir nichts für das, was du bescheinst und mich sehen läßt. Denn ich kann dir nichts thun; es hülfe mir auch nichts. Komm wieder. – So; ich danke dir.

– Mein Kopf und meine Schauspieler wollen sich in Betrachtungen ergehen –; das ist der rechte Ort dafür, die wahre Spükezeit der Nacht ists. Hm, nur zu. –

– Wie hell der kalte gelbrote Schein daliegt. So sah ich ihn schon einmal an; als ich damals nicht wußte wohin.

Es sind Menschen. In Angst leben sie, die auch in mir jetzt gärt, in Lebensangst; aber sie sind glücklicher, – (Kommt es auf das

Glück an?) Ich sehe durch ihre geschlossenen Lider in ihre Augen und in ihre Herzen.

Es ist kein Schmutz auf dem Grund ihrer Herzen. Macht das der Mondschein? Es kann auch der Mond alles reinwaschen.

Ihre Züge sind hart, ihr Herz ist stark und schwellend.

Eine große Not wächst in ihren Herzen, wie in mir, so blutigrot. Keinen Trug sehe ich, auch keine Wahrheit, – sie wissen nichts von Wahrheit und Lüge. Spiel und Tand, – vor ihnen wird alles zum Ernst; vor diesem Verlangen ist es kein Spiel.

Das weiß ich; das ahnte ich schon; nur ich schaffe Lügen. –

– Entsetzen steigt in mir auf.

Es ist kein Rausch, der sie betäubt, es ist keine Lüge, worauf sie sich stürzen, – aber heraus aus ihrem Herzen wächst ihr Verlangen so stark und gewiß, und bricht heraus so stark und innig mit dem Ziel und Sinn ihres Verlangens und wiegt sich sicher in der Luft.

Ja, so leben sie, die Unschuldigen, die ewigen Kinder, mit heilem Mark, stark und ungebrochen.

Es blüht nichts wonach ich langen soll? Sie wandeln wohl wie Sterne, die sich selbst schwingen und kreisen aus eigenem Gesetz, frei, ohne Antrieb.

– Ich lachte über sie.

Was durfte ich über sie und ihr Glück lachen? Was bin ich gegen sie?

Ja, seh ich mich jetzt? Die Farben *meiner* Seele, *meines* Bronnens? Eine lohende Flamme, ein Flackern und Verlöschen ist in meinem Herzen; ein leichter Brand versengt mir die Stirn.

Ihr Herz schwillt auch stark; sie sind Eichen mit festen Wurzeln.

Laß immer den Mond auf ihr Gesicht leuchten: sieh in dich selbst! Oh meine Augen.

Oh Stunde des Grausens und Erkennens.

Krank und siech bin *ich*, wie eine zarte Blume, die im Treibhause knospet, schwach, blütenlos, unfruchtbar mit bleichen, wächsernen Sprossen.

Voll Ohnmacht, die über sich selbst fällt, voll Unruh und Zweifelsangst bin ich, so war ich ja immer; keinen Rossen gleichen meine Begierden; sondern Hunden, die sich anfallen und verbeißen. Meine Seele wirft sich hin und her und zerfließt, irre an sich selbst, und sucht und jagt sich selbst; ruft: wo bin ich, – aber ich finde mich nie und nimmermehr.

Ich zerfresse mich selbst; ich muß meine süßesten Gedanken zernagen. Ein zersetzendes Gift, Gift wie von Fäulnis, wächst in mir: oh, wer mir das aus dem Gehirn reißen könnte. Der Fluch, der Saft der träufelt auf alles, was ich anfasse; was mein Mund berührt, hat sterben müssen, muß sterben, so süß und glücklich es auch sein mag, so lieb ich es auch selbst habe. Da birst mir die ganze Welt vor Ekel; angespien, begeifert hab ich sie –.

Lügner, Schauspieler, – du betrogener Betrüger, wie hast du dich geäfft!

Zu matt, zu schwach um auszubrechen, auszuschlagen, zu wachsen, bettet sie sich auf einen Traum – meine Seele, haha, »meine Seele.« Berauscht und versenkt in sich, sucht sie Heilung und spricht sich im Traum heilig und heil, – die arme Seele.

Wollüstig streckt sie die Arme nach überschwenglich süßem Taumel aus, die Mienen von einem scheuen Glanze überzuckert, in überschlagendem Entzücken: ein metaphysischer Narr, ein Selbstgenüßling, ein hündisches Tier, das seinen Ausbruch und Kot frißt und käut und endlos wieder käut; ein »ewiger« Mensch, der zu schwach für starken Wein ist und sich keinen Rat weiß, weil ihm ein armseliger Lutschpfropfen genommen ist, ein ewiger, ewiger Mensch.

Ach, brich mir den Ekel, den namenlosen, schwachsinnigen vor der Menschenseligkeit, dem Staubkornleben, – haha, – oder gieb mir mein Verlangen zu sterben wieder.

Ich trage Begier nach der alten Sonne, und Blumen und Glück. Satt bin ich meiner; meine Gedanken möchte ich ausbrechen.

Zur Erlösung will ich; bin ich, nur ich ausgeschlossen von ihrer Welt!? Von unsrer Welt! – Schrei nur nach Erlösung, du – süßer, lieber pathetischer Narr, *du* hast das Leben gespielt. Traum ist dir alles gewesen, schwerer Traum und nur sie leben und ringen in ihrer weiten, und starken Luft.

Hast Leben gespielt und hast nun verspielt.

* * *

Das weiß ich nun: es ist umsonst.

Mir winkt keine Erlösung.

Ich habe mein Leben verwirkt.

Umsonst harre ich, umsonst wühlt Qual in meiner Brust und ringt auf und nieder.

Wohin?

Ich finde den Weg nicht mehr zurück, nach dem sich mein Leben herabsehnt, süchtiger und süchtiger – Mit tiefen, sehenden, großen Augen starrt etwas in mir nach dem Lande der Träume, der goldenen, hohen Leere; meine Seele kann die Augen nicht mehr losreißen.

Ja, dort leben – kann ich nicht, und wenn die Sehnsucht mir den Leib zerbricht. Der Tag soll nur dort verrinnen ein Tag nach dem andern, und die Nacht und ich werde nicht wissen, was es war.

Und der Pfeil wird mir unter dem Herzen sitzen: was mußtest du dir das anthun?

Und doch wäre es eine Narrheit, so zu fragen.

Die Nächte werden vergehen, die Sonne wird leuchten und der Mond und die Sterne, und der Frühling wird kommen und es wird immer in mir sprechen: Was mußtest du dir das anthun? So wird nun die Narrheit ewig in mir sprechen, nimmer schweigen, Stein auf Stein wird sich auf mich legen; ich werde lachen und zerbrechen darunter, daß ich ein Mensch gewesen bin, – weiter nichts, – und ich werde lachen und zerbrechen.

Oh daß du mich locken und verzaubern mußtest mit deinen tiefen Augen voll wilder Wunden und Ekels. Jetzt läßt du mich nicht mehr los, – oh du.

Bin ich dir verfallen auf immer und muß mich hinwegsehnen über das Leben, über mein eigenes Leben, auf immer, auf immer?

So bin ich gefangen und gefesselt an einen Traum, an ein Nichts und komme nicht los.

Oh hinein in das Meer, mein Leben; die Wellen mir über den Kopf, daß sie mich verschlingen und mit mir die Träume.

Verfluchter Traum! Verbrecher, Räuber an meinem Leben.

Wie trunken gierige, blasse Weibslippen, Wampyrlippen am Herzen saugen, so schlürft der Traum mir all mein Leben in sich ein, all mein liebes liebes Leben.

Mir ist das Leben nur ein Schattenspiel. Der Rauch will Herr sein über das Feuer: Schattenweisheit, verzerrte, verfluchte Schattenweisheit, vatermörderische Kinder. Mit Gespenstern schlage ich mich herum, mit Gespenstern habe ich immer verkehrt.

Laßt mich endlich, endlich los –.

– Was schluchz ich auf –? krank bin ich ja geboren. Ich schleiche herum, mit mattem Blicke, und kann nicht sehen.

Ich lächle still und kann nicht lachen.

Unrein und schmutzig bin ich, wie nie ein Mensch schmutzig war.

Mein säuselndes Girren nannte ich Sehnsucht, mein säuselndes Girren nannte ich Sehnsucht. Sehnsucht, Sehnsucht, die mir die Kehle zerschnürt, du girrende, fressende, gottverfluchte Sehnsucht, jetzt kenne ich dich, jetzt willst du mich segnen.

Erlösung!

Hinab zu ihnen; sie harren, die drängenden Germanenschritte, die über mich hinweg dröhnen sollen. Laß mich nicht wie Ahasver leben! – Sehnsucht, Sehnsucht, die mich packt, die mein Gehirn zerkrampft mit blutigen, blutigen Händen.

– Ah, – was ist das –?!

Wie die Haare triefen.

Das Haupt reckt sich auf, riesig, mit verzerrtem Gesicht.

Qualerstarrt, zuckend, girrend; grausig ziehts um die Lippen, das Lachen, das Lachen –. Gebrochen die Augen –. Segne mich nicht – Das mein Herzblut trinken soll, – mein rotes Herzblut aus den Adern, aus dem Hirn, Gespenst meiner Sehnsucht!

Erlöse mich, laß mich ein anderer werden –, ein anderer; nimm mich hinweg. Hier hast du mich; umschlungen, – so, – umschlungen.

* * *

Und schluchzen kann ich nur ob allen Entsetzens. Jetzt mußte es in mir aufsteigen, mit seiner Ruhe und seinem Schimmer und mich anklagen, jetzt –.

Hinweggetaumelt bin ich über das Leben. Was hab ich mit dem Gute angefangen, das mir anvertraut ist? Es ist ja viel Lebendiges und Erdensüchtiges, Ganzes in mir.

Vorbei.

Der schwere, köstliche Duft, der mich umschlägt wie aus blühenden Blumenbeeten, wie aus alten vergessenen Welten –.

Vergessen, vergessen –.

Aus den Haaren von verwunschenen Prinzessinnen duftet es herauf, aus ihren Mündern der Atem. Meine verwunschenen Prinzessinnen, ich hätte euch hüten sollen –. Jetzt locken sie mich zur Erde mit erschütterndem Singen, wo ein Keil in meine Seele getrieben ist und eine unheilbare Wunde mich bald, – bald erlöst hat.

Hinweg –, hinweggetaumelt bin ich über das Leben und die Liebe, wie ein Gespenst und Schatten, ungefesselt; oh, daß ich mich nicht fesselte, nun stehe ich in der leeren Luft.

Oh über das Glück der Knechtschaft.

Liebe, Liebe, – nur einmal Liebe, wie ich sie will. Niemals traf ich eine Seele, die sich mir öffnete; niemals habe ich eine Stimme gefunden, die mich mit meiner Sprache ansang. Allein und einsam bin ich immer gewesen; menschenfremd, liebefremd bin ich geworden; so mußte ich verderben und vergehen.

Verdorben und verwelkt – oh wer ist schuld an allem? Wer hieß mich nach dem Höchsten greifen? – nun bin ich an ein Traumgesicht gefesselt, und wie Lichtstrahlen noch lange auf die Erde sehen, wenn auch ihr Stern schon erloschen und versunken ist, so hält es mich noch in Bann. Ich, ich selbst bin schuld an mir und nie komme ich los, nie werde ich loskommen –. Zu spät duftet es herauf; zu spät kommt all das Sehnen. Die Angst die bleibt, die Wut und Verzweiflung und Reue um ein vergeudetes Leben.

Ja, jetzt, wo es mit unerhörten Klängen in mir ruft, aus dem Dunkel verhalten hervorbricht und heraufschlägt, wo mein Blut seine Schmerzenssymphonie heult aus – Sehnsucht zur Erde, – jetzt ists vorbei!! Ha, – – – Und ein Gelächter, meine Seele, das ist besser als das Heulen; ein Gelächter; hast du ausgeträumt?

Zur Erde »sehnt« sich mein herzzartes Seelchen? Will schlafen, das müde Seelchen und sehnt sich nach weichen Patschen, die es streicheln, und seufzt:

»Liebe, Liebe, nur einmal Liebe –«, das armselige Äffchen und möchte singen:

»Ach dein holdseliges Näschen
Bezaubert mir ganz das Herz –.
Mach glücklich mich, oh du –«

Und will das »Erdenglück« genießen, auf seinem eigenen Nachttöpfchen sitzen und sanft gurren und aus der Hand fressen: danach »sehnt« sich das arme, müde Seelchen. –

Haha, zu ihren »ewigen Wahrheiten« will ich zurückkehren; alles verstehen und alles verzeihen: das thut nicht weh. Laus und Kot will ich werden, eine zufriedene Laus und das Leben leben, das süße Gewohnheitslaster; den geschenkten Gaul verehren, wie er ist; mich glücklich preisen in der dumpfig breitgesessenen Menschheit, bei all dem faulen, behaglich verstunkenen Menschenglück.

Kommt doch heran, ihr lieben Menschlein, nach euch verlangt mein Herze!

Wo find ich die Herren Poetlein, die säuselnden Brünstlinge mit ihrem blaugeblümten Schmerz, daß ich mit ihnen spiele und singe über Menschenglück und Liebe und Wonne? Ich liebe nur, was unter mir steht. Wenn ich auch Menschenweiber liebe, treibe ich Sodomiterei.

Kommt, laßt uns tanzen und singen das hohe Lied der Lust und des Lebens –; der Bräutigam der Lust bin ich: das spür ich jetzt. Mein üppiger Mut und mein Frohlocken ist eine Rose in deinem Haar; ein Opfer ist dir mein Träumen, und heimliches Lachen, herzlich dir willkommen. Hallelujah!

* * *

Oh wie ein lachender Hohn blickst du auf mein Leid herab. Ich kenne dich jetzt, ich muß jetzt an dich glauben, von ganzem Herzen, ganzer Seele und ganzem Gemüte; ja du Tröster, ich kenne dich.

Ich habe bei deinen Mahlzeiten gesessen und habe gesehen, daß du von Menschenblut lebst. Von Menschenblut lebst du, und ich bin dir ein süßer Braten gewesen.

Der mich betrügt, der mir lacht, daß mir das Herz zerspringt, der Quäler und Marterer, oh – alle Pfade bin ich gegangen, wo die Sonne glüht, wo das Eis friert, ins tote Nichts – um deinetwillen, ich der ich Bitteres weiß, als je ein Mensch gewußt hat.

Ich habe nie an dich geglaubt, ich habe dich gehaßt und zu dir gebetet, dein gelacht und gespottet, ich habe dich gehöhnt und geliebt: was läßt du mich so vergehen, was schlägst du mich, was quälst du mich, gnädiger Gott? Was mußtest du mich bei den Haaren reißen, hin und her?

Meine Hände, meine blutigen Hände, meine blutig zerrungenen Hände!

Die Qualen, die Schmerzen, die ich in mich gefressen habe, die Martern, mit denen du mich an das Kreuz geflochten hast, – zum Spiel; die Thränen all, die siedeheißen, die du mich nicht hast weinen lassen, – verflucht sollst du sein.

Ah, du mußt mich hören.

Du hast mir zum Leben nichts als da Singen im Herzen und

Ohnmacht und Ekel gegeben, du hast mich gejagt und gehetzt wie ein Tier, – du gnädiger, gnädiger Gott.

Die Lust und der Stolz, die mich gehoben und betrogen haben, alle Qualen, die mich verbluten ließen stille in mir, aller Schmerz, der mir das Herz zerrissen hat, langsam zehrend mein Herz, ach mein Herz zerrissen hat, – den Fluch meines Lebens: in deinen Hals werf ich ihn zurück, du Verfluchter.

Ich lache dein, der du garnicht bist. Meine Seele, das pathetische Äffchen, hat zur Unterhaltung dich angepfiffen aus alter Gewohnheit von Vater und Mutter her.

– Ich selbst bin an mir schuld!

Nun will ich fluchbeladen, haha mein pathetisches Äffchen, zu Grunde gehen.

Das Ende –. Siehe!

Ja, er lockt mich, – der Wahnsinn. Siehe! –

* * *

Hui, wie sie hetzen; der Tanz beginnt –.

Es ist aus.

Es sitzt mir auf den Fersen, haha –; die Erinnyen.

Wer hieß mich nach dem Höchsten greifen? Das ist meine – tragische Schuld und jetzt kommt der Schluß.

Ein Versteck, wo ist es, ein Mauseloch haha: hier ist ein Mensch ohne Mauseloch der Liebe, der Verehrung, des Glaubens.

– Noch einmal laß von mir; ich kann es nicht glauben. –

Sieh, die toten glasigen Augen; sieh die tiefe Qual, starrend, – starrend auf mich. Komm! Es streckt die Arme nach mir aus. Die Schleusen meines Bluts sind aufgezogen. Sie singt –, ein langes triumphierendes Lied, dahinter qualvoll lechzende Weibesbrunst und lockt mich. Das ist ja ein purpurroter Sang, wie flatternde Fahnen.

In den Blicken Glühen schreitet mit reckenden Armen mein bakchantisches Lieb heran, mit Gelächter und Gewalt: Kommt zu mir, die ihr mühselig und beladen seid! – Die Hochzeit, die

Hochzeit naht. Ersticktes Jauchzen, das ist es nicht; Lachen und Schauer und Umschlingen, das ist es nicht –.

(Dort die dunklen Blitze, eine leere Musik lockt von weitem: komm, an einem Nichts wollen wir zerscheitern und zerschellen.)

Hinaus, laß uns jagen.

Ich – muß in meine Heimat.

Jagen und durch die Nebel fliegen; meine Rosse gehen nun durch!

Nach einem üppigen, tropischen Garten, voll wilder brünstiger Düfte.

Da stehen wirre zauberhafte Schlinggewächse. Gift und Wollust und Überschwänglichkeit wiegen sich in der Luft und auf den Ästen und Blüten wie Vögel, Papageien und Kolibris. Das ist die Urheimat der Seele, das Paradies; ihre Kinderjahre und die heimliche lüsterne Sehnsucht all ihres Lebens und Bebens.

Nach der Heimat, nach Wahnsinn lechzt sie, nach Wahnsinn giert sie. Verleumdet hat man den Wahnsinn. Ich weiß es anders. –

Sie heben die Beinchen, sie tanzen in der Seele. In der Tiefe der Seele hegen sie gebannt, Kobolde, Fratzen, Teufel, Unholde, – die goldenen Gesichter, die süßen Kinder, – in den Gründen der Seele, in Schluchten und Abgründen, die Erhalter und Retter, sie, die Schöpfer des Menschen und alles Menschenglücks.

Sie kichern, heulen, wimmern und weinen in der Nacht; Freude, Lust und Schmerz ist das heimliche Gelächter, Atmen und Schluchzen der Teufel; das ist das schwache Echo, lockend und täuschend, die traumhaft verwehte, Koboldsprache, meine Gedanken, mein seliges Wissen. –

Jetzt hör ich sie sprechen; sie regen sich.

Sie recken die Arme hin und her.

Man hat sie verleumdet, die Teufel und die Hölle, die Heimat: die Hölle und den Wahnsinn. –

Nach dem üppigen Paradies meiner Seele sehne ich mich zurück. Die Hochzeit kam.

Und jage dahin und tanze dahin. Es ist vorbei. – Meine Lippen sind wohl bleich und ich breche zusammen, aber zusammenbrechend flüstre ich noch: Meine Heimat, – die Hölle –, – Mutter! – Mutter!! – da bin ich! –

* * *

Ringt am Boden, lacht mit bleichen Lippen. Ein Krampf würgt mit kalten Händen die Kehle zusammen und die Augen sind fest, fest geschlossen und öffnen sich nicht.

Bis zum Zerbrechen beißen die Zähne aufeinander; ein Ringen nach dem Aufschrei geht durch den Leib. Eine überwilde Gewalt preßt die Seele eisig zusammen, wirft den Leib hin und her. »Nein, – nein.«

Es ist, als ob der stumm tobende Jammer, der Qualtaumel den Leib jählings zerbrechen, die Brust sprengen sollte.

– Lange währt das Entsetzen, – ein verzehrender Sturm, rasend und zitternd. Bis sich auf der Höhe unter dem Druck ein Quell plötzlich leise öffnet und rieselt, alle Wunden jählings aufbrechen und überquellen und schäumen, warm strömen, verströmen, und ein Schrei sich aus der Brust ringt, gebrochen, ein wildes wirres Schreien und Weinen, Stammeln und Schluchzen und Schluchzen.

* * *

Süß ist die Luft.

Die Heide ist so schön.

Wie ruhig sich die Gräser wiegen.

Drüben steht der Wald. Ich bin ruhig und still.

Ich lege den Kopf in die Gräser. Ich schaue über das wiegende Gras hinüber zum Wald.

Er ist tiefgrün. Rote Blumen stehen an seinem Rande. Ich glaube, ein Fink zwitschert dort auf dem Baum.

Ja, – jetzt fliegt der Vogel vom Aste. Er fliegt über die Heide; er senkt dicht über die Gräser, dicht am Boden streicht er.

Ich sehe ihn nicht mehr.

Ein leichter Wind weht um mich; Blumen duften zu mir auf.

Ich atme tief.

Ruhig wiegen sich die Gräser der Heide.

Die Heide ist so schön. –

Himmel und Wald nimmt mich so ganz hin, geöffnet bin ich ganz –.

Ich weiß, was mit mir geschieht.

Jetzt braut mir die Natur, meine Natur, ein Heilkraut. Auf der sanften Heide haftet mein Auge, so bin ich blind für mich, so halte ich ihr still, der großen Ärztin. Die kluge Ärztin, – gesund sein heißt ja zum gut Teil, sich fremd sein, das weiß sie. Über Tiefen und Abgründe, über alles Zerrissene legt sie einen Schleier, gießt sie Balsam.

Sie streichelt mir das Haar mit ihrer weichen Hand, beruhigend, lindernd; stille Vergessenheit giebt das.

So ist es. Ich fühl es. Still.

Ich lege die Hände in deinen Schoß.

Manches schwindet so.

Leise wiegt und lullt die Ärztin.

– Genesen – genesen –.

Nur zu –.

* * *

Still dämmere ich der Zukunft entgegen; in Tag und Nacht und Tag und Nacht.

Und träume und lebe so hin wie eine zarte Pflanze. Wie ein Hauch auf Glas liegt meine Seele am Leben, so lose und zart.

In dem Dämmer, der mich umgiebt, kann ich die Sonne nicht sehen. Ihr Licht spielt mir um das Haar – im Traume.

Sie waltet meiner ruhig, die Ärztin; ihre Hand spüre ich manchmal, die mich streichelt, wenn ich so verloren daliege –.

Sieh! Ich bin neugierig. Ich will dir auf die Finger sehen. – Du siehst mich lächeln; ich bin dir nicht böse; ich habe dich halt lieb.

– Mein geduldiges Herze –. Wie weh hätte mir einst das Langsamschreiten gethan –; jetzt bin ich ruhiger.

Ach, lasset uns menschlich vom Menschen sprechen. Mein Frühling ist ja vorbei –.

Ich bin so ernst, so ergriffen.

Werden wir wieder schluchzend und voller Heimweh zum alten Menschengott flüchten? Jugend und Sehnsucht, der Frühling war wild und wirr, ein langer früchteloser Frühling. Im Traum ist mir, als ob es Sommer wird. Ein langer Wahnsinn starb in mir. Werden wir still zu ihm schleichen und uns ausweinen wie verirrte Kinder und uns wiegen und herzen lassen?

Meine Augen, was habt ihr nicht alles gesehen.

Ach endlich einmal eine Blüte zu sehen, ruhiges sicheres Blütenglück und eine volle süße Frucht, die ist von einer guten Sonne gereift, von einer Sommerssonne. – Wenn einer käme und sagte: Es ist ein Gott im Himmel, der ist gütig und milde, recht wie ein Vater, so voller Trost und Frieden, voll Segen und Mitleid.

Und wenn er käme und nicht lehrte, nicht lehrte; wenn er sie selber brächte, die – Liebe. Denn mich dünkt, wir bedürfen ihrer sehr. Daß aller Zwiespalt in uns versöhnt werde, das Zersplitterte im Herzen sich zusammenschließe. Das wäre wohl Sonne, Sommerssonne.

Kein Lager will ich, weich zu ruhen und zu schlafen –; ich will Luft, tiefe, starke Luft, daß ich wieder atmen kann, – so, – so –, hoch auf, daß alle Glieder und Sehnen sich mit Luft füllen.

Ich kann ja nicht lachen und nicht weinen.

Still.

Still.

Nimm mich hin, wie du willst; ich will nicht aufbegehren; ich bin dir dankbar für alles. Blumen duften zu mir auf.

Milde und Frieden gehen langsam in meiner Seele auf; langsam überkommen mich Milde und Frieden und still schlägt es Wurzel und keimt –.

* * *

Ein leises Leben regt sich in mir, hebt mich empor zu heimlichem Harren und Bangen. Fröhlich ranken junge Sprößlinge auf der Erde, auch Blumen. Mein Wesen neigt sich liebevoll dem bunten vielgestalten Treiben zu. Lieblich spielt und spült mein Blut; aufzwitschern wollen alle meine Nerven und ich höre die Musik, die hat angehoben, eine tiefe und reine Musik. Musik des Lebens.

Diesen tausendfältig gemischten Atem trinke ich gern, so märchenhaft wirr und wonnig gemischt; so habe ich einmal vor langer Zeit Lust und Verlangen getrunken, im Frühlingswehen. Nicht Bitterkeit und Angst gießt sie jetzt in mich; ich bin nicht heiß und traumtrunken wie damals, aber ebenso tief und süchtig hingenommen: so heimlich und verloren steigt Kraft und Lust in meine Seele wie damals, als ich an der Birke lauschte.

– Wieder Mensch, – ja: Mensch.

Genesen, wiedergeboren.

Mit ruhigen Augen und Sinnen blicke ich. Glück stiehlt sich in mein Herz und macht mich schwer. Wiedergeboren, zum Menschen erwacht –.

Oh! Wie in einem Rausche treibt und überschlägt sich mein Herz. Wie eine junge rote Rose will sich meine Seele in blühendem Leben entfalten. –

Der tiefe Erdenatem betäubt mich und macht mich fast schwindlig.

So purpurn und überschlagend heiß geht das Licht über mich hin, – so scharf.

Es verwirrt mich, macht mir Angst.

– Zu viel für deinen Kranken, für einen Genesenden.

* * *

Ruhe!

Ich sinke zusammen.

Laß mich ruhen, die Augen schließen.

Beängstigt, verwirrt, erschüttert. –

Ermattung, Schwere, Schwüle legt sich auf meine Seele, langsam. Die Schwüle wirft mir die Seele in Unruhe und Träume –.

Seltsam erregt klopft mein Herz.

Die Ärztin soll mich nicht allein lassen, mir die Stirne kühlen.

– Genesen: wie eine Krankheit liegt alles bald hinter mir, wie ein schwerer Traum. Vorbei. Ich fühls, ich werde zum Menschen, jetzt werde ich wie die andern: ich habe es mir ja gewünscht.

Heimisch werde ich bald bei den Menschen sein. – Es ist nicht gut, daß ich hier liege. Gespenster wagen sich wohl in der Mittagsschwüle hervor. Mein Herz hat ja manches noch nicht verwunden.

– Ich muß mich ergeben in mein Glück, in mein Glück: ein Mensch werde ich nun. Wiedergeboren. Verwandelt.

Mein Frühling, meine Seele, die vergeht; die stirbt in Hast und Wechsel, – jene todsüchtigen Augen starren mich an, jene stillen, stillen Augen. Oh weiter schaffen und brauen die Mächte über mich hinweg, über mich hinweg gehen sie in Lust und Schmerz, hinweg über meinen Schmerz und meine Lust, gleichgiltig, unbarmherzig. Sie führen, sie zerren mich zu meinem Glück.

Das Süßeste und Zarteste rotten sie von Grund aus; alles was ihnen im Wege steht. Den Schmelz meines Lebens löschen sie aus zu meinem Glück, sie retten mich an den Schaum und die Oberfläche und Wirrnis, – meine Seele, meine zarte, arme Seele –, lassen mich wiedergeboren werden. Über meine bitterste Knechtschaft und Niedrigkeit werde ich glücklich sein; kein Gedanke; kein Schmerz um das Tote wird je in mir aufsteigen.

Meine Seele ist gestorben; vergessen um meines Glückes willen, gemordet um meines Glückes willen.

Im weißen Sonnenschein die todsüchtigen, irren Augen starren und klagen mich an.

Oh, ich will dich nicht vergessen, ich kann dich ja nicht vergessen. Nach dir werde ich im Traum meine Arme ausstrecken, um dich weinen: Ich werde mit den Füßen auf der Erde wandeln, unter den Menschen; aber nur, wenn ich an dich denke, werde ich leben; sonst ist alles Traum und Schlaf. Du hast mir nichts vom

Leben entwendet, das weiß ich jetzt, wo ich dich verloren. Es war kein Traum, es war mein warmes Leben.

Über die Häuser der Menschen, über ihre Stimme, über Sonnenschein und Mondlicht werde ich mich hinwegsehnen nach dir, Ewigkeit, du mit meinem Herzblut getränkt, – du mein Kind, mein Kind, ja das bist du.

Oh, ich werde dich nimmer lassen; ich laß dich nicht. Erschrick nicht über das Röcheln meiner Stimme. Gieb mir deine weiße Hand: wir hätten zusammen sterben sollen; es wäre das Beste gewesen für uns beide. Wir wollen jetzt Abschied nehmen; leb wohl; leb wohl. Oh so laß mich nicht, nein. Deine Hand kann ich nicht fassen –.

– Schluchzend erhebt es sich, schwindet, blaß. Mit geschlossenen Augen; – sie weint und kann sich nicht lassen.

Schluchzend, strömende Thränen. Mit aufgelöstem Haar. – Schwindet, schwindet, wie ein verklungenes Schmerzenslied.

– Warm und süß weht die Luft.

Satt weint es sich.

Warm und süß weht die Luft.

* * *

In die tropfende Abendkühle laß mich gehen.

Ja.

Reine Luft atme ich ein.

Nun bin ich im Wald.

Im Dunkeln stehen bunte Blumen und duften würzig.

Ein Brunnenwasser fließt zwischen den Bäumen. Ein grüner Schleier bewegt sich auf dem Spiegel.

Meine Brust ist frei; ich kann nun ruhig denken und fürchte mich nicht vor Gespenstern. Zwischen den moosigen hohen Bäumen liege ich am Waldwasser.

Wie ruhig es fließt.

Kühl und voll steigt sein Atem zu mir auf. Ich neige mich über den Spiegel; – ich kann mich ohne Furcht betrachten.

Mein Haar fällt mir über die Schläfen fast in das grüne Wasser.

Ich lächle leise. Ich blicke auf mein Spiegelbild, das die Wellen leicht bewegen.

Ich nähere mich lächelnd dem kühlen Wasser; ich lege die Wange auf das Wasser.

Es ist traumschön, kühl, heimlich.

Grün spiegelt sich das Laub.

Es ist, als ob die hohen Bäume in die Tiefe des Wassers wüchsen. Der grüne Tang fließt langsam auf dem Wasser; – auch – eine Blume ist dabei.

– Still ists zwischen den Bäumen.

Zart webt der Wald. Auf den Ästen schluchzen und jauchzen Singvögel lang und süß.

Hier habe ich einmal vor langer Zeit gelegen und geweint und gerungen und Verzweiflung getrunken.

Bitternis auf Bitternis ist über mich gekommen; – hochgestiegen bis zu den Sternen, tiefgeschleudert, – ein wirres, bittres Menschenschicksal.

Und noch steh ich nicht fest.

– Es wird dunkel. Laß mich ruhig gehen zwischen den hohen moosigen Bäumen.

Ein Wunsch und ein tiefes Hoffen glüht ruhig und verhalten in mir; den dunklen Gewalten in mir soll ich nun entrinnen.

Im Freien. Das Thal. Blaue, klare Nacht. Ein Glücksgefühl dunkelt in mir auf; leise läßt es mich in die Gräser des Hanges sinken. – Blauschwarze Nacht ruht auf allem, atmet, schaut auf zum Himmel und den klaren Sternen, löset still das weiche süße Haar im Thal. Von einem Blütenrausch ist das ganz überschüttet. – Anders, – schwerer siehst du mich wieder, du Nacht, du Nacht, – du Nacht voll heimlichen, verhaltenen Weins, der aus der Erde quillt, voll süßen Gedüfts, voll Honig und Salben, du gute und tiefe.

Dunkel und weich weht ihr Atem, summsend. Schwerer, süchtiger nach den Brüsten der Erde bin ich geworden.

Ich liege still an deinem Herzen, in der Juninacht. Mir ist der Lenz längst von den Lippen geküßt, nun sollst du mir den Tod von den Lippen küssen.

Den Schmerz, den ich dir gethan, dir und mir, laß mich mit tausendfachem Glücke büßen, du weiche.

Meine Lebensblüte reifet wohl bald. An des Lebens Sonnenwende will ich die Erde grüßen, die Mutter Erde. –

– Übermütig schluchzt ein Windstoß auf. Wie Milch und Honig liegt es in der Luft.

* * *

So ist die blaue Nacht vergangen.

Leise hab ich geweint.

Alles Dunkle in mir hab ich ausgeweint.

– Ach daß ich den goldnen Äther droben wieder sehen durfte, daß ich ihm mein Gesicht zuwenden kann.

Nun bade ich mein Gesicht und meine Augen, mich ganz in dem Morgenlicht.

Heil, klar bin ich, und aufgewühlt wie schwarzes, rauhes Erdreich.

Über den Boden hin, in den weiten Feldern, aus den hohen Bäumen spüre ich einen Atem wirken, stark und ruhig und groß, die Erdenwürze, die Lust der Erde. Reich und machtvoll webt und verbreitet er sich. Aus allem Lebendigen spür ich ihn hervorbrechen, das Leben umfassen und führen.

Auch mich soll er segnen und mit Inbrunst erfüllen, mit ganzer Lust und Inbrunst mich zur Erde ziehen. Ach, die Erde habe ich gegrüßt zur Nacht.

Ich habe kein Verlangen als nach ihr, ich habe keine Lust als sie. Mein Blut sehnt sich schmachtend ganz zu ihr; zurück zu dir, du schwellende Lebenswonne der Erde.

Du Süßes und Heiles, das sich wie Milch mir über die Lippen drängt, wie ich sie zusammenpresse.

Bräutlich umweht es mich; ein Klingen und Beben geht durch

die Luft, das ist das purpurne Blut des Lebens, das ist die Seele des Lebens, die wieder zu mir kommen will.

Harfenklänge stehlen sich und quellen ihr aus meiner Seele entgegen, die innigste Musik. Oh stürzende Quellen, oh heilige Kelche. Oh Schauer, oh Glück, oh Glück des Wiedersehens.

Vom Himmel quellen schwere güldene Lebensfluten; zu mir, ihr tiefen, brausenden Ströme.

Wie es mir durch das Haar gleitet; meine Arme öffne und breite ich ihm entgegen; mit geöffneten Armen warte ich, mit Augen, die harren in sehnsüchtiger Begier, die lachen in Dank und Entzücken über die alte, so neue Kraft, die ich fühle, die mein liebes Herz wieder erhebt.

Lispelnd will ich dir danken.

Gegrüßt!

* * *

Ich bin nicht trunken; nicht kindischer Taumel und Überschwang ist es, der mich durchschwelgt; mich füllt Drängen und Gewalt und Jauchzen so ganz, und Dankbarkeit gegen den Himmel und die Mutter Erde, daß ich Menschenschicksals teilhaftig bin, teilhaftig werden durfte.

Die Bäume lassen ihr wildes Haar tief fallen vom Scheitel. Meine Kräfte sind mir gelöst; breitende, weitende, jauchzende Überfülle in der Brust. Glück fühle ich, wie ich über die Erde und Äcker schreite.

– Atmend, strahlenden Auges. –

Vertraut und bekannt schaut mich alles an; – das Wiegen des Windes und das holdselige Sonnenlicht rührt an mein Herz.

Das Wiegen des Windes über die Gefilde und Bäume; das früchtereiche Leben, das sich entfaltet; der wilde Erdgeruch, der mir an die Sinne schlägt, stark und tief erduftet: die Erde meine Heimat.

Das sind Schollen, das ist Ackerboden, hier steigt und stieg das Leben auf, das uralte Leben der Erde. Über Gräber und Keime schreite ich hinweg; Menschen haben diesen Boden gehoben und geworfen.

Die Schauer der Erde umklammern mich.

Ein Mensch gehe ich über die Felder.

Das Leid und die Qual aller Zeit und Vergangenheit ist über diesen Boden fortgezogen, und umduftet mich so wild und stark; – vergangen, verschollen, gestorben, verdorben.

Sie haben gelacht und sich geküßt und sind gestorben. Scheiden, Meiden; Todessehnsucht ist über diesen Boden gewandelt.

Das hat gelitten in Qual, gebarmt, geweint; das hat sich geliebt, heiß, inbrünstig, – es ist nicht vorbei, es ist nicht vergangen.

Ihr habt euch gesehnt, wie sich Menschen sehnen, ihr seid mein, ihr süßen Geliebten, seid meine Schwestern, meine Brüder.

Nah fühl ich nur Leid und Lust, unsäglich nah; heiße, glühende Thränen steigen in mir auf, – ich bin es selbst, im tiefsten durchströmt und durchweht von Weh und Liebe, von den Schauern umschlungen, umklammert, inbrünstig, urtief. Euer Leben fließt in meinen Adern.

Zu Qual und Sehnsucht wiedergeboren kehrt es zur Scholle, zur Erde, zu den Äckern; da bricht es herauf und dehnt sich in der Himmelsluft und vergeht in Wechsel und Wandel, wieder wachsend zwischen Himmel und Meer und Erde.

Wie mir die Erde wild durch die Seele atmet.

Erde fühl ich mich zu tiefst. –

* * *

So laß mich ganz stille sein.

Wonnig und lächelnd wie ein Kind, das sich versteckt hat und seine Gespielen vor sich sieht, ganz nahe vor sich, so öffnet meine Seele die Augen.

Horch, ein Rauschen geht plötzlich um mich, ein Bersten und Brechen und langsames Heben. Jetzt bricht das Erdgewölbe und die Mutter Erde hebt das grüne Gesicht und atmet; – grüßt mich ernst wieder.

Im Fall des Laubes, im Knospen der Pflanzen, zwischen Tag und Nacht: Ach, Menschenglück! Und doch nenne ich es die Ewigkeit, die in der Zeit schreitet, auch in mir, – die Quelle habe ich nun gefunden, – ich muß lächeln, wenn mich auch immer tiefer Ernst und Erschütterung ergreift –, nach der ich rang und mich sehnte –, mich sehnte –. Ich selber bin es lebend, wirkend, zerstörend, – immer fließt die Quelle und war immer da, auch als ich sie suchte.

Dies alte Lied mußte mich solches Leid lehren, so bittere Qual, so eisiges Elend.

Das irdische Leben, wie es schafft und zerstört, will ich nun preisen.

Alles preist du nun, mein thörichtes Herz, – und preist darum Nichts –.

Wohin willst du nun fahren? Sprich deutlich. Wohin führt deine Liebe und dein Haß? Ich – weiß es nicht –, weiß es bald.

– Meine Gedanken, ihr mögt wieder schweifen und jagen, groß und stark; ihr mögt schlürfen am Höchsten; in Sehnsucht, in Drang und Not und Überfluß werde ich mir Schlösser bauen, hohe Schlösser, heilige Schlösser: denn was ich liebe, heilige ich. Bauen werde ich immer. Aber mich dünkt, als wäre alles Vergangene mir ein unruhiges Träumen gewesen, ein Vorspiel, ein leises Präludium, bevor das Stück beginnt; so wild und heiß es auch schien. Der Wind huschte durch Äolsharfen; das war eine elfisch feine Musik, ungewiß, verschwommen, wie Zauber verschwellend, verschwellend. Die Leier harrt noch des Sturms: das weiß ich; das weiß ich. In Qual und Fülle und Überfülle drängt es aus mir heraus, rettungslos: das ist die jagende Sehnsucht, die treibt mich seligen, unseligen Ahasver, das sind die göttlichen, irdischen Rosse. Sie jagen und schweifen, die Rosse, ruhelos, rastlos, hoch und wild, schäumend, zitternd. Bald brechen sie ins Knie, zerreißen Bande und Fesseln, stürmen dahin, schnaubend, – die Mähnen flattern wild im Wind –, in Sturmespracht, in Erdenherrlichkeit, rastlos, ruhelos, stampfend über die Erde, durch die

Luft, zwischen Laub. Und Jauchzen füllt meine Brust, und unersättliches Begehren und Verlangen kommt über mich. – Rausch ab, mein Blut; schwill nicht so wild; zwitschere leiser. –

Dies weiß ich: ich will jetzt zu den Menschen gehen, meinen Brüdern, meinen Schwestern und Geliebten; mich verlangt es so nach meinen Menschen. –

* * *

DER SCHWARZE VORHANG

Roman von den Worten und Zufällen

Vermerk

Dieser kleine, mein zweiter, Roman ist 1902/3 geschrieben; er hat viele Jahre bei allen möglichen Verlegern gelegen und war schon mit anderen Sachen für meinen Nachlaß reserviert. Durchschnittlich brauche ich um ein Buch herauszubringen vier Jahre, das heißt vier Jahre Ringkampf mit den Verlegern, welche damit zweifellos den Zweck der Reifung meiner Sachen und Anregung meiner Arbeitsfreude verbinden. Vier mal vier Jahre lassen also das Beste für mich und diesen Roman erwarten; er ist nun hoffentlich gut abgesetzt, durchgegoren, goldig geklärt mit reichlich Bodensatz. Etwas Patina und Schimmel wird allgemein Genugtuung bereiten.

Wie im ersten Träumen, wenn der Leib Kissen und Decke nicht empfindet, das Seelchen anhebt, sich sacht um einen Pfahl zu schwingen, rascher, rascher, holla, hurra husch, und die Besinnung an einem Wollfaden gebunden folgt, sich verrennt, verstrickt, taumelt, fällt, einschläft, ja einschläft, – also verstricke ich mich nunmehr in mein Gleichnis. Was bei solcher wahrhaft homerischen Breite nicht weiter verwundert. Wehmütig erinnert es mich an einen Mann, der lange Monate Ziegelsteine kaufte, so viele, schöne, blanke Ziegelsteine, daß er über dem Anhäufen, Verschuppen und Bewachen seinen Häuserbau vergaß, immer wieder nachsann über das Vergessene, schließlich einen Heringsladen eröffnete.

Es war aber ein plumper, breitschultriger Mensch mit eingesunkenem Rücken, dessen Seele sich so verwirrend schnell erregte, – ein braunhaariger, sehr junger Mensch in einem großen Zimmer. Das schien so leer und weit in dem gelblich-weißen Licht der Lampe vor Johannes' Sitz; denn die Schatten reckten sich lang und wollten sich schier körperlich, stark und schwer von Tischen, Stühlen, Spinden abstoßen ins Leere.

Die Geräte und Gegenstände standen an den Wänden, in Zimmermitten unbewegt und in sich gezogen da und duldeten das leichte Licht und die Schatten.

»Hier genoß er seines Geistes und seiner Einsamkeit und wurde dessen zehn Jahre nicht müde«: Mit zusammengebissenen Zähnen las, würgte, kaute, schluckte er an dem Worte. Sein Grimm kletterte an dem Satze hinauf, kauzte oben auf der Stange und machte Männchen; und alles war unten geblieben und sah hinauf. Leise zogen sich seine Muskeln zusammen, um das ansteigende Weh zu zerdrücken und zu übertönen.

Es wäre eine leichte Fortführung, wenn die Spannung auch auf seine Finger überstrahlte, wenn der unglückselige junge Mann nun nach dem Buch, dem Unheilerreger, krampfte und ihn mit wiegenden Händen, – etwa, während sich die Lippen mit einem »Zucken« öffnen, – in das Zimmer und die Schatten schleuderte. Dieser Mann ist ja nur erdacht, und für erträumte Dinge gelten keine Naturgesetze, die so fremdartig putzen würden, wie eine graue Perücke den Kindskopf eines Dirnchens.

Noch ist die Seele keine Mondfinsternis und ließe sich berechnen. Wenn ich gelaunt bin, fallen alle Steine nach oben, singen alle meine kleinen Hexchen: fair is foul and foul is fair.

Aber Johannes liebte dieses Buch allzusehr, weil es einen braunmarmorierten Deckel und wunderschönes gelbes Papier hatte und über die gelbe Ebene sich ein schwarzes Buchstabenheer wälzte, bald in dicht geschlossenen Zügen, bald einzeln und in Abteilungen, frech wie Jäger ausschwärmend. Und jetzt in dem scharfen Licht trug jeder Buchstabe am Rande rasch aufhuschende Purpurfarben, als ob sich der gebannte Geist der Worte befreien und dem Schwesterlicht anvertrauen wollte.

Sondern der Krampf dehnte und zog sich ganz auf das Zwerchfell; Johannes breitete die Arme mit den losen Ärmeln über das offene Buch und fing, indem er den Kopf in das Dreieck der verschränkten Arme legte, auf die hergebrachte Art zu schluchzen an. Das war ein immer erneutes Glucksen, Schnaufen und Zusammenfahren. Die Tränen fielen auf das Buch und das Wasser floß aus den Augen, rann durch den Tränenkanal, die Nasengänge in den Rachen, daß Johannes schluckte und das Salz schmeckte. Die Spannung erschöpfte und löste sich allmählich. Er stützte bald den Kopf auf die Linke, leidend, wischte das Buch ab und schob es zurück. Eine Kühle, eine gedämpfte Bitterkeit überzog ihn, während die Erschütterungen abflossen, nachließen und ganz verklangen; ihm war, als ob er einen Angriff abgeschlagen hätte, der ihm mit Gewalt ein Unrecht antun wollte. Lange saß er so und beruhigte sich. Dann schneuzte er sich noch einmal, griff, noch immer schluchzend, nach einem Bleistift und schrieb, trotzig, in Holzhackerschrift:

»Ein König liebte – den weißen Wein. Aber es wuchs keiner in seinem Reiche, weder im Osten, wo das Gebirge fruchtbare Abhänge bot, noch im Westen, wo sein Land sich zu einer hügeligen Ebene flachte, und aus den Flüssen schädliche Dünste stiegen. Über seinem Kopfe ging immer wieder die Sonne hinweg, aber seine Hoffnung mußte erblassen wie der bleiche Liebling seines Herzens.

Die Höflinge feierten ihre Feste; die Augen aller träumten lieblich, und alle schauten sich mit Neigung in die bekränzten Gesichter; zwischen ihnen ging der stille Herrscher und gähnte, und die Sucht bohrte und schüttelte den Suchenden, als wieder das verfluchte Sonnenrot auf seinen Weg fiel und darüber wie ein Hohn hinschwebte.«

Als Johannes dies hinschrieb, fühlte er selbst etwas Höhnisches in sich auflachen; er starrte vor sich hin und verbarg das Gesicht in den Händen.

»Alle Seligkeiten liegen über meinem Reiche; ich mag sie nicht, verachte sie. Nur dies einzige, was ich begehren muß, dieses winzige, diesen – lumpigen – weißen –«

Es zerrte und stieß hinterlistig an seinen Bleistift und wollte ihn rückwärts stoßen, um einen queren, dicken Strich über das Papier zu ziehen, vergleichlich dem Wege eines Pudels, dem man die Schwanztrottel in Tinte getaucht hat, und der nun mit Geheul fortläuft. Die Hand sank zusammen und lag wie ein weißer Tierleichnam flach auf dem Tisch.

Sie schrieb nicht weiter, und war alles ganz still. Ja, er lächelte sogar mit gesenktem Kopf, der eben so grimmig geweint hatte.

* * *

Vielleicht fallen hier und da noch Worte, genug, um alle Farben aufzuhellen, welche im Weinen und Lächeln Johannes' sich mischten.

Ich werfe Bröckchen auf den Weg und kleine Kiesel, wie es die

Schwester im Märchen tat, dem das Brüderchen im Wald verloren war.

Aber die Brosamen pickten die Stieglitze und Hänflinge, und die Kiesel verwehte der wilde Wind in der Nacht. »Wo mag doch mein klein Brüderchen sein, lieber Stieglitz, lieber Hänfling, du loses Windchen?«

Ein Wurm, der an Johannes' Seele fraß, war, daß so wenig Vogelgeschrei über seinen Weg gehallt hatte. Er beneidete manchmal heimlich einen Verbrecher und spottete nicht, wenn von der Vergangenheit einer Frau die Rede ging.

Über sein verschlossenes Gesicht legte sich dann ein Schmelz von Ehrfurcht; etwas Warmschwärmerisches quoll in ihm auf. Sein Herz schmachtete nach Taten, nach absonderlichen Taten. Schon hatte in ihm die Lust zu kostbaren Gefühlsmischungen dunkel präludierend angeschlagen, verlieh seiner Einsamkeit ein kopfhängerisches, schwermütiges Erhobensein und gab seinem Selbstbewußtsein die komischen Flügel einer Gans.

Nur daß Vater und Mutter fern von ihm in der Heimat gestorben waren, während er selbst sich krank durch sein letztes Schuljahr wälzte, war, was er von sich wußte: eine herrische, starkknochige Mutter mit kühlem Blick, ein fügsamer, gedrückter Vater, der nicht klagte, stillstilles Alräunchen, das langsam vertrocknete und einging. Und er hauste bei einer fetten, glotzäugigen, kropfhälsigen Frau aus seiner Sippe, deren Tochter verdorben und deren Sohn verschollen war; und die nun in dem engen Bezirk weniger Straßen ihr behäbiges, dickwanstiges Dasein führte mit leichter Atemnot.

Über Johannes' Appetit, Schnupfen, zerrissene Socken und schmutzige Hemden herrschte sie junonisch und mit einer herzlichen Teilnahme, die er oft ungeduldig und seufzend abwehrte. In ihrem schwarzseidenen Kleide gedieh sie, als eine Rose von übergroßer Pracht, die sich über ein kartoffelblasses Pflänzchen beugte.

* * *

Wenn er hingesehen und sich erinnert hätte, so hätte er zugegeben, daß stumme Dinge mit vieler Seltsamkeit und Kraft über seine Wege geschlüpft waren die früheren Jahre.

Während täglich Wasser und Nahrung von Pflanzen und Tieren durch seinen Körper strömte, von denen Verwandtes in ihm verblieb, und Blut, Knochen, Schleim erneuerte, Tags und Nachts, war unbemerkt Schweres in Krankheiten und Gesundheiten durch ihn geschlichen, wie geduckte Eidechsen im Grün, und hatte Spuren hinterlassen. Wenn auch das Gebrüll der Schmerzen und Entzückungen bald verklang, so hallte ihr Stöhnen und Röcheln noch lange dumpf nach.

Da riefen sie seine Gedanken ganz heimlich an; und er lag platt auf dem Bauch über sich selbst, beschnüffelte und warf sich unruhig. In dem schweren Körper begann das Leben mit Raschheit und Heftigkeit zu arbeiten. Keine Mutter hatte Johannes zart sprechen gelehrt, keine Schwester seine Sprunggelenke im Tanz gelockert und seinen Sinn an süße, feine Nichtse gekettet. Wenn seine dumpfe Stimme sprach, starrte man auf ihn und gab ungern Antwort.

Er staunte, erriet nichts, zog sich unsicher in sich zurück, immer mehr; er trieb ins Sinnieren und Träumen hinein, bald verlernten Muskeln, Sinne und Wünsche das unbedenkliche schnelle Zucken und Antworten, schlossen sich zarten, inneren Gewalten enger an und wurden ein Spiel in ihrer Hand. Halb gelöst von allem Wirklichen sog der Selbstfrohe oft den Rauch ein, der zu ihm wie aus dem Nichts aufstieg, und jenes glückliche Lächeln schwamm um seine Lippen, das später wie ein Leidenszug in dem schlaffen Gesicht des Vereinsamten erschien.

* * *

Aber der schmale Theaterraum, in dem Seltenes vorging, die Fülle der fremden weltmännischen Gesichter, Seideflirren und flüchtiger Duft, Lächeln, Winken, Verbindlichkeit, darüber die

Wucht des blitzenden Kronleuchters und warmes Licht an allen Enden: das bewegte, berauschte ihn leise.

Wenn das Tamtam erdröhnte und das Wispern in dem Halbdunkel hinsank, dann waren sie sein, diese Menschen alle, – da erwachte er; seine Mienen verzerrten sich, – die Nachbarn zur Rechten und Linken merkten nichts –, und er flüsterte ihnen seine Grüße, seine Grüße und Zukunftshoffnungen zu, über ihre Köpfe hinweg. »Ihr Süßen, wie ich euch liebe.« Oben auf der Bühne mochten sie auch in dem hellen Lichte zwischen papageibunten Säulen und gemalten Altarfeuern zueinander sprechen und scheinbar alle Seelen bezwingen: er beherrschte sie doch von hinten wahrhaftig und besprach sie; er hielt die Zügel ihrer Seelen in der Hand und spannte seinen ganzen Willen an, um sie zu lenken. Mit vollen Armen schüttete er Blüten, Narzissen, Nelken, Thymian, goß er seinen Wein über sie ins Dunkel aus, sang alles entfesselt in ihm: »Seht ihr, seht ihr!« Jetzt hatte er sie.

Im Dunkel der gesunkenen Augen stieg tiefrot seine Königskerze auf, genoß er alle Seligkeiten. Und wenn sie tränenschwer in den Pausen hinabstiegen und sich zwischen Palmenwedeln und ruhigen Springbrunnen ergingen, so war ihr Fieber sein Werk, wenn sie ihn auch nicht sahen und beachteten, den Braunhaarigen mit der bäurisch groben Gestalt und den starken Bakkenknochen, der jetzt seine Lorbeeren still und scheu einsammeln ging. Was Bescheidenheit sei, fühlte er; er ging beiseite und hielt den Kopf fast tief bis auf die Brust, damit ja niemand ihm in die verzückten Augen sähe und sein Geheimnis erriete. Nur sein Herz bebte.

Ja, es wäre ihm nicht staunenswert erschienen bei dieser so sichtbaren Offenbarung seiner Macht, wenn die Säulen des Theaters sich auf seinen Wink bewegt und die Decke sich gesenkt hätte. – Und manchnmal zuckte er mit dem kleinen Finger, leise versuchend, und den Blick auf die Säule gerichtet: aber dann fuhr er lachend zusammen und drohte sich schalkhaft wegen seiner unergründlichen Bosheit und ließ es sein.

Sein Mitleid siegte; er wollte doch lieber kein Unheil anrichten und den Eltern, die ihre Kinder im Theater wußten, ihr Ein und Alles in einer Laune rauben. Und die schlanke blonde Dame da sollte noch mit einem blauen Auge davonkommen. Aber sie wußte nicht, welch edler Mensch so unfern von ihr saß. Und er wollte auch keinen Dank, denn er selbst mußte sich vor der Macht beugen, die zufällig eine blinde Natur gerade ihm verliehen hatte.

* * *

In dem fahlen Mondlicht der Träumereien zwitscherten Vögel ungestört, und Johannes' Garten lag verzaubert in einem Märchen da.

Er hatte die wirrsäligen Pfade erst zaghaft und stockend, mit dem Gefühle eines schmählichen Selbstbetruges, ja einer verbotenen Schuld und Sünde, betreten; aber unter dieser Hemmung schliefen und stahlen sich die Triebe gepreßt immer wieder, immer weiter ein, mit niedergeschlagenen grünen Augen, stießen sich vertraulich an. Mit ein- und vielmaligem Gelingen und dem Genuß an der gerafften Beute verlor sich die Angst und wuchs die Begehrlichkeit; aus dem Versuchen, Tasten, Rucken wurde ein heftig geschmeidiges Schlüpfen, wurde ein freches Stampfen, Schreiten und Gleiten, und dann ein Segeln mit breit entfalteten Flügeln und hellem Rauschen und übermütiges Wiegen, Kichern, Kreischen, Plätschern in allen Lüften.

* * *

Die Verwöhnung durch so stolze, himmlische Freiheiten schufen langsam eine feingesteigerte, messerscharfe Empfindlichkeit; das Genüge, das er im Walten über sein Herrschergebiet fand, machte ihn scheuer, der Stumme trollte sich allein seines Weges. Ohne Widerhäkchen, glatt und rund, mußten die Dinge sein, an die er sich schmiegen konnte, wie die jungen Wicken, die er vor seinem Fenster zog. Über ihre weichen, hellen Kinderhärchen und Ranken, Windungen, welche spürsam wie die Schritte eines Blinden

sind, streichelte er oft liebkosend hin, ließ sie zart gegen seine Wangen spielen. Eine Unruhe dämmerte dann blau in ihm auf und opalisierte ins Grüne, Rote, Graue; schwärmte schmetterlingsweich auf.
Sein Blick löste sich lange Zeit nicht von einem jüngeren Kameraden, sooft sie gemeinsam nach Hause gingen. Er konnte sich nicht sattsehen an diesem vollen Gesicht, auf dessen gelblichblasser Tönung ein feiner Bluthauch lag. Die großen schwarzen Augen schauten tief und offen, drehten sich langsam.

Verklärt schien das stille Gesicht mit seinem sanften auf der Haut ruhenden Glanze. Von der Schule ermattet plauderte der Freund leicht und teilnahmsvoll, mit dem atmenden Glücksgefühl eines Menschen, der langsam von einer Abspannung an die Oberfläche kommt. Er schmiegte sich müde an Johannes, tätschelte nach Kinderart dessen Hände mit seiner weichen Hand, plauschte.

Es war ein schöner warmer Wohllaut in seiner Stimme. Er erzählte, daß er seine Lehrer langweilig finde, einen anderen aber nett, wirklich sehr nett, »ach ja«, daß Hans zwar nicht, wie die anderen sagten, ein hochmütiger Mensch und etwas kopfschwach, wohl aber sehr komisch sei.

Ganz traumlos, nüchtern sagte er sein Sprüchlein her, und alles entzückte Johannes. Und dann war er wieder Leben, Blut, kätzchenhaft wild, plötzlich, leuchtend mit großen Augen.

Johannes schenkte ihm Konfekt und Bonbons, litt dankbar, in seiner mütterlichen Angst ihn zu verlieren, unter seinen Launen. Er unterwarf sich gern, weil er etwas wie Unschuld im Spiel mit dem Freunde über sich kommen fühlte. Sie saßen in Johannes' Garten zusammen und legten, aneinandergelehnt, die Arme um die Schultern, worin Johannes ein eigentümliches, wohliges Vergnügen fand. Er suchte den Freund auf dem Schulhofe, auf der Straße; ihm fehlte etwas, wenn er ihn nicht fand. Als ein anderer seinem Freunde die weichen, schönen Wangen streichelte, sah er fort und biß sich auf die Lippen.

Und doch sehnte er sich oft, wenn er die klare Stirne erblickte, sie zu küssen, nein, die Lippen zu küssen, oft, sehr oft; seine Lippen wurden feucht bei dieser süßen Sehnsucht.

* * *

Aber durch die unachtsame Bewegung eines Platznachbars in der Schule war Johannes einmal dessen Bleistift auf den Schoß gefallen; Johannes sah es nicht. Bei der Untersuchung durch den Lehrer kam ein Übelbeleumdeter in den Verdacht, den Bleistift gestohlen zu haben, und Johannes, der den Fund zu spät bemerkte, wagte in seinem atemlosen Schreck nicht, sich zu erheben. Denn durch das störrische Leugnen des Beschuldigten gereizt, war der Lehrer, eine lange, hagere Gestalt mit raschen, stechenden Augen, in eine Wut ausgebrochen, die dem Stillen namenlos und unerhört war, und hatte den scheinbaren Dieb furchtbar geschlagen. Die Angst, die der Augenblick in Johannes hineinpreßte unter der Verschuldung, der Wut des Lehrers, dem Keuchen des Kameraden, spitzte sich jählings zu einer seltsamlichen starren Lust, die den Zusammengeduckten stumm und vornübergebeugt jeden Stockschlag auf das weiche Fleisch verfolgen, sein Ohr jedes Schmerzächzen einfangen ließ, und Zittern kam über ihn. Dieses zerreißende Gefühl zu vergessen, konnte er lange sein Herz nicht bezähmen.

Er wurde im Garten einmal dabei betroffen, wie er seinem Hunde Petersilie aufdringen wollte und ihn, als er sich sperrte und winselte, immer wieder an die würzigen Blätter heranriß; man nannte ihn daher Hans Petersilie.

Meist hockte er zu Hause und brütete oder schloß sich in sein Zimmer ein, setzte sich in eine Ecke und lockte seinen anderen Freund, den Hund, an. Er fragte ihn heimlich dumme Dinge, sah ihm in die großen, unvernünftigen Augen und hob langsam die hinterlistigen, lüsternen Hände, legte sie um den braunhaarigen Hals und drückte mit flackerndem Atem fest, wenn das Tier sich sträubte und mit den Pfoten kratzte, drückte, bis es nicht mehr winselte, ihm die Augen aus den Höhlen traten und der schmale Körper sich beiseite warf. Ließ er den Hund los, der sich unter das Sofa schleppte, so kroch er ihm nach, legte sich auf die Erde und horchte starr entzückt wie auf das Ächzen des Kameraden, auf das Winseln und hastige Atmen des Tieres.

Die zügellose Wildheit seines Träumens strömte in der Überstürzung, mit der er, stockend im Beginn, sein Werk steigerte und vollendete. Auf dem Flur hob er das Tier mit täuschenden Schmeichelworten auf, wiegte es ruhig in den Armen, und während die Erwartung in ihm zitterte und mit jeder Sekunde stärker zitterte, schleuderte er es plötzlich die halbe Treppe hinunter, worauf er mit halsbrecherischen Sprüngen nacheilte, um zu sehen, ob das Tier noch lebe und seinen Trost auf den letzten dunklen Pfad mitnehmen könne.

Und lachte und klatschte schon unterwegs in die Hände, wenn der Hund sich mehrmals um sich selbst drehte, ohne den Weg zum Entlaufen zu finden, und küßte ihn mit herzlichem, dankbaren Mitleid.

Der Hund starb im Winter, als Johannes ihn morgens, während niemand auf dem Hofe war, aus einem Flurfenster in einen hohen Schneeberg warf.

Am Abend dieses Tages begann das Tier zu schreien und sich mit heißer Nase zu winden; der Herr legte es in einen warmen Korb, hüllte es in seine eigenen Decken und pflegte es mit Milch, sogar des Nachts, aber es nahm nichts an.

Aus der Schule lief er tags darauf, so schnell er konnte, heim, um den kranken Hund zu sehen, ihm mit Bädern und Pillen zu helfen, und seine Gedanken waren nur bei dem Hunde. Aber am Morgen des dritten Tages lag das Tier starr in seinem Korb, selbst der Schwanz bog sich nicht.

Da nahm Johannes es auf den Arm, schaufelte ihm im Garten ein Grab unter einem Kirschbaume und legte die Leiche hinein, unter stillem Gebet. Dann stampften seine Füße das Grab zu.

Und er ging an dem Tage im frohen Gefühle seiner Arbeit, zugleich in Andacht und wehmütigem Gedenken umher.

* * *

Wenn der an solche Einsamkeit Gewohnte neben seinen Kameraden einherging und ihnen zuhörte, wie sie sich von ihren Neigungen, Freundschaften und Feindschaften unterhielten, so klagte er sich an und erschauerte: Das ist das Leben, das echte Leben. Aber er entsetzte sich vor der grenzenlosen Sicherheit, mit der sie über Menschen und Dinge sprachen; er hatte Furcht vor der unerbittlichen Bestimmtheit der Worte, wo er stumm den Dingen lauschte und sich ihnen hingab.

Er beobachtete mit schielen Augen diese fleischgewordenen Schicksale. Und doch schien es ihm, als ob ihn etwas von weitem in diese starre, sprechende, tote Welt hineinrisse, und während sie hingingen, verlor sich sein Ohr von ihren Gesprächen ab, und er verstummte immer tiefer. Wenn er allein saß, die raschen Tritte seiner Kameraden an seinem Hause vorbeirannten und Unruhe in ihm flimmerte, trieb ihn plötzlich ein Wunsch, nichts zu hören, der mit Bitterkeit über ihn kam, hinten in den Garten.

Er setzte sich auf das Grab des Hundes und stöhnte langgezogen, wie er es vor langen Jahren von seiner Mutter gehört hatte, die sterbend von ihm Abschied nahm. Und der Gedanke an Achilles, wie er seines liebsten Freundes, des Patroklus, beraubt am lautaufrauschenden Meere saß und mit seinem hellen Stöhnen die silberfüßige Nereide lockte, übermannte ihn so, daß er immer wieder »Molly«, seinen Hund, rief: »Mollychen, verzeih mir, wenn ich dir Böses getan habe; ich habe dich immer liebgehabt, und oft hast du mich auch geärgert. Warum hast du nur die Pillen nicht genommen, – sie waren so gut. Oh, ich liebe dich so.«

Und die braune Hundeseele stieg leise bellend auf, umschwebte ihn und besänftigte den Bebenden.

* * *

Weder den Schulkameraden noch Hausgenossen fiel mehr seine Verschlossenheit und gerades Vorsichhinschauen auf. Es kam eine Zeit, wo er ganz zu versinken und sich zu halten schien, als ob ihn etwas Schweres betroffen hätte. Der sich selbst Überlassene schien sich nicht mehr ein noch aus zu kennen. Er begann erschreckt zusammenzufahren, wenn die Tante ihn rief. Wenn sie ihn fragte, schaute er auf, wehrte ihre Angst ab, seufzte und ging davon, um weiterzubrüten.

Nachdem er einige Zeitlang dahingeschlichen war, blieb er, ganz verfallen, zu Hause. Ohne daß er über einen Schmerz klagte, kränkelte er sichtlich. Er lag teilnahmslos auf seinem Zimmer, ein stilles, versunkenes Feuer auf dem Grunde seiner Augen; nur lächelte er manchmal ergeben. Eines Nachmittags legte er sich unruhiger auf sein Sofa und schlief ein. Als er erwachte, scholl lauter Gesang in sein Ohr; er war mit glühheißen Wangen, heftigem Herzschlagen, unter wollüstigen Krämpfen erwacht. Eine furchtbare Angst lag auf seiner Brust und Kehle. Starr vor Entsetzen blieb er eine Minute liegen; dann lief er mit brennendem Kopfe, zitternd, fast fiebernd, ins Freie, – durch den Garten, über das Grab des Hundes, ohne zu denken auf die Straße. Er trieb in Querstraßen, Winkel- und Sackgäßchen, über breite Gartenanlagen, auf denen Kinder spielten und alte Männer auf Bänken saßen; ohne von sich zu wissen, setzte er sich auf eine Bank vor einer Kirche.

Ihn schwindelte, als er stillsaß; und er staunte schließlich über den Ort, – so erinnerte er sich auch an seinen Garten, seine Wohnung, – und lief, langsamer und unsicher, über die Straße. Er half auf einer Brücke einen Wagen, der nicht vom Flecke konnte, weil er überschwer mit Eisenschienen beladen war, fortschieben. Während er sich an den Rädern abmühte, daß ihm der Schweiß auf der Stirn perlte, rief er laut »hüh, hüh« mit den anderen, zum Versuch, weil er fühlte, daß eine Art Stummheit auf seinem Munde lag. Er wollte seine Nachbarn, die fremden Arbeiter, zwischendurch in demselben Tone etwas fragen, aber er wußte nicht was.

Weitertrabend fand er sich plötzlich dicht bei seiner Wohnung.

Was ihm geschehen war: um diese Frage haschten und spielten seine Gedanken, wenn sie sich nicht verloren in dem heißdumpfigen Gefühl, das immer noch über Kopf und Ohren, von den Därmen und den Brusteingeweiden heraufschwelte und seine Kehle rasch berührte.

Er wußte nicht, was über ihn hereingebrochen war und wen er fragen und um Hilfe bitten sollte. Er wünschte sehnlichst sprechen zu dürfen und eine Stimme zu hören. Sich selbst erzählte er in seinem Zimmer halblaut sein dunkles Erlebnis; aber geduldlos legte er sich hin und winselte.

* * *

Tage und Wochen vergingen, bis der aufgeregte Schrecken sich gelegt hatte, währenddessen die Beklemmnis ihn so umfaßte, daß die Häuser an ihm vorbeischwankten und er glaubte, irrsinnig zu werden. Dunkle Worte aus der Bibel und dem Munde des Religionslehrers fielen ihm ein: über heimliche Versuchungen, denen der Mensch, der sich selbst der böseste Feind sei, nicht erliegen dürfe, und über ebenso heimliche Strafen Gottes.

Er suchte sich zu retten, sein Erlebnis irgendwo einzureihen; das verschwiegene Schuldgefühl, das oft unter seinen wilden Träumereien und seinen einsamen Spielen murmelte, tauchte auf und redete vernehmlicher in der verschüchterten Seele; die wilden, süßen Erschütterungen hatten seinen wehrlosen Leib wie strafende Krallenhände gepackt und gebogen. Er sann darüber nach, was er verbrochen hätte und fand genug, wohin er nur faßte.

Da glitt er nicht um seine Schuld herum, sammelte alles einzeln und stieß sich in schneidende Anklagen hinein, schleppte sich an sie wie ehemals seinen Hund an den Mist heran.

Als er aber eines Abends die Kleider ablegte, überfiel ihn die sonderbare Frage, warum wohl alle Menschen Hosen trugen, zum Teil sogar lange Kleider von den Hüften herab bis zu den

Knöcheln; und er blieb sinnend und getröstet auf dem Bettrand sitzen. Gewiß, das war es, sie hatten alle dasselbe erlebt wie er und verdeckten sich nur so, weil die Bibel von der Sündenschuld redet und keiner den anderen von seiner Schuld wissen lassen wollte.

Besser wäre es auch, offen zu leiden, als die Feigheit des Vergessens. Aber das Schämen war nur ein Vogelstraußspiel. Er merkte es doch, wenn er sich auch hüten wollte, es zu sagen. – Es wurde ihm ein vergnüglicher Gedanke, sich die Menschen, denen er auf der Straße begegnete, hinter den Kleiderwänden zu denken, gleichsam als eine unsichtbare Welt, die hier einherwandelte, wie die Welt der Gedanken hinter starren Worten.

Er hätte den Menschen, auch seinem Lehrer, schmunzelnd auf die Schulter klopfen können: »Nicht wahr, wir kennen uns?« Und er sonnte sich an seiner Überlegenheit, wenn er in den Straßen herumabenteuerte.

* * *

Ihn überschwemmten solche Gedanken. Aber es gab eine Grenze für diese Überlegenheit: wo die Hose aufhörte, begann die Befremdung. Johannes staunte, als er jählings bei seinen lächelnden Beobachtungen auf diese zweite Seltsamkeit stieß: Warum trägt ein Teil der Menschen Röcke? Es ließ sich schwer denken, was es mit den Langröckigen, Ungeschorenen eigentlich für eine Bewandtnis hatte. Sie waren auch Menschen, aber veränderte. Wenn Johannes seine Tante mit prüfender Aufmerksamkeit betrachtete, so war sie, abgesehen von ihrem behaglichen Fett, überhaupt runder überall als er, und schaute mit so lammäßigen Augen in die Welt. Aber dann die Röcke: das war das Wesentliche. Er zweifelte nicht daran, daß die Frauen Beine haben, so daß sie etwa diesen Mangel vor den Männern verstecken wollten; denn das sieht man ja an den Mädchen, aus denen doch die Frauen wachsen; auch kann man ihre Füße noch jetzt deutlich beim Gehen sehen, und die beiden Füße mußten irgendworan befestigt sein. Es ließ sich aber dann vernünftigerweise nicht einsehen, warum sie keine Hosen tragen. Er mühte sich lange vergebens.

Schließlich war er beim Betrachten des weiblichen Tuns auf den Gedanken gekommen, daß die Röcke vielleicht zweckmäßig für Beschäftigungen der Frauen seien, damit die Markttaschen nicht so sehr ihre Knie scheuerten, oder damit die Kinder bequem auf ihrem Schoße sitzen könnten. Er rieb sich die Hände, als er nach Erlangen der Einsicht, daß die Vermeidung der Reibung durch die Röcke wohl unwesentlich und auch die Erhöhung der kindlichen Bequemlichkeit nicht viel betrüge, hinterlistig und mit einem Gewaltstreich annahm, daß die Sache wohl überhaupt unerklärlich sei oder höchstens als ein alter frommer überlieferter Irrsinn. Wochenlang freute er sich über diese Erkenntnis und hütete sie gut.

* * *

Dazwischen wuchs seine Neigung zu dem jüngeren Kameraden. Er schmückte und ordnete das Zimmer, wenn der Freund ihn besuchte, erwartete ihn mit Herzklopfen und ließ kaum die feinen, blutwarmen Hände des Freundes, wenn er neben ihm saß, los. Seine Innigkeit war grenzenlos geworden, aber nie wagte er es mehr, ihn zu küssen. Er trug ihn auf seinen starken Armen durch das Zimmer und in den Garten hinaus, drückte ihn scheu an sich und wiegte den Lachenden in der blauen Luft.

Aber er trug ihn nicht lange so, weil eine rätselhafte Schwäche durch seinen Arm ging, während er den liegenden Freund betrachtete, und er fürchtete, ihn fallen zu lassen.

* * *

Die frühe Dumpfheit, brütende, lallende Traumhaftigkeit mit ihren trüben, verhängten Horizonten, ihrer greisenhaft stummen Ohnmacht und Schrecknis, mit ihren Schauern und Gespenstern, denen der Verlassene willenlos hingegeben war, sank langsam.

Rätselhafte, unfaßbare Menschen waren die Frauen, kaum Menschen, zarter, erlesener, unmerklich ähnlich seinem Freunde, – und noch mehr: die Blume vom Weine Mensch. Vielleicht litten sie noch inniger unter der stillen Erbschuld und mußten sich ganz verhüllen, weil sie sterben würden, wenn jemand ihr Geheimnis erriete und in Blick oder Wort es ausspräche. Vielleicht sagt nichts anderes die Lehre von der Erschaffung des Weibes, als daß der Mannesmensch nur ein vorläufiger Versuch Gottes war, als er den Menschen bilden wollte, nur sein Rohstoff, das Weib zu schaffen.

Zum Zerbrechen fein sind sie nun unter der Tiefe ihres Sündgefühls geworden, schwinden leicht und freudig darunter hin. Wie goldene, lockende Wolken schwimmen sie am Himmel der Mannesmenschen; ja, sie sind ein sichtbarer Beweis für das Dasein Gottes.

So überschlug sich in ihm die Verehrung, die ihm das Zartfremde einflößte, mit dem seine träumenden Wünsche schalteten.

Er betrachtete sich selbst fast mit Schauern, daß er eines jener Wesen zur Mutter gehabt hatte, und wie innig erhob es sein Dasein, daß er still unter ihnen gehen und sie betrachten durfte, die Ahnungslosen, die ihres Wertes nicht bewußt das Leben durchsetzten.

Er legte manchmal unter dem Banne solcher Vorstellungen einen bebenden Ton in seine Stimme, wenn er mit seiner schwarzgewandigen, prallen Schaffnerin sprach, daß diese über solchen Ernst erschrak oder den Kopf schüttelte. Eine unwillige Schamröte stieg ihm ins Gesicht, wenn sie ihn bediente; ihn empörte diese Roheit des gemeinen Denkens, diese pöbelhafte Herabwürdigung des Höheren, ja, er dachte schon daran, die Schaffnerin zu bitten, ins Kloster zu gehen, er wollte sich einen Hausdiener nehmen.

Aber niedergeschlagen sah er ein, daß damit doch nur eine kleine Hilfe geschah, daß er vor der Trauer flüchtete, vor der großen Not, unter der die Frauen ahnungslos litten. Später wollte er alle Frauen über ihre ewigen Rechte und Vorzüge aufklären, um endlich Wandel in diesen himmelschreienden Mißständen zu schaffen.

Und er duldete es weiter, wenn auch mit blutendem Herzen, daß die Tante ihm Kaffee vorsetzte. Aber indem er ihn langsam schluckte, sah er mit finsterer Ahnung und stiller Zustimmung schon in der Ferne, wie auch ihn das Grobe, Gemeine in Elend zwingen würde, gleich der runden Frau, die, ihres Elends unbewußt, lächelnd und freundlich vor ihm stand. Denn alle Schuld rächt sich auf Erden. Vielleicht auch, und das schien ihm am wahrscheinlichsten und gerechtesten, nahmen die Frauen selbst Rache an ihm.

* * *

Er pflegte und zog sich immer wieder die grünen Wicken mit den weichen, dünnen Härchen, die er gern liebkoste und mit seinem warmen Atem anhauchte. Es beglückte ihn, etwas Fremdes und aus sich heraus Wachsendes auf Leben und Tod zu besitzen. Mehr verlangte er aber nach dem warmen, lebendigen Fell seines toten Hundes, an den er sich oft mit Lust erinnerte. Ein jäher Einfall trieb ihn einmal beim Gedanken an das lose, zerfressene Fell dazu, das modernde Tier auszugraben.

Er wachte auf unter dem aufzuckenden Einfall, das Fell zu sehen, sein Tier war ihm gegenwärtig.

Während des Grabens wuchs unter dem üblen Geruch, der aufzusteigen begann, erst die Spannung in wilder Weise; dann lief er voll Ekel und halb ohnmächtig fort und schüttelte sich.

Am liebsten saß er still im Garten, schaute einem Fink zu, der auf einem niedrigen Baum nistete. Dann legte er auch sanft und fühlend die Wange an eine Birke, schloß die Augen und seine Hand streichelte nach einiger Zeit langsam seine eigene heiße Wangenhaut. Wenn er sich von seiner Bank erhob, mit blöden Augen gegen den grauweißen Himmel blinzelte und sich reckte, so lag in den Armbewegungen des Verschlafenen etwas von dem gewaltigen Anziehen und vernichtenden Umschließen einer Umarmung.

* * *

Sie lesen von der Größe der Römer. Es ist ein wasserfarbenes Gerede: Triumph, Sieg, Nachwelt und Ruhm.

Vor mir sitzen in den Bänken die anderen Schüler mit der Nase in den Büchern und einer liest, an die Bank hinten angelehnt, seine Übersetzung vor. Ach, es ist unerträglich. Die Sonne scheint, und ich langweile mich. Ich blättere in meinem Buche; will lieber drüber wegschauen. – L'Arlhésienne. – Seltsam, – was zieht mich das Wort an. Es klingt mir so bekannt, so vertraut. L'Arlhésienne. – Und rührt an etwas in mir; wie ein verschwimmendes Lächeln. Immer wieder klingt es in meinem Ohr; ich hasche danach. Nichts ist da – –

Summ, summ. – Langsam will es auftauchen. Im Traum; wir gingen über den Damm. Wir sprachen von Büchern. An der Bordschwelle trennten wir uns. Er reichte mir zum Abschied die Hand. Und da sagte er zu mir mit seiner ruhigen Stimme: »Lesen Sie auch L'Arlhésienne.« Dann ging er. Mir wurde süß und heimlich zumute, und ich wachte auf.

Ich sitze auf meiner Bank ganz angelehnt. Mit halbgeschlossenen Augen. Wieder suchend und verloren.

Es läutete. Ich nehme meine Bücher und gehe. Draußen regnet es. Schmutz liegt auf der Straße und die braunen Pferde dampfen. Einige gehen mit mir im Regen. Wir sprechen von dem Wetter und anderem. Wir gehen über die Brücke. Plötzlich fällt mir jenes ein, und ich muß lächeln. – Aber wieder fühle ich es summen; es erfüllt mich. – Mein Zimmer. Still. – Ich habe mich auf mein Bett geworfen. Eine seltsame Unruhe ist in mir, eine eigene, tieftiefe Spannung; meiner Seele ja, heimlich, nach innen gezogen. Ich versinke in mich, es löst sich alles in mir. Wispert wie ein liebes Atmen, Schmauchen, Näherschlürfen. Ich finde es wieder; ach, wenn ich es wiederfände.

L'Arlhésienne, – die Zarte.

Es klingt mir ins Ohr. Wie ein verschwimmendes Lachen, drin geh' ich auf. Bin süchtig danach, doch darf ich's nicht rufen, nur nicht rufen.

Es streichelt, durchrieselt mich, summend, du, ach, du – du kommst –?

L'Arlhésienne –!

* * *

Seine Finger streckten sich in die Luft und sehnten sich nach Berührung und Gleiten über Weiches, Schmelzendes; seine Haut träumte von Wärme; über die gekrümmten Knie strömte und spukte die Lust hin sich zu schließen, zu umschließen; Brust und Lippen drängten sich gegen die Kissen seines Bettes, gegen einen schlanken Baum, schmachteten verloren zu den schimmernden Himmelswolken auf.

Manchmal, wenn die Sonne stark schien, oder bei einem warmen, regnerischen Wetter, wo die Luft voll schweren, niederdrückenden Dunstes stand, lächelten schwarze Kobolde in ihm, erst verschwiegen, dann flüsterten, riefen sie so, daß alles zu horchen anfing, und brüllten und schüttelten die Zottelhaare: »Hallo, ihr Schloßhunde!« Johannes lief auf die Straße, versteckte sich, ballte zornig die Fäuste.

* * *

Wie die Gewebe, ehe eine Krankheit oder Gesundheit den Körper überrumpelt, sich in Schwäche oder Stärke vorbereiten, ihr Geschick zu empfangen, so die Triebe.

Die Zufälle wirbeln und reiten durch alle Welt und sind an jedem Orte.

Wer will, kann sie halten, auf der Straße, auf den Feldern, im Zimmer, liegend, stehend, fahrend.

Aber die Triebe müssen wachsen und ihrem Zufall entgegenreifen, ehe sie sich an ihm mästen und verrecken.

* * *

Als Johannes unter behaglichem Summen durch die Vorstadt schlenderte, sah er an einem Garten, vor einem dürftigen, einstöckigen Hause, ganz nahe an dem grüngestrichenen Holzgitter eine junge, blonde, stumpfnasige Frau, die ihr winziges Kindchen auf den Schoß legte und mit halboffenem Busen saß. Sie starrte den großen Burschen, der stehen blieb, ruhig aus wasserblauen Augen an.

In Johannes war bei dem Anblick der vollen, strotzenden Brüste eine Stichflamme aufgeschlagen. Die blendete ihn, so daß er stehen blieb und den Atem anhielt. Sein Atem flog, als er wieder ging, trabte, hastvoll lief; er war fassungslos nach dem heißen Schreck; wußte nicht warum und was ihm geschehen sei.

Ihm war der schöne Weibesschmuck nicht unbekannt. Die Erregung flaute erst während des Laufens ab und ließ Platz für Besinnung, währenddessen er oft, ohne es zu merken, stehen blieb, ging und schneller eilte. Er tastete einen Zusammenhang, als ihm beim Laufen über die Gartenanlagen plötzlich seine erste, starke, süße Erschütterung einfiel, die ihn laufen gemacht hatte, und er sie mit Erschrecken der jetzigen verglich.

Blitzschnell begriff er alles, als er ein reckendes Verlangen seiner Arme und seiner Brust, ein Drängen seines Schoßes nach der jungen Bauersfrau fühlte. Seine Gedanken überstürzten sich immer mehr. Vollkommen verdüstert schloß er sich zu Hause ein.

* * *

Mit einem Schlage hatte er auf lange Wochen die Besinnung verloren. Das Geheimnis war aufgedeckt. Jetzt verstand er, wohin die Unruhe seines Leibes und seiner Seele drängte; und dieses Wohin stand riesengroß vor seinen Sinnen, eingehüllt in den purpurnen und violetten Mantel jener wonnigen Entsetzen. Ach, die zarten, wie hatte er sie mißverstanden! Alle seine Gedanken schwammen rettungslos nach dem einen Ziel und überströmten, bezwangen, bewältigten den Wehrlosen, daß er in seinem Hause lautweinend vor Ohnmacht, Sehnsucht und Verzweiflung in die Kniee sank: unwiderstehlich hallohten durch ihn die zottigen Kobolde. Wieder ergriff ihn ein Fieber; in halber Ohnmacht ging er umher und sein Körper spannte, krampfte, schüttelte sich. Um sich zu beruhigen floh er bald unter die Menschen, bald vor den Frauen in die Stille, fiel in das alte dumpfheiße Brüten zurück, aus dem er sich erschreckt und mit blitzenden Augen erhob.

Er lief auf die Gassen und Straßen vor sich fort, mit gekrampften Kiefern, halb wahnsinnig, zum Weinen erregt und aufgewühlt, wie zum Sprung bereit; manchmal mit finsterer, mordentschlossener Stirn und pfeifendem, zischendem Vorsichherflüstern, versteckt musternden Augen, greiffrohen Händen. Zu Hause biß und küßte er seine Wicken; jetzt stieß er seinen Freund zurück, rang die Hände über seine große Verlassenheit: Ja in manchen hingeworfenen Stunden sich unter brennenden langsamen Qualen verrosten zu lassen. Wenn er hilflos an Schönheit dachte, so tasteten seine Augen Weibesbrüste. Und dann nichts als Ohnmacht und Elend.

* * *

Unter dem Leiden bog sich sein Begehren zu einem Recht um, das man ihm versagte, und in dem Hilflosen stieg Haß und eine verschleierte Bitterkeit auf, die die Augen starr und das Herz kalt und still machte. Eine dunkle Verschlossenheit zog über sein Wesen, die nicht mehr wich, etwas Kaltes, Zurückweisendes, ja Höhnisches, das die überzarte Verletzlichkeit seiner Seele verdeckte.

Unermüdlich kreisten in seinem Innern Geier über dem Leichenfelde seiner Erinnerungen.

Das Wunder der Geschlechtlichkeit war es, das Johannes nicht losließ. Er konnte es nicht fassen, daß der Mensch nicht satt in sich selbst ruhe, zu Mann und Weib zersplittert, ewig über die eignen

Grenzen gedrängt, an fremdes Lebendiges getrieben werde. Das Kainszeichen der Geschlechtlichkeit trägt jeder: unstät und flüchtig sollst du sein, du sollst – lieben.

Es ist, als wollte sich das Leben, das sich erst geschlossen in das Freie, Breite, unbegrenzt Wogende von Luft, Feuer, Wasser ergießt, nur schmaler und eng einschnüren und auseinander würgen zu starrer Zweiheit, um sich heißer zu verbeißen, sich aufs wildeste zu packen.

Das Einzelne bleibt nicht ruhig in sich selbst; es taumelt und darf nicht stolz sein, kommt zu sich, in dem es zum andern kommt, gewinnt sich erst im andern, das Bruchstück, das Wertlose. Wir sind gebunden, verloren und verraten eins ans andere. Oh, wie verstand er das Wort, daß der Mensch nicht allein sein solle; oh, wie verstand er, daß es das Wort eines mitleidlosen, menschenstolzhassenden Gottes war.

* * *

Er verdeckte sich die Qual solchen Niedergeworfenseins, entrann der Strenge ihres Blickes und den Krallen ihrer Hände.

Je mehr sich das Aufheulen seiner Begierde heiser hinschwieg und er die Gewohnheiten seiner Stille wiederfand, umso befremdlicher erschien ihm bald dieser Schrei, den noch das Gedächtnis seines Ohrs festhielt. Es schien ihm, als hätte er sich durch Träumereien kinderhaft erschreckt aus seinem Hinleben aufscheuchen lassen. Ein Nachgefühl kam dem unsicher Tappenden zu Hilfe: er war seinen Träumereien durch einige Zeit nachgelaufen, ohne sie einzuholen; bald hatte er sie aber Schritt für Schritt kennen gelernt, war mit den erst fremden, bunt erstaunlichen vertraut geworden, – und so dachte er: sie kämen nur seine Verlassenheit und Langeweile zu unterhalten und zu belustigen mit ihren Sprüngen, komischen Verrenkungen, himmelhohen Aufschnellen auf Gummigliedern, mit ihren Zungenschleudern und Kindertränen; eigentlich spielte er mit ihnen, in dem Frohgefühl, ein seltsames, erlesenes Spielzeug zu besitzen; er willigte ein, daß sie erschienen; bald konnte er sie auch rufen; ja er beschwor diese Schatten herauf, diese schwärmenden Gespenster, koste und tanzte mit ihnen, bis sie einschliefen; spöttisch nannte er sich Faust, den Herrn der Geister, verschrieb sich Geisterstunden gegen üble Laune; er selbst im Innern unbewölkt und teilnahmslos, nicht begreifend, wie Menschen unglücklich werden können, die ihres Willens und ihrer Sinne mächtig wären. – Jetzt nun meinte er, unter dem Nachwirken dieses Freiheitsgefühls, seine Herrschaft über die Mächte einen kurzen Augenblick verloren zu haben, als er ihr Spiel zu toll werden duldete; sie hatten ihn fortgerissen und unziemliche Gewalt über ihn geübt. Er mußte sie wieder zähmen.

* * *

Nun aber begann das immer erneute Schwanken, das Auf und Ab zwischen ausbrechendem Bangen, Bezwingen, Mißtrauen, Verachtung und Kälte, das unausgesetzte Durchstürzen von Willen und Willen ihn ganz zu verderben. Ratlos stand er vor dem zitternden Drängen, das ihm sich selbst entfremdete, wünschte ein Ende.

Er faßte einen Widerwillen gegen den Schwertertanz seines Daseins. Das sinnlose Hin und Her lähmte ihn, füllte ihn mit Haß gegen seine Ohnmacht, die es nicht wenden konnte.

Die Schwäche seines Gedankenwillens erfuhr er, als er vergeblich seine Begierde zu zähmen suchte; er ließ es gehen. So rettete er sich: er zog sich auf den kühlen Hohn vor der machtvollen Unvernunft zurück. Der Boden seiner Seele wogte und schwang immerwährend unter den Schritten der unheimlichen Mächte; schon lechzte ihr heißer Blick, schlug ihr Atem mit Stöhnen, Angst und Gier in seine Träume, Wangen und grauen Augen. Der Herrscher des bedrohten Landes lag am Boden, spottete des Ziehens und Rollens, unter dem sich die Erde zu öffnen schien, um nach ihm zu schnappen und ihn herunter zu würgen.

Oft geschah sogar, daß einsam stolz, mit verächtlichem Mitleid lächelte, der eben noch geweint hatte. Oft fühlte er sich ähnlich einem mächtigen Herrscher, der sich auf weißen Wein versessen hatte. Auf weißen Wein.

* * *

Still zog er sich, wohin er kam, vor den Frauen zurück. Von dem ehrfurchtsvollen Eindruck, den die Fremden, Zarten auf ihn übten, hatten sie, als er ihr Wesen nun kennen gelernt hatte, nichts eingebüßt; in seine Scheu war Furcht gekommen, manchmal Haß und Ingrimm. Alle unbewußte Heiterkeit verdarb ihm die Gegenwart seiner geborenen Feinde. Schwer, finster und einsam wie Musik machten sie ihn; wenn er die Augen vor ihnen schloß, so fühlte er durch die Haut ihre Gegenwart, durch die Fingerspitzen, die Haut der Arme und der Brust; ja hinter die verschlossenen Augen gaukelten sie ein, bis sie wieder in der unausgeglichenen Seele die Schrecknisse und übernächtigen hohläugigen Traurigkeiten heraufhoben und einen verstockten Drang zu Ränken und bösem Streit in dem Gequälten erregten.

Um sie zu vergessen, flüchtete er zu seinem neuen Freunde, einem schlankgewachsenen blonden Knaben, mit offenem frischen Gesicht, dem er sich zugewandt hatte, um immer eine klare helle Stimme zu hören und einen schönen, aber männlichen Mund zu sehen. Wenn sie sich ansahen, so flog etwas Seltsames in beider Blick. Johannes wandte unwillkürlich und schnell den Kopf. Wenn sie lachten, so lag ein verschwiegener Zug in dem Schwunge ihrer Lippen; keiner sagte davon, aber sie wußten von einander, wenn sie sich prüfend rasch in die schimmernden Augen sahen. Ein Unausgesprochenes begann sich ihrer zu bemächtigen, eine Scham. Der zufällige Blick ließ beide erröten wie ertappt. Johannes, wie ein Vogel gebannt vom Schlangenblick, sträubte sich, wollte sich lösen.

Aber wenn sich in ihm das Bild seiner zarten Peinigerinnen wieder erneute, so fühlte er von den warmen Gliedern des Freundes etwas auf sich ausgehen, das ihn abhielt sich zu regen, zu rühren, etwas, das still in ihm schwoll, bang und süß, mit eigner schmerzlichen Schärfe, das ihn wie ein Zauber umfing, dem er nachging. Er öffnete ihm die feuchten Lippen.

Beim Anblick der jugendlichen weichen Glieder zwitscherte Begierde auf; lockend überkam es ihn, er stand in sündigen Träumen. Er floh heftig seinen Freund, in einer unklaren Furcht unrein zu werden.

* * *

Seine weiblichen Feinde hatten ihn aus seiner selbstfrohen Ruhe getrieben, von dem Freunde, zu dem er sich retten wollte, war er fortgepeitscht. So wurde Johannes immer mehr zum offenen Kampfe gezwungen.

Sachte fuhr er auf ein Meer von schärferen Unruhen hinaus.

Johannes dachte bald nur an die schwebsam Leichte, bläulich Schwarzhaarige, mit den schwarzen lächelnden Puppenaugen, die mit dem sonderbaren Helden neugierig spielte, an ihm ihre Waffen übte.

Ihr niedliches Bild riß alles an sich, was in Johannes sich für das Weib angesammelt hatte; um dieses Bild tanzten und ordneten sich alle seine Tagesstimmungen. Da der Gedankenschwelgerische ihre Augen vom Morgen bis zum Abend auf sich ruhen fühlte, so mußte er zu ihrer größeren Ehre leben und sich vergeblich suchen.

Immer wieder dachte er von ihr weg, inzwischen fühlte und liebte es unten weiter, und nicht lange, so war er nur ein einziger stürmischer Gedanke an sie, bis sein Stolz auffuhr und alles hinunter warf, wo es wieder heraufgärte.

In der Laube saßen sie für einen geraubten Augenblick zusammen und hatten die hellgrünen Weinranken um sich herabgezogen und fallen lassen bis herab zur braunen Erde.

Langsam und leise, aber unbewegten Tons, bat er: »Sie haben eine schöne nackte Hand, die wunderheimlich duftet. Geben Sie mir doch Ihre Hand, Prinzeß, Prinzeß Schwarzaug von Pralinesia.« Sie zog ihre linke Hand vom Tisch; er griff nach ihr: »Ich möchte Ihre Hand in schneeige Seide werfen und drin begraben, daß sie niemand mehr berührt. Vorher möchte ich aber noch Ihre Knöchel küssen.« – »Ich bitte, mein Herr.« – Er hielt ihre Hand fest, während ihre ernsten Mädchenaugen ihn anblinkten. Die vollen Lippen schwellten ihr, über deren Schultern, Brust und Gesicht durch die Ranken runde gelbe Sonnenstrahlen vibrierten, grüne Halbschatten unruhig sich bewegten. Ihn überlief es heiß; mit diesen stummen Blicken hatte sie ihm einen Liebestrank eingegeben, der seine Glieder durchspukte, dessen köstliche Zärtlichkeit über seine Nerven hinschwamm. Er vergaß seine Scheu vor dem Weiblichen, seine Arme legten sich, als ob sie Gewohntes übten, um ihre Hüften, – sie hoffte ja schon lange auf diesen Augenblick und war fast verzweifelt über seine Unbehilflichkeit, – sah ihr in die halbgeschlossenen Augen: »Was verstecken wir uns voreinander?« Er küßte sie auf die Haare, auf den Mund: »Du Süße.« – »Du ungeschickter Junge.«

Aber das – träumte er nur, wenn auch so ergriffen, daß ihm Tränen in die Augen traten.

Dann – erkrankte sie schwer. Er wußte keinen Weg zu finden, um zu ihr zu kommen, da ließ sie ihn, dem Tode nahe, rufen. Im Krankenzimmer mit dem gedämpften Tageslicht und dem scharfen schwülen Geruch wandte sich die fromme Schwester ans Fenster, als er ins Zimmer trat. Er schlich ans Bett, wo sie, blaß und elend, die Augen aber strahlend, ihm die heiße Hand bot und den Arm um seinen Hals legte, als er den Mund auf ihren drückte. Er tröstete sie, und sie fragte ängstlich, was mit ihr nach dem Tode geschehe.

Er erzählte abgerissen, von ihrem leisen Schmerzstöhnen unterbrochen, von dem Werden und Vergehen; irdisch sei alles an ihnen; sie blieben immer auf der Erde, denn in Erde löse sich alles auf, um immer wieder zu wachsen in Regen, Sonnenschein, Schnee, Kälte, Haß, Glück und Leid und Liebe.

Die irdische Unsterblichkeit des Menschen malte er ihr aus.

Nur daß wir, was wir erlebten, später nicht wüßten wie heute. »So bin ich immer bei dir und nicht allein?« Sie lächelte im Fieber.

Johannes schauerte und besann sich plötzlich, daß er sein Liebchen schon hatte sterben lassen und zur Beerdigung der Lebenden ging. Er brachte ihr seltsame Traumgeschenke dar.

Ihren flinkfüßigen Leib auf den Arm zu nehmen und in die dunklen Wälder zu rennen, brüllte plötzlich ein räuberischer, lüsternbegehrender Wunsch auf, trieb ihn gesenkten Kopfes an sie heran, bis ihn ihr fragender Blick besiegt zurückwarf. Beschämt konnte er nichts sprechen. Nun rächte es sich, daß seine Gedanken wie losgelassene tolle Hunde auf ihr Bild gestürzt waren.

Zuviel regte sich in ihm bei ihrem Anblick, als daß er leicht gelassen hätte schwätzen und um Gunst werben können. Und so suchte er sie beständig und entfernte sie von sich durch übergroßes Sehnen immer weiter. Er fürchtete, ihr Gleichgültiges zu sagen, um sich nicht mit dem Nachhall der Wortklänge die hohen Gedanken an sie zu verderben. Seine Lippen, Zunge und Kehle hatten keine Bahnen zu seiner verloren schwebenden Sehnsucht, über die Träumereien, wie sie seine träge Selbstgenügsamkeit liebte, hinschwelten.

Er sprach einmal zu ihr, wie er es gewöhnt war, hohnvolle, dekkende Worte. Da verwies sie es ihm seiner müde. Er wurde bestürzt, verstört und ging.

Die spöttische Ruhe in sich hatte er sein Nein, den alten wilden Drang das Ja genannt, – die kluge Schwester und den hitzigen Kindskopf, die sich stritten.

Jetzt schwieg die kluge Schwester still und grämte sich. Aber emsig suchte sie bunte Decken, Tücher und Schleier hervor, um den Lärm des tobenden Bruders durch Behängen der Wände, Türen, der Fenster zu dämpfen. Wie Johannes sich aufrichten wollte vor dem Mädchen. Um seine Lippen ein verächtliches Lächeln. Er faßte sie am Handgelenk. »Was wollen Sie von mir?« Er sah sie an, – sein ganzer selbstgenügsamer Stolz lag in dem Blicke: »Wenn es mir gefallen hat, mit Ihnen zu scherzen, so werde ich

Sie jetzt lehren, mir zu antworten.« Er trat zurück; mit scharfem höhnischen Tone: »Wenn ich mit Ihnen rede, so wagen Sie in Zukunft nicht, einen derartigen Ton anzuschlagen, mein Prinzeßchen von – wo Sie wollen. Es könnte dann sein, daß ich Ihnen auf die Puppen-Fingerchen klopfe und Sie geziemlich sprechen lehre.« Stolz, mit wegwerfendem Zucken der Lippen setzte er sich hin.

So rumorte das Ja hinter den Vorhängen der verschüchterten Schwester, töricht, und wußte sich keinen Rat bei allem Stolz der Grimassen.

* * *

Sollte er verzweifelt und hassesvoll den törichten Willen von seiner Mutter Einsamkeit einlullen lassen? Sie hatte schon die Arme über ihn gehalten, in seine Irrsal hatte ihr Ruf klar gehaucht. Nun sann er, vor dem lichterlohen Feuer, das ihn verzehrte, tiefer erschreckend, auf Wüsteneien; die Totenstille sollte ihm das Feuer, schneebeladen wie sie war, ersticken.

Ach, die Totenstille! Daß ihn die verfluchte Gewalt aus seiner Ruhe gerissen hatte und jedem Lächerlichen preisgab. Er konnte nur zischen, wie sie ihn überrumpelte und ihn an seiner Ohnmacht würgen ließ: »Friß dies, du hältst uns so stolz für Kotfresser. Wir sind gnädig zu dir und lassen dich tanzen, du Rauchtrinkerlein.« Oh, hinterlistig war es aufgewachsen, hinter seinem Rücken, seine Träume hatten es mit samtnen Händen gepflegt und begossen, und jetzt mußte er sich wehren und vor Scham vergehen vor einer Macht, die er verachtete, vor Kotfressern, – ja, denn das waren die Begierden zu den Menschen. – Totenstille! –

Sie schien ihm einzige Rettung zu bieten, – zu vereisen, auszuhungern, was so glühte, so frech mit Pantherlippen lechzte, das Lieben. Nicht weinen, nicht weinen, sondern töten und Rache üben, und darüber verderben. Rache nehmen am eignen Fleisch für diese Niederlage. Wenn es schon hieß: erliegen, so sollten seine Feinde nicht über ihre Beute frohlocken; er wollte sich tot auf den Bauch hinwerfen, nun sollten sie ihre Beute suchen.

Tagelang ging er kalt umher, bis das Blut wieder voller aufrauschte, ihm Brust, Wangen schwellte, weiche Schultern und die schweren Arme hob, die Hände ineinanderlegte.

Wer schichtet mir den Scheiterhaufen, von Weihrauch, Tannen, Myrrhen, Spezereien, den Scheiterhaufen, nach dem ich mich sehnen muß, wo suche ich den Blitz, der mich zerschmettert?

Mein Löser, mein starkes flammendes, sardanapalisches Glück. O, Tod, wie süß bist du? O, ich bin so verdorrt, von allem verlassen, leer und herabgesunken, ich möchte nur einäschern und schluchzen, ich sehne mich so zu schluchzen und zu lodern. Wie wenig will mir das Leben halten, was es mir versprach, ach, und weinend muß ich gestehen: wie wenig habe ich dem Leben gehalten. So wegessicher, so stark, ohnegleichen sollte mein Leben sein; was wißt ihr von meinen Hoffnungen und Wünschen? Johannes, dein Leben –?

* * *

Ein immer waches Mißtrauen hielt ihn gefangen, je weiter er sich von jenem Erlebnis in steigender Kühle und Besinnung entfernte. Er sah, daß er in jenen Tagen in halber Bewußtlosigkeit umher gegangen war, daß er nicht das Pfauchen der Dampframmen, das Lärmen der Wagen und Arbeiter, das ruhige, stärkende Schauspiel des Häuserbaus vor seinem Fenster bemerkt hatte. Blind und taub war er gewesen. Wie fest hatte ihn das flüsternde Gedränge in seiner Seele gehalten. Er staunte und schämte sich seines Hingerissenseins. Erkaltend fand er sein Ohr geschärft für zirpende Obertöne in den Stimmen, die er nie gehört hatte.

Seine ruhigen grauen Augen sahen schneidend dünne Linien in Menschengesichtern, in denen er die Schwertstreiche ihres Schicksals erkannte.

Er war nach außen gedrängt, seine Sinne lauerten und sprangen. Er fühlte sich gealtert und meinte, daß es vielleicht der Sinn des Lebens sei, immer sicherer diese Ruhe zu gewinnen, immer tiefer Sehnsucht und Erstaunen fallen zu lassen. Veralten, verarmen, in die Kühle hinauf reifen, dieses wehe herbstliche Schauern immer!

So überlegen konnte er über sein Werben um die Flinkfüßige, Schwärzäugige, die so anmutig mit einem Kopfzucken ihre bläulich dunklen Haarwellen zurückwarf, lächeln und lächeln. Wenn die Schauer des Allweiblichen von ihr sanken, was blieb von ihr? Er hatte entzückt aufgenommen, was der Wind ihm über den Weg blies; ganz wie ein unwissend vertrauendes Kind hatte er, was der Zufall ihm in den Mund steckte, heruntergeschluckt.

Leicht durchgelockert, die Arme gehoben, die Finger windfreund, fühlsam und horchsam, sann er auf verborgene, entlegene Genüsse. Ja, auf gefährliche Buhlen sinnen, süß unter Jubel, – schwarz glänzende Augen, Lippen: zwei schmale strenge Blutlinien, hüpfende Sohlen, stilles Drehen, Rieseln, Kreisen der schneeweißen Gewande –! Aus den Fingerspitzen strömt es hin –

* * *

Klein sind die Füße Isoldens; aber ihre Augen sind groß. Ach, wie der schaumfeine Hohn um ihre Lippen; – Blutnelken stehn vor meinem Fenster. Ein Fluß spült die Ufer in sich ein. Mit gelbem, breiigem Schlamm, und die Erde rutscht langsam, –: So trocknet mein versengtes Zünglein, und mein Mund spitzt sich lecker und saugt an ihrem Hohn, und schlürft ihn ein. Spielt und strafft sich ihr schneeiges Knie, duck ich mich, ein Perser, bei Seite, krümme den Rücken, einer Harfe gleich, die man mit Tränensaiten überzieht: Gurre, bettle um zwei mädchenkeusche niedrige Brüste.

Isolde, du siehst mich nicht und deine Zehen treten den goldbraunen Schlamm. Zischst zwischen den Zähnen, was dir grad durch den Sinn irrt, – daß dich dein Schuhchen drückt und dich auch etwas hungert: nun will ich schärfer zischen und das zukende Ding fassen, deine Hand.

* * *

Neben Frauen und Mädchen ging er aufmerksam einher, innerlich unbewegt. Wenn er auf sich geachtet hätte, so hätte er Verwunderung und Befriedigung darüber empfunden, wie sicher und geringschätzig er geworden war gegen jene Wunder und Feinde.

Ein junges Mädchen, das er oft und teilnahmslos gesprochen hatte, schien, während sie wieder sich über Gleichgültiges Worte gaben, damit ihre Gegenwart ihnen nicht nur fühlbar, sondern auch hörbar sei und sie sich nicht voreinander fürchteten, mehr als auf ihre Worte, auf ihre Gedanken zu achten: so langsam und unbetont lösten sich die Worte von ihren Lippen und sammelten sich dort erst.

Er, erst selbst mit sich befaßt, bemerkte es bald, lauschte schärfer, fühlte sich befremdet über sie, die ihn nicht achtete. Aber nichts von Traurigkeit war in ihm oder bittrer Niedergeschlagenheit. Wer war dieses Mädchen, daß sie ein Recht hatte, sich selbst zu fühlen? Er spottete ihres Gedankelns. Ja, als eine zornrote gezwungene Gelassenheit ihm antwortete, lachte er dem Mädchen ins Gesicht, ließ sie gleichgültig von sich fortgehen, ohne Gruß.

Er freute sich jetzt bei der Erinnerung an seine erste Niederlage; etwas in ihm fühlte sich gerächt, er genoß diesen Streit als den eigentlichen Schlußakt jener Komödie. Eine Lustigkeit und Laune ergriff ihn; diese Lustigkeit wünschte sich zu vergrößern, und sah sich um, und mit eins kam Johannes, der über die unerwartete Fortsetzung jener Unglückseligkeit beglückt war, der Einfall, ganz den Sieg auszunutzen und zu Ende zu genießen; das Weibchen mußte, zufällig, wie es sich ihm darbot, wie ihn auch ein zufälliges Wesen hatte leiden machen, für ihr Geschlecht büßen. So tief wollte er es peinigen, wie er selbst gelitten hatte und noch tiefer, und er wollte ihrer Qual zuschauen.

So wenig war sie ihm, nicht viel mehr als sein Hund. Sie fesselte ihn nicht; aber wenn er jetzt an sie dachte, jagte ihm ein frohes Gefühl über die Haut, eine verspielte unnütze Lust.

Ein leichtes Mitleid mit ihr, die ihm verfallen war, bebte wieder in ihm, das, entfernt, sein Verlangen zu dämpfen, es entflammte.

Manchmal schwoll eine Dankbarkeit gegen das Mädchen in seiner Begierde, und er glaubte, sie auszuzeichnen, weil er sie gerade zum Spielzeug seiner Lust wählte.

* * *

Er ging seinem seltsamen, heimlichen Vergnügen nach. Es war ein Fest im Freien, wo er hoffen durfte, ihr wieder zu begegnen.

Bald sah er sie auch, auf dem weichen Rasenboden sicher und freudig auftretend, unter vielen anderen.

Sein Blick griff zu ihr herüber. Auch sie sah ihn; ihre Blicke streiften ihn rasch und fremd und glitten über ihn hinweg. Johannes drängte sich gereizt in ihre Nähe; als neben ihm einige über sie sprachen, wurde er noch unwilliger.

Was hatten sie sich um seinen Raub zu kümmern? Sie nannten sie eigenschön; er wußte es nicht, auch tat ihr Aussehen nichts zur Sache; aber er freute sich leise, daß andere doch also nur auf so Läppisches an ihr achteten.

Sie wagte es also doch. Sie hatte vorher über ihn und seine Worte hinweggedacht, jetzt plauderte sie still und ernst, ohne seiner zu achten.

Über einem starken und frohen Gefühle hatte ihr Bild in Johannes' Seele gestanden; er glaubte ein Recht auf sie zu haben und fand, daß es sich eigentlich nicht gezieme, wenn sie, die er mit so ernster Krone geschmückt hatte und noch schmücken wollte, leicht hinscherze. Es leuchtete ihm bald ein, daß er sie nicht zur Rede stellen konnte unter den Blicken aller. Sie wich ihm ganz aus, nachdem noch einmal ihr Auge gleichgültig über ihn hingeschaut hatte. Er konnte sie nicht an den Handknöcheln fassen und höhnisch frech liebkosen, wie er es wollte, ihr weisen, wie unberührt ihn ihre Eigenschönheit lasse.

Er war wehrlos gegen sie, ganz wehrlos. Die Musik spielte. Es wehte unter dem breiten Laub der Bäume ein so liebliches Lachen, Schwatzen und Wortgeschäum, solche lenzliche, weiße Lebensleichtigkeit schimmerte und schwebte über den gelben Sand.

Herrischer Grimm trat Johannes ins Blut; dann ging er. Sie hatte ihn vertrieben; sie hatte ihm alle süße Freude verdorben. Er wollte mit ihr, gerade mit ihr lustig sein. Es war Gewalttat, was vorlag.

Was maßte sich dieses Weib an? Sie, – o – die Sklavin: er ballte die Hände zusammen; der gestaute Grimm begann in seiner Brust zu klagen und drohte der Samariterin, die ihn schonen und pflegen sollte, nicht frisch verharschte Wunden aufbrechen. Ganz wollte er jenes erste Elend verschütten, sie aber grub wieder daran, grub breiter und tiefer.

Das Dunkelgefühl, das sich seiner bemächtigte, lockte mehr auf. Er ging, während hinter ihm sich der Lenz freute; so fühlte er sich hilflos vertrieben und abgeschlossen; auch der alte scheue Blick auf die Menschen, die sprachen, spielten und lachten, der Blick, dessen er sich schon entwöhnt hatte, stach wieder aus seinen Augen, und gerade sie sah er, die so freudig und sicher auf dem Rasenboden und dem Sand auftrat. Aber jetzt war er nicht mehr so kindlich hilflos wie damals, als er sich verkroch oder neulich, als seine Gedanken sich bäumten, aber Mund und Blick schwiegen. Nun wollte er die alte Schuld restlos einziehen. Mit Ruten und Skorpionen wollte er über sie fahren, die sein Glück verstörte, sich sein Recht zu holen; das Gleichgewicht sollte wieder hergestellt, dem Gesetz Genüge getan werden. O, sein Raub, seine rechte Beute sollte ihm nicht entwischen.

Keine bewegliche Freude trillerte wie vorher über seiner Begierde. Das finstere schwere Rachegefühl schwieg, aus einem fahlen Winkel lugend, alles tot um sich.

* * *

Es war nicht gerade ihr Gesicht, das immer vor seinen Augen stand, sondern das Gesicht irgend eines Menschen, der ihn nicht ansah. In diesem Bilde waren, wie in einem Schranke, zu viel gute Speisen und Getränke eingeschlossen, als daß seine Triebe nicht darüber herfielen, den Schrank öffneten, weit öffneten, in Gier zertrümmerten und sich sättigten.

Schon in dem Düster seines Rachedrangs lag manches, was ihn in die alte trübe Wirrnis zurückführte; je fester die Rachsucht ihr Bild hielt, je länger sie es festhielt, um so mehr dunkle, halb verlorene, halb verhungerte Neigungen lockte sie hervor, bis die alte Welt wieder heraufbeschworen war.

Erst waren die finsteren Gedanken erbarmungslos auf ihn eingedrungen, vergebens hatte sein kühler Stolz die eben errungene Sicherheit behauptet.

Nachdem Johannes sich einmal hatte ergeben müssen, und wieder von der gewohnten Speise aß, begann ihm die seidene Glätte der Gewohnheit zu schmeicheln.

Er klagte das Mädchen an, wie heiß sie sich für die kleinen Qualen räche, die er über sie schütten wollte; warf sich zerquält, ganz mürbe ihr zu Füßen:

»Was habe ich dir getan, du Strenge? Warum mußt du gerade mich in diese Bedrängnis stürzen?«; sank schließlich ergeben hin, und gab ihr Recht. Was war er auch, der Falsche, von Sünden Zermorschte, Blöde, im Grunde vor ihr, als ein Schatten, der auf sie fiel, vielleicht ein häßliches Untierchen, eine Maus, vor der sie aufschrie. Was maßte er sich an? Was Mann und Weib! Spie er sie nicht an, grinste er nicht; als sie ihn anblickte? Schwach war er und gemein und unterlegen. O, er wollte nicht feige sein, den ehrlichen Kampf nicht meiden: sein Raub, seine rechte Beute, – er selbst, sollte sich nicht entwischen! In die Schmutzlache wollte er sich mit der Schnauze stoßen: lecken und winseln, winseln und lecken, – besser, als den gelben Mond anheulen im Himmel!

* * *

Nachmittags auf dem Sofa.

Bis in die harte Dämmerung habe ich geschlafen. Unruhig habe ich wohl geschlafen. In der dumpfen Hitze des Sofas liege ich. Die Luft steht voll verworrener Speisegerüche; nebenan, nebenan zanken zwei Menschen.

Taub, seelenlahm liege ich in der Hitze. Es gärt in mir auf, durchschleicht mich, ein unbestimmtes, widriges bewußtloses Dämmern, darin vieles ungetrennt gebunden ist, das sich schwach aneinander reibt, sich auf und nieder wirft und im Dunkel verwischt und wieder aufkämpft, sein Wort heftig sucht und es nicht findet. Mich Hingegebenen durchwühlt und durchschwelt dieser Rauch, übel wie der Geschmack in meinem halbtrockenen, verschleimten Munde, und ich kann es nur dulden.

Was hab ich? Was soll ich? Was erwartet mich? An abgestandenen Brühen, an meiner – Seele trinken, an trübem Auswurf schnüffeln: das ist meine Bestimmung. Niemand, hat auch niemand auf der weiten unermeßlichen Welt Anteil an dem zweibeinigen, mißmutigen Tier, das sich hier auf dem Sofa tastet. Vielleicht staunt mich ein Flachkopf oder eine Gans an.

Ich erhebe mich schwer von dem schwülen Sofa. Ich beschaue mich im Spiegel: das müde, schlaffe Gesicht mit den häßlichen, blaßgrauen Wangen, die stumpfen Augen und die breite blöde Stirn, – die schwere Last der Erde – es wühlt.

Und ich höhne und verfluche mich, daß ich nur zur Trauer und Zerstörung geboren bin, daß sich nichts aus diesem bleichen Herzen drängen will, was mich wärmt und erfreut: Ein steinerner Gast muß ich sein. Zu arm für die Einsamkeit bin ich, nur Begierde und Liebe bin ich.

Und diese Brust voll heißen Brütens, voll Lüsternheit, Ohnmacht, Kälte und Lastern. Und wieder liege ich da, auf dem schwülen Sofa, in dem stickigen, todesstillen Zimmer, und – lebe –

* * *

Wenn er sich unter Freunden plötzlich müde reckte, den Kopf auf die Brust fallen ließ und minutenlang vor sich hinstarrte, so klangen Gedanken in ihm auf, deren Qual ihn fast betäubte.

Er war verdorben und sollte verderben, was ihm über den Weg kam. Er war zu Zerstörung geschaffen. Seine Leere griff räuberisch nach Fülle, und das hieß er Liebe. Es war eine Art heimlichen Rachedurstes, was ihn zu den Menschen trieb. Solange er lebte und schauen konnte, war er diesem qualentzückten Drängen nicht entgangen; war nicht sein blasser Schatten, sondern seiner Seele Seele; nun wollte er reinen Haß segnen, sich ihm ganz hingeben. Wüste sollte um ihn sein.

Und sie, sie sollte seinen gefeiten Haß zuerst spüren, die ihn geweckt hatte. Niemand durfte von der Armut wissen, auf der sich der Reichtum seines Hasses erhob; so war es wiederum sie, die er zerdrücken mußte, die seine Armut gesehen hatte, die aus dem Wege geräumt werden mußte, auf daß er wieder atmen und das Gesicht erheben konnte.

Sein auferstehender Groll wandte sich nicht gegen das Weib, sondern gegen den anderen, den feindlichen Menschen. Es setzte sich in ihm fest und wurde ein düsteres kindliches Verlangen, das sich von ihm löste und träumend vor seinen Füßen hinging.

Vorerst mied er sie, soviel er konnte, und verstummte, wenn sie in der Nähe war.

Er fürchtete sich durch den Klang seiner Stimme zu verraten. Aber es verging nicht viel Zeit, da wehte wieder unter dem breiten Laub der Bäume liebliches Lachen und Schwätzen; die weiße Lebensleichtigkeit schimmerte und schwebte wieder über den Sand. Dumpf und mit Gelassenheit spürte er, während er manches sprach, daß irgend etwas vor seinen Augen ihn brannte und seine Gedanken im Hintergrund beschäftigte. Sie ging mit ihren starren roten Haarsträhnen sicher und freundlich vorüber und grüßte scheu auch ihn. Er sah ihr lange mit Schweigen nach. Für einen kurzen Augenblick brach etwas in ihm bei ihrem Anblick in Gelächter aus. Dann wartete er, suchte sich ganz auf sich zu besinnen.

Schwer erhob er sich, und merkte erst beim Gehen, daß seine Füße ihn gerade auf sie zutrugen und daß er irgendwie entschlossen war.

Er mußte sie bezwingen, »bezwingen«:

Das Wort klang so befehlend und klagend in ihm, sie auslöschen. – Er ging jetzt sie bezwingen. Seine Lippen blieben verschlossen, als er dicht vor der Rothaarigen stand, die ihn fragend von unten ansah. Mit lautem Lachen und mit traurig erstaunter Seele sprach er einiges; als ihre Augen erschreckt an der ausdruckslosen Ruhe seines Gesichts hingen, sagten seine Lippen Worte, die er mit anderer Seele ersonnen hatte, höhnend, böse, unverschleiert. Irene wich gegen den Baum zu, angstvoll vor ihm zurück, und sah ihm dabei unverwandt ins Auge. Das stachelte ihn, da es an den Groll über ihr letztes Ausweichen rührte und an das Düster seiner verlassenen Stunden; hastiger und hastiger schwoll sein Mund von unverhohlenem Hasse über. Seine erstickten Worte griffen und schlangen sich träumend um sie, und während Gelächter über seine Lippen taumelte, wußte er nicht, was er von ihr wollte.

Von weitem sah er schon deutlich die graue, alte Scham sich erheben. Aus den Ecken der Umzäunung, in der sie standen, von den schwarzen zackigen Baumästen sahen Augen, blies es herunter und klatschte schon Beifall zu seiner Niederlage. Sie war entwichen. Sie, sie mußte ihn doch hören, – und immer weiter entwich sie ihm. Verzweifeltes Taumeln und näheres Anlaufen, und doch verbarg sich ihm nichts; verbarg sich ihm nicht, daß alles rief: es ist umsonst, laß nur ab.

Das war seine Schlacht.

Wie ein Harlekin, der sich müde gewitzelt hat, schlich er beiseite und wurde stiller. Unter lustigen Menschen, mit leerer verwirrter Seele, spöttisch und bitter, war er verlassen und schutzbedürftig. Er begriff sich nicht und wurde sehr ängstlich und traurig.

Seine Worte sanken jetzt, als er zu einem der Leute um sich sprach, welk und still wie Blumen hin.

Er trat schließlich, als er Irene wiedersah, müde, aber aufrecht, ohne inneren Antrieb, auf sie zu und bat sie leise, heimlich über sich selbst verwundert, um Verzeihung und sah in ihr Mädchengesicht, ein glattes Mädchengesicht wie alle.

* * *

Während seine Schritte unter dem bläulich weißen Mondhimmel durch die Straßen hallten, verfiel sein Geist, der sich zu erheben suchte, auf einen sonderbaren Ausweg vor der Beschämung.

Wie Spinnfäden im Altweibersommer sich zwischen manche Blätter und Menschengesichter legen, so zogen sich Fäden hin und her zwischen ihm und ihr, lächerlich und zart, aber Fäden. Gewiß war er nicht viel mehr in ihrem Leben, als die dicke Milchfrau, in deren Halle sie ihre Sahne trank, oder auch vielleicht noch weniger. Aber er war nicht mehr auszulöschen, sie mochte innigst bitten und hingeben, was sie wollte und konnte, – wenn das Leben ein einziges Meer ist, so schwamm auch er als eine Welle in diesem Leben, im engen und weiten Kreise, leise, unendlich fein auf das Zukünftige einwirkend, aber bis ins feinste Geader hinrieselnd. Und mit zitternden Fingern lenkte und bestimmte er das Fernste, zog unabwendliche Linien über das Wasser hin.

Vielleicht, vielleicht erwies er sich, wenn einmal sein zufälliges hohnvolles Lachen wieder in ihr aufklang, das einmalige Lachen, das nie wieder gelacht werden konnte, erwies er sich als Herrn ihres Lebens; vielleicht war er so im Plane ihres Lebens vorgesehen. Und rächte sich so.

* * *

Man soll in ein Menschenleben wie in ein Meer hinabsteigen, von einer Welle, die ihre Bahn läuft, von einer großen Zuckung bis an den Strand getragen, über Steine und Zufälle hinweg.

Wasser aber sind nicht da, das Leben graust wie ein unbewegliches Steinfeld.

Zwischen den Steinen redet keine Welle.

Es ist ein Weg für starke, sichere Mächte, Zyklopen; ein Springen mit Siebenmeilenstiefeln von Fels zu Fels ist es; zwischen zwei Worten raucht ein Abgrund.

Aus dem weißen Ungefähr fallen die Steine herunter, die Mächte schreiten aus dem dampfenden Ungefähr heran.

Ich sah vor einiger Zeit, wie ein Kind ungeschickt eine brennende Spirituslampe in den Händen hielt: der Spiritus floß auf die Erde; die schöne bläulich-weiße Flamme war erloschen, statt dessen huschten und zuckten am Boden lauter kleine Flammenfleckchen.

Zufälle sind die gespenstigen Schritte des Lebens.

Über die Erde stampfen sie und dröhnen durch den geheimnisvollen Himmel.

* * *

Irenes Seele bewegte sich im langsamen Menuettschritt. Eine gehaltene Dämpfung lag auf der Zarthäutigen. Wenn sie die stahlgrauen, strahlenden Augen einem Unterredner zuwandte, so legte sie die Finger über die Brust zusammen und strich die starren, fahlroten Härchen zurück, die ihr über das Ohr hingen und manchmal bis zum Auge aufwehten. Auf einen Scherz lachte ihre Kehle nicht laut, sondern Irene senkte nur wenig den leicht beiseite gelehnten Kopf, öffnete, während die Lider sich halb schlossen und die Augen aufleuchteten, mit Lächeln den Mund.

Sie reichte zum Gruß und Abschied ihre kühle Hand; nackte, stolze Mädchenhände waren die vertrauten Dienerinnen ihres Leibes, schlanke Finger, die die Augen mit gelblicher Blässe trösteten. Man fühlte, daß eine schwache Süße immer von diesen Händen ausgeatmet wurde: da wurden alle Blicke auf die Hände zu feinen Gedichten. Wenig wallte ihr Inneres, wenn sie die Augen schloß; sie achtete still, glättete sich ohne Zagen und sicher, weder von außen noch von innen beirrt, reihte sich in das Bunte ein, die Klare.

So träumte sie auch nicht oft. Ihre Träume spielten in ganz zarten Farben, die manchmal ins Traurige hinübergrauten. Das machte ihre Mädchenreife.

So war Irene kühl und süß wie Milch.

Kellerhaft blies sie seine Art an. Sie preßte beim Gedanken an ihn die Lippen zusammen; er war ihr etwas Wüstes, Fremdes, vor dem sie, ohne zu denken, zurückscheute. Noch verwirrt von seinem grundlosen Hohn hatte sie seine trauervollen Entschuldigungen gehört; hinter seinen Worten, aus seinen unruhigen Augen sprach eine wunderliche Schwermut zu ihr, die ihr Mitleid rührte und sie befremdete. Die Gleichgültigkeit und der Abscheu vor ihm war ihr so gewohnt, daß sie sich sogar gegen das Mitleid sträubte. Aber gerade, als Johannes seine Gedanken von ihr löste und mit lächelndem Schmerz von ihr Abschied nahm, erst da sahen ihre Augen ihn ernstlicher an. Sie war erstaunt, verstand ihn nicht; solche Widersprüchlichkeit war ihr fremd und beschäftigte ihre Gedanken auch manchmal, wenn sie ihn nicht sah.

Ihre grauen großen Augen wandten sich ihm jetzt oft stille zu und tasteten an den Linien seines knochigen, immer graublassen Gesichts. Wenn ihre Gedanken in dem Mädchenstübchen, das in einem Gartenhause lag, vor dem Ofen abenteuerten, so schalteten sie jetzt gern gerade mit seinem Bilde, sahen in Johannes bald den grausigen Räuber und Mädchenschänder, bald den düster bleichen Held und kühnen Retter, der sie mit Gewalt überfiel und fortriß, der schmerzzerrissen sein Letztes an ihr Leben setzte und starb, um den sie lange trauerte, den sie jede Nacht weiß im Sarge liegen sah.

Johannes hatte nach der dumpfen Gewaltsamkeit jenes Abends Abschied von ihr genommen.

Deutlicher sagte endlich alles in ihm: es ist genug, es ist übergenug. In dem vergeblich heißen Ringen um sie war seine wilde Bitterkeit ganz ausgebrannt; bei ihrem Anblick, der jetzt so wenig Starkes, Eigenwilliges und Hassenswertes bot, war das Letzte seiner Trauer und seines schlimmen Grolls unter einem Lächeln erloschen, wenngleich noch hie und da Wehmut aufzuckte. Sein gleichgültiger Stolz und die kalte Sicherheit erhoben sich gestärkt und stießen, was noch vom Trotz verhehlter Ohnmacht an ihnen war, ab.

Bald nahm er, sooft er Irene sah, eine ungewohnte Aufmerksamkeit an ihr wahr; er erstaunte und fühlte sich beunruhigt, unklar über die Ursache dieser plötzlichen Wandlung. Aber seine Teilnahme für sie verminderte sich nur noch mehr; er dachte an das Fieber, das ihn durchwütet hatte, und wußte nicht, wie sie, gerade sie es in ihm entflammen konnte.

Am hellen Tage hatte er mit Dämonen und Gespenstern gekämpft, die er sich erfunden hatte, wie früher das Geisterheer, und war ihnen gar erlegen, nicht besser als ein abergläubisches Kindchen.

Sie hatte ein glattes Gesicht wie andere Mädchen, die Falten ihres Gewandes fielen nicht stolzer als über andere Mädchenleiber über sie. Er mußte eine Bewegung seiner Seele mißverstanden haben, und dieses Mädchen war ganz schuldlos.

Irene suchte sein Gespräch und seinen Anblick. Er regte sie ängstlich an; er hatte etwas von einer Kaktee an sich, von dem schlohweißen Greisenhaar. Sie suchte Johannes, und er wich ihr nicht aus, unberührt neben ihr. Und bald fand er ein Vergnügen darin, sich von einem Menschen suchen zu lassen; es schmeichelte ihm, wie dieses Wesen, das ihm so düstere Träume geweckt hatte, sich um ihn bemühte, ihn anerkannte und sich beugte; es schmeichelte ihm, wie diese bewunderte, kühle Schönheit gerade auf ihn die Augen richtete.

Er konnte ihre Stimme, wie er es wollte, zum Singen und Erzittern bringen, zum Anschwellen und Abkühlen. Um sich diese freudigen und spöttischen, spielerisch leichten Gefühle zu erhalten, ging er neben ihr und dachte heimlich mit einer verachtenden Dankbarkeit an sein rothaariges Spielzeug. Bisweilen stieg aber wieder das Mißtrauen in ihm auf; vielleicht durchschaute sie ihn, vielleicht spielte nicht er, sondern sie mit ihm, und gönnte ihm höhnisch seinen Irrtum; und er empfand einen Zorn auf sie, und wilde Wut und Ekel; dann begegnete er ihr schroff, blickte von ihr fort oder wich ihr ganz aus.

Mit Widerstreben ließ er sich ihre freundlichen Worte und Fragen gefallen, die ihn doch so angenehm wie Taubengurren berührten; – warum sollte er sie meiden? Ja, er mußte sie noch loben und ihr ehrlich Anerkennung zollen, daß sie gerade ihn suchte zwischen vielen. Und es lockte ihn zu wissen, wie diese Seele gebaut war, die so seltsame Wahl treffen konnte.

* * *

Nach jener schweren Verdüsterung überkam nun Johannes allmählich ein ungewohnter Sanftsinn, der sich an dem Bewußtsein des Entronnenseins noch steigerte. Irene ging neben dem Friedensfrohen her, bot sich seinem Willen willig an. Der Ernste, lange Vereinsamte freute sich. Wie komisch hübsch ihr Bündnis war, eine Kinderei, nicht anders als Puppenspiele, Wettlaufen, Kuchenbacken.

Vergnügt wie ein Füllen zur Futterkrippe, mochte er zu ihr hinstrampeln. Die Friedgewohnte aber liebte in seiner Nähe die Angst, die ihr in den Knieen prickelte, und die leichte Wolke von Grauen, die seine Gegenwart ihr über die Haut, die Arme und Schultern jagte. Der Widerwillen gegen ihn und der Abscheu schwang von den früheren Zwisten noch in ihr nach. Sie wurde aber fast ungeduldig, wenn er sich ihr fügte und mit zarten Worten begegnete. Und doch klangen auch diese bei ihm sonderbar.

Über der zarten Redensart wirbelte dunkel ein Sinn, der wie ein Geier auf ein schwaches Kalb herabzustoßen begehrte. Sie ließ ihn gewähren, wenn er ihr, der Verwöhnten, Schmeicheleien gleich goldenen aber längst zerbrochenen Tassen bot und ihre lächelnde Freude erwartete.

Er empfand solche Ehrfucht vor diesem zerbrechlichen Tand und war stolz daran Teil zu haben wie die anderen; dahinter spürte sie wirre ursprüngliche Absonderheiten, chaotische Verstrickungen und etwas kaum niedergehaltenes Fremdes, Starkes und Liebloses. Und die Hände fest auf die atmende Brust gepreßt, bebte sie vor Vergnügen, wenn er ihr oder andern plötzlich, nach langem, stillen Grollen, ungeschlacht ein paar hohn- und verachtungsstrotzende Worte zuwarf, wie Giftbrocken den Hunden. Noch, wenn sie sich von ihm getrennt hatte und mit ihrer Freundin nach Hause ging, preßte sie, mitten im Gespräch von der Erinnerung überrascht, so die schlanken, gelblich weißen Hände auf die Brust, ja, spannte alle Muskeln ihres Körpers zusammen, so daß sie stehen blieb und in einer Art Entzücken lachte. Die Gemeinschaftsgewohnte fand ein Vergnügen darin, solch seltsames Geheimnis zu verschließen; sie fand ein verstecktes Glück darin, sich abzusondern und zu vereinsamen.

* * *

Die Zufälle herrschen nicht allein im Leben.

Vieles verbündet sich ihnen.

Ihnen dienen seit altersher starke Trabanten, die Worte, große und kleine Worte, die sie stützen. Sie halten und bewahren dem Zufall die Macht, die er sich mit einem leichten Sprung und Sturz aus dem weißen Ungefähr und Unausdenkbaren ergriffen hat. Wo er steht, flattern gleich die dünnen, bunten, seidenen Fähnchen und die erschütternd herrischen Standarten der Worte zur Rechten und Linken.

Die Worte schwärmen aus, dem Herrn und Geliebten starke Freunde in der Nähe und Ferne zu werben, ihm ein sicheres unangreifbares Lager zu schaffen.

Sie locken Zufall zu Zufall und verbinden sie ihrem Herrn, aus dem Nichts beginnt es emporzusteigen.

Über Nacht ragt eine Burg weit ins Land hinweg, darin der ruhende Zufall haust und thront.

* * *

Der schwere Breitstirnige und die Kühle mit dem roten Haar schritten zusammen. Das zog viele Blicke an und bewegte viele Münder. Johannes hörte einmal hinter seinem Rücken von Liebe flüstern. Wie Fliegensummen berührte solch Reden Johannes; er zuckte und lächelte. Was wußten auch die Wortschäumer von ihm. Und die Liebe, die sie meinten: eine artige Kinderei wie Puppenspielen, Wettlaufen, Kuchenbacken. Er fand aber, daß die Menschen aufdringlich vertraut wurden, indem sie ihm ihre niedlichen Torheiten unterschoben. Ob er sie nicht wieder von sich abschütteln sollte und die Narren zu den Narren zurückweisen? Irene meiden? Das hieße aber nichts, als vor ihnen fliehen und sich selber die Narrenkappe aufsetzen. Er wollte sich durch ihr lästiges Summen nicht beirren lassen. Und ein leichter Trotz hielt ihn jetzt an Irene und gerade an sie. Wenn seine Gedanken an sie bisher nur blasse Allerweltsfarben trugen, von einer vorübergehenden Dankbarkeit, einer schwachen Überlegenheit, einer netten Verachtung und einer spielerischen Neugier – denn jene wilde Erschütterung schwang nur noch sehr leise nach – so nahmen sie jetzt eine eigene trotzig dunkle Farbe an.

Seine Freude an der spöttischen Verachtung der Schwätzer und dieser verschwiegene Trotz ließen ihn oft mit dem Worte Liebe spielen. Während er eines Tages mit Irene ging und plauderte, und von dem Gedanken überwältigt, wie sanft sich doch alles nach jenen Stürmen gewendet hatte, vor Glück und Dankbarkeit überschwoll, sann er auf ein Geschenk für die Gütige, die sich seiner angenommen hatte und ihn jetzt bewahrte. Er wollte sich ihr ganz unterwerfen, er wollte sie schmücken, wie es leise zarte Worte tun, die er so schwer seiner Stimme abrang und Irenen doch gerne darbot. Von jener überschwenglichen Verehrung, die seine eben flügge Jugend den fremden, zarten, feinstimmigen Wesen entgegengebracht hatte, zog die Dankbarkeit für Irene nun wieder etwas herauf. Nach dem feinen köstlichen Geschenke, in welchem er seine Demut bekunde, suchte er; da fiel ihm jenes artige Wort wieder ein, das er verächtlich von Irenens Namen getrennt hatte und das ihn doch näher an sie führte. »Liebe«: Puppenspielen und Kuchenbacken – freilich, eine holdselige Torheit, aber gerade nicht anders sollte sein Geschenk sein; sein Herz koste und segnete alles Leichte, an das sie ihn gerettet hatte, und nur mit einer spielerischen Holprigkeit konnte seine Dankbarkeit die Schöne behängen.

Die Augen wurden ihm hellsichtig, als ihm dies Wort Wege zeigte.

Tändelnd, grau alltäglich mit lauem Kommen und Gehen, mit zufriedenem Grüßen und Winken hatte das Stückchen angefangen, ein behaglich selbst genügsames Stückchen; jetzt konnte es einen Sinn empfangen, einen endlichen unerwarteten Sinn. Er wollte Kreise um sie ziehen und sie mit einem Spiel erfreuen. Dankbarkeit und Gelächter erfüllte ihn nun gegen die Menschen und Schwätzer, die ihm dieses gewollt hatten.

Was für hübsche Dinge die Menschen erfunden hatten. In einem Wort lagen tausend kleine Freuden und Winke eingepackt, als wenn andere für ihn vorgesorgt hätten.

Bequem konnte er die Goldstücke von der Straße aufnehmen. Er sah mit Lust auf sich und die anderen; er fühlte sich als Mensch, wo sich die Gaben der Menschen, die schwere Wolke der Worte auf ihn senkte; und es war so erregend, Mensch zu sein.

Ja, wie reich machte ihn mit einem Schlage dieses Wort. Seine Lust wurde, je mehr er das Wort recht bedachte, unbändig und springend: so lachte sein Übermut früher mit dem jüngeren Freunde über die hochbewachsenen Gartenbeete und Sträucher hinweg. Girlanden und stark duftende Blüten rankten wirr über schwankende Brücken und hoben sich zu einer schmalen Triumphpforte.

Er sollte nun lieben, er konnte lieben; nur zugreifen brauchte seine Hand. Lieben: heißt das nicht besitzen? Besitzen in der Maske des Sklaven? Ein Mensch ging neben ihm, ein Lebendes! Er hatte ein Geschenk für Irene gesucht, ein liebliches feines Geschenk, und nun war ihm selber unvermutet eines geworden.

Er versteckte sich vor der überbrausenden Wildheit seiner Freude. Schützend verschränkte er seine Arme über die Brust, die Hände krampften sich greifgierig, und die Füße und Knie wollten rennen zu Irene. Er dachte nicht mehr an Irene; erst als er sich: wohin? fragte und der Name Irene irgend von weitem antwortete, besann er sich mit Mühe, und faßte sich wieder.

Seine Augen sahen mit Widerstreben ihr unentstelltes Bild, das blaßrote Haar über dem Ohr, die Hände strichen das Haar zurück, das erdbeerfarbene Gewand, und er hörte die weiche, klare Stimme, die bei langsamem Sprechen schon frauenhaft tief klang. Es war ihm schwer, ihr Bild festzuhalten. Was wollte er eigentlich von ihr mit solchen Wünschen? Er hatte mit diesem bestimmten Wesen nichts zu schaffen, und sie erniedrigte ihn. Und doch, er hatte ja alles eigentlich für sie gedacht, die er beschenken wollte, dankbar schmücken mußte. Noch einmal dachte er nur für sie und suchte ihr Bild vor alle Wildheit zu halten; alles zerrann ihm jetzt. Sie beschränkte ihn und er wußte unruhig nicht mehr, was er eigentlich sollte. Lieben wollte er sie, eine dumme Puppenliebe beginnen, eine Liebelei: und das wollte er ihr dankbar schenken.

Seufzend reckte er sich. Wohin ließ er sich treiben durch die Menschenworte? Langsam kroch noch jener Strom weiter; aber immer mehr Steinblöcke und Erdmassen stürzten über ihn.

* * *

Was sollte geschehen? denn es mußte etwas geschehen, fühlte er. Der reißende Strom war genug versandet, das Rauschen klang noch hetzend in seiner Erinnerung und klang unablässig; das Feuer war erloschen, aber seine kalten Finger wühlten in der Asche. Nichts von Dankbarkeit war mehr in ihm, aber nun mußte er ihr etwas schenken. Wie eine Pflicht mahnte und trieb es ihn jetzt. Er hatte das Spiel mit ihr begonnen, er mußte es weiterführen und beenden. Daß er so zügellos geträumt hatte, wollte sich wieder rächen; die Geister, die er heraufbeschworen hatte, hielten ihn fest: nun mußte er ausführen, was er geträumt hatte. Und sie rächten sich auch, indem sie nichts von dem Glück eintreten ließen, das ihn gelockt hatte. Im Traum war alle Erfüllung von seinen trunkenen unbesonnenen Lippen vorweg getrunken. Das Leben, wußte der alte Träumer schon, läßt sich nicht vorzeitig die dichten schweren Schleier abreißen, die Flechten auflösen, schamhaft gibt es sich nur dem unschuldigen, wilden Augenblick hin, haßt die buhlerischen Blicke der Gedanken.

Und alle Trübsal Irenes wegen, eines Weibes, das ihn nichts anging und das ihm über den Weg gelaufen war! Er wollte dieses Spiel nicht weiter treiben, er mußte sich wieder auf seine einsame Ruhe und Kühle besinnen.

An die Wörtchen, diese Angeln der Verschwätzten, wollte er nicht anbeißen, nicht er, der Wortlose, Einsame. Irene war gütig zu ihm gewesen; er haßte sie, die seine Gedanken immer von neuem zu sich zurückzwang und ihn wider seinen Willen festhielt. Er mußte ihr ein Geschenk bringen, und er wollte ihr eins bringen, ein Puppengeschenk, ein Narrengeschenk, recht für ihre zarte Fratze passend, zum Hängen über das rote Teufelshaar und über die süßen Arme und Finger. Sie konnte damit zur Hölle gehen. Was wollte sie, was verlangte sie eigentlich von ihm? Für die sanften Worte und die zarte Fratze? Nichts, nichts wollte er mit ihr zu schaffen haben, nichts wollte er ihr geben für ihre Anmaßung und freches Begehren, der undankbaren, der frechen Hündin. Je mehr seine Gedanken sich freundlich und feindlich mit dem seltsamen Geschenk und mit Irene beschäftigten, je mehr besonnene Überlegungen die Wirrnisse zu lichten suchten, um so tiefer wuchs der neue Plan, den eine abenteuerliche Laune ausgeheckt hatte; nistete sich ein, forderte, hockte wie selbstverständlich in seiner Seele.

* * *

Johannes versuchte unbefangen vor ihr zu scheinen, aber er glaubte bald, daß es ihm nicht gelänge, daß ihre Augen in ihn hineinsähen, ja daß sie ihn erinnerte. Eine leichte Unsicherheit kam in seine Art, mit ihr zu sprechen, sie anzusehen, ihr die Hand zu reichen, auch fühlte er sich schuldig, weil sie die Schmach erkennen mußte, die sein Zögern und Verbergen ihr antat. Es schwieg etwas so laut zwischen ihnen. Seine Blicke flatterten manchmal teilnahmslos, so wollte er es, um ihr Gesicht; ganz zog er sich wochenlang von ihr zurück. Das machte Irene noch aufmerksamer, und ihre weiche Stimme fragte ihn leise, und schien an seine verschlossene Seele zu klopfen.

Wie fühlte er sich schuldig. Er konnte ihr nicht mehr entgehen. Und eines Morgens entschloß er sich, um sich endlich Ruhe und seine alte Gelassenheit zu erwerben, ihr zu sagen, daß er sie liebe.

Zum ersten Male ging er gleichgültig zu ihr, aber im Gehen wurde er immer niedergeschlagener. Was waren das für irre Wege, auf denen er schritt. War er nicht wie gejagt? Rächten sich nicht wirklich jene Geister? Und dieses lächerliche Wort Liebe, o es entfaltete so befehlende Kräfte, rief und lockte so unentrinnbar und mußte seinen Willen haben gegen ihn. Wie zwangen und unterjochten ihn die Menschen!

Während er neben Irene saß, fühlte er sich so ganz dieser Macht hingegeben, die seine Gedanken tyrannisierte, alle taumeln machte, jedem fremden Wunsche die Glieder brach und so siegreich, so beängstigend siegreich durchgedrungen war, daß er stumm auf Irene die Augen richtete, als ob sie ihm helfen sollte. »Ich muß dich lieben, ich muß dich lieben,« sagte er immer wieder leise auf der Bank in dem weiten Garten Irenes, und sah sie dabei flehend an. Er wollte ihren unausgesprochenen Bitten nachgeben, er wollte der Gütigen nicht wehe tun; sie beschenken, wie sie es verdiente.

Etwas schrie in seinen Muskeln und Sehnen, er solle fortlaufen und sich verstecken; und doch preßte er sie fest an sich. Ihre Lippen waren nur ein Zittern, die Lippen der todesblassen Irene.

Ihre Arme und ihre Brust stemmten sich leicht und keusch von ihm ab; ein herzliches, mädchensüßes Mitleid floß über das so zarthäutige Gesicht, an dessen Schläfen zwei dünne Äderchen durchblauten und fein pulsierten, bald heftig, bald träge rollend.

Sie hörten beide erregt das Rauschen der Bäume über sich. Ganz rasch fuhr es durch seinen Sinn, wie selig still es jetzt wohl in seinem eigenen Garten war, wo sein Hund begraben lag und er nun bald wieder ungestört, von nichts beunruhigt umhergehen und schlafen konnte.

Sie wußten beide nicht, was weiter geschehen sollte. Er ermannte sich, besann sich. Zärtlich wie nie sah er ihre Augen auf seinem Gesicht ruhen; ihr Kopf lag an seiner Schulter, einige dünne Strähnen ihres lockeren Haares hatte er gedankenlos zwischen seine Lippen gezogen. Und schmeichelnd begann die Wärme und Glätte ihrer nackten Hand, die sich in das Bett seiner gewühlt hatte, zu seiner Haut zu reden und seine Gedanken zu ihr zu locken.

Sie war doch so schön, diese Irene. Mit Mühe erinnerte er sich ihrer, der er dankbar war, weil sie ihn düsteren Versunkenheiten entrissen hatte. Zwei Geschenke hatte sie ihm gemacht, die zusammengehörten: Besänftigung und Pflicht zu neuer Unrast – er hatte beides angenommen, als er eines annahm; saß nun willenlos neben ihr.

Seine schweren Hände hoben ihr Gesicht ganz zu seinem auf: die ägyptisch Stolze, die auf seine Not einstmals nicht geachtet hatte und jetzt an seiner Seite bebte, hatte er nun bezwungen und sich gerächt für die Qual jener dumpfen Stunden. Er saß auf Trümmern – und fühlte kein Glück, nur leicht verächtlichen Stolz unter dem innigen Blick dieser metallisch strahlenden Augen. Als er wieder zu sprechen anfing, klang seine Stimme tief und leise; er mußte dem Klange nachgeben und erzählte von wirren Träumen und blöden Leiden und wunderte sich heimlich, während er sprach, was ihn antrieb, diesem Mädchen davon zu sprechen. Die Narrheit wollte sichtlich ganz ausgeschlürft sein, bis er von ihr gesättigt war.

Leise grollte er ihr und sich.

Mit beiden Händen hatte Irene seine Rechte gefaßt und drückte sie, während sie den Kopf bis auf ihre Brust herabsenkte und starr zur Seite auf den Kies und die Steinchen sah, während er sprach. Was drückte sie ihm die Hand? War es nicht zum Lachen? Sie bemitleidete ihn gar; das Weiblein bemitleidete ihn. Wie eine lose Frucht war sie ihm zugefallen, an die er mit dem Hauch eines dummen Wortes rührte: eine leicht käufliche Ware war dies Weiblein neben ihm.

In seinem Innern hatte sich nichts geändert, als sie sich trennten. Wo die mondsanfte, wenn auch unerklärliche Wirkung ihres Blickes und ihrer Stimme nachließ, begann sein Groll breiter und deutlicher zu murren.

Er kaufte sich unterwegs Kirschen und setzte sich auf eine Bank, um sie zu essen. Was war eigentlich geschehen? Nichts. Er hatte das lästige Schweigen, das zwischen ihnen bestand, beendet, und nun war alles wieder gut. Er konnte jetzt zur Ruhe seines Gartens zurückkehren. – Irene war sein geworden.

Er hatte das Gefühl, als ob ihm eine Sache zugeschoben sei, die er gar nicht gefordert hatte, als ob er irgendwie betrogen sei. Was sollte er mit ihr? Was wollte sie von ihm? Und doch hatte er sie fest an sich geschlossen und sich an sie gefesselt. Je mehr er sich auf sie besann, desto schuldiger fühlte er sich vor ihr.

Und desto tiefer trieb sie ihn in Unruhe und Schwere.

* * *

»Ich muß dich lieben« flimmerte es in ihr wie Geigenmusik. »Wie deine Seele liegt das fahle Haar auf dir;« das machte sie erzittern und so legte sie sich hin. Sie konnte ihre Hände nicht betrachten, ohne an ihn zu denken, der sie gegriffen hatte; es erschien ihr, als ob es nicht mehr ihre Hände wären, und sie drückte sie leicht und scheu an Wange und Stirn, eilte zu der Mutter, die die Hände freundlich sanft hielt und streichelte, so daß sie ihre Hände wieder hatte und sich darüber freute. Liebe: das war ihr etwas Federweiches gewesen, wie ein pelzbehangener Schaukelstuhl, in dem man den Kopf zurücklegt und die Hände fallen läßt, und hin- und herpendeln, mit geöffneten Lippen und etwas schwindlig.

Wenn sie jetzt in ihrem Zimmer zwischen den Freundinnen saß, auf die bekannten Gesichter sah und diese blaue Liebesblume duftete, so fragte sie sich manchmal: »Wie ist es möglich? niemand hier im Zimmer würde es mir glauben, daß die Liebe so mitten durch den Alltag geht.« Was alles an unbestimmten Schauern in dem Wort Liebe wie ein Gewitter schwebt, wollte sich an dem jungen Herzen entladen, das aufbebte.

Aber Johannes, Johannes, der sie mit wilder Kälte gehöhnt hatte, grundlos, nur um sie zu höhnen, dessen Augen oft mit Schwermut und Angst auf ihr geruht hatten und der sie wieder wochenlang übersah, um liebeflehend vor ihr zusammenzubrechen – der breitstirnige, unbändige Mensch ließ sie nicht still, wie es ihre Art war, vor sich hinträumen, entriß ihr diese blaue Blume.

Furcht klebte an seinem Namen; und dunkel klagte sie sich, daß sie ihn nicht liebe. Sie zwang ihre Gedanken, die beiden Worte: »Johannes« und »Liebe« zu verbinden, aber je öfter sie es versuchte, um so weniger gelang es ihr. Grauen strömte der Herrische, Kalte, Schweigsame aus: wenn sie ihn liebte, oh, war es nicht Sünde? Durfte sie das Grauen lieben? – Sie wußte sich keinen Rat; bat ihm tausendmal ab mit gefalteten Händen, wollte ihm ausweichen, versteckte sich an dem kleinen Teich in ihrem Garten.

* * *

Wachsen nicht breite grüne Weiden am Teiche in meinem Garten? Sie biegen ihre Äste und Gerten; die sind voll der jungen Zwitterblättchen. Ich habe die jungen Blättchen so lieb.

Wenn der Wind kommt und die Ruten hebt, schlüpfe ich unter und will mich leis von den schwanken Wippblättchen schlagen lassen.

Ja, wie ein graues Rebhuhn will ich liegen, wo mich niemand sieht mit meinem roten Haar.

Über Mund, Wangen und Augen sollen mir die Zweige streichen, und meine heißen Hände werden auch nicht in der Erde wühlen.

* * *

Es liegt ein Träumen über dem weidenumringten See. Ängstnis lauert über ihm. Durch den Wald um den tiefen Waldessee murrt ein Sehnen, taumelt, wirft sich hinein. Und schlägt ertrinkend Blasen auf dem schwarzen, dicken Wasser.

Aus dem See ächzt es wollüstig, wie schluchzende Waldesfrauen. Es quallt zu ihm herauf, zu dem Mannesschatten. Ein Kindsweib steigt zu ihm auf, rippendürren Leibes, triefenden Haares. Starrt ihn an aus runden Augen. Singt für sich gebrochen. Das dunkle Nixenlied schreit langsam hin.

Der harte Nixenschmerz lallt wirr und wild wie ein Zungenloser, den es graust vor der Stummheit. Sieht sich am Seerande um, die Junge, flinkernd Weiße, starrt ihn aus weißen Augen an, den Mannsschatten, zwischen Ried und Kalmusstauden. Steigt wortlos in den See hinab.

Da murrt es herauf.

Schlägt auf dem dicken schweren Wasser große Blasen, spricht, spricht: »Ich kam zur Höh. Ich kam zur Höh. Was küßtest du mich nicht? Was warfst du mich nicht hin? Dann stürbe ich. Nun ist's zu spät. Schwimm in dem tiefen Waldessee, in Sünd und Angst. Muß leben.« Es liegt ein Träumen über dem dumpfigen Waldessee. Ängstnis, Ängstnis über ihm.

* * *

Da riß auch ihn seine alte Schwere wieder hinab und nun nannte er seine Schwere: Liebe. Da hatte auch ihn die schwere Krankheit gepackt, und jetzt nannte er sie Liebe.

Die Dankbarkeit hatte den Verdüsterten dicht an die Lebensfrohe getrieben, sein Widerstreben und Ringen hatte die alte einsame Schwermut wieder zu wecken begonnen. Die lieferte ihn ganz der Trösterin, Befreierin aus. Das Narrenwort Liebe stand über seiner Hingesunkenheit: die rang die Arme nach dem Worte und suchte es zu fassen. Seine dumpfe Einsamkeit verstand das Wort Liebe: ein Lebendes, eine Menschenseele auf Tod und Leben zu besitzen.

Was gebrochen, armselig, trostlos, neidisch und herrschsüchtig in ihm war, rang die Arme. Liebe, das war die Erfüllung seiner alten Sehnsucht und Unrast; diese Unrast schwieg die Liebe hin und sollte sie ihm hinschweigen, bald, o bald. Nun trug er Unruhe mit sich herum; nach dieser Sehnsucht stand immer seine Sehnsucht. Es war kaum eine Stunde des Tages, wo seine Seele nicht schwer und trostsuchend zu ihr flog, ihre Stirn beschattete und ihren Mund küßte. Des Nachts wachte er auf, und mit Staunen sah er, daß seine Gedanken bei der Reinen knieten, wie sie am Tage getan hatten. Er fühlte sich verfinstert und tief verwundet; kaum, wenn ihr Arm an seinem Halse lag, fühlte er sich geheilt. Mit Bangigkeit schlich er von ihr fort, wie er zu ihr gegangen war, wiewohl er seiner Seele versprach, daß Glück sie wie eine weiche Sommerluft, die über Wiesen und Weiher klart, umgebe; aber immer schluchzte etwas müde, müde auf, drängte ihm den Kopf in die Arme, sehnte sich zu sterben. Er verlangte, sich zu vergessen und sich ganz berauben zu lassen; dann höhnte er seinen Liebeswünschen.

– Wenn ich tausend Zungen hätte und hätte der Liebe nicht, so wäre ich nichts; aber ich, ich habe der Liebe und bin nichts durch sie.

Wer weiß, ob sie der Liebe hat?

Ich weiß es nicht, ich werde es nie wissen, nie wissen können. Wissen, so sicher und innig wie ich von meinem Willen weiß, wie ich meine eigene Angst fühle, der ich vertrauen darf. Sie ist ein Andres, mein Andres; das ich nicht fassen kann, dem ich nicht vertrauen darf. Zwischen uns Zufallssteinen redet keine Welle. Blicke, Mienen, Händedrücke sind zwischen uns; tönende Wellen schwingen zwischen ihr und mir, Luft, nur Luft, und auf Luft soll die Schwere, alle Schwere meiner Verlassenheit bauen. Woran soll ich mich halten, wo ist die Brücke zwischen uns beiden? Bleibt jedes bei sich. Ich weiß es nicht, ob mich Irene liebt? Weiß es wohl: es kann nicht geschehen, daß sich zwei Menschen lieben, sie müßten denn beide sterben und zu Staub werden; aber die Menschenseelen ergreifen und küssen sich nie. Eins lebt für sich und das andere für sich, und nur darin sind sie. Es ist zu wahr:

Monaden sind wir und haben keine Fenster.

Todtraurig und kalt gegen alles macht es mich, wenn ich Irene in Freud oder Qualen sehe, die ich nicht geweckt habe. Hell mag mein Wahnsinn schreien – aber es gibt keine Liebe und ich, oh, muß in meiner Angst bleiben.

Sie sollte alles fühlen wie ich. Sie sollte das Lächeln auf meinen Lippen sehen, wenn ich an sie denke, sollte fühlen, wenn mir die schweren Hände sinken – irgendwo läßt er jetzt den Kopf in den Nacken fallen. Ich frage jeden, der mit mir fühlt; muß es nicht so sein, ach muß es nicht so sein?

Liegt nicht jetzt ihr schmaler Mund auf meinem? Was sagst du mir Liebes?

Das ist heller Wahnsinn; aber ich hasse Irene und will nichts wissen von ihr, wenn sie nicht fühlt wie ich. Sie muß sterben, wenn ich hingehe. Aus einer Wurzel müssen wir gesprossen sein, sie und ich; und ich nenne es nicht Barbarei, wenn einer mit dem erloschenen andern auf den Scheiterhaufen steigt und mit ihm brennt. Liebte sie mich, ehe ich geboren wurde?

Liebte sie mich, war sie mir treu, ehe sie mich sah?

Sie schaut die Welt nicht, wenn ich die Augen aufschlage, wird nimmer satt, wenn ich esse; war vor mir, ohne mich, glücklich und elend – wie irr und schmerzlich das klingt.

Wie schmerzlich, schmerzlich das von unserm Lose singt.

In meiner Angst und Einsamkeit muß ich bleiben.

– Aber die Liebe ist das Höchste von allem. Es kann nicht geschehen, daß sich zwei Menschen lieben.

* * *

Warum ich? Sie mag es Liebe heißen. Warum liebte sie mich, gerade mich? Sie – liebt, aber nicht gerade mich; mag sie auch noch so zärtlich auf mein Auge und mein Haar schauen. Unruhige, lachhafte kleine Zufällchen haben sich gehoben, um ihre Liebe mir auf das Haar zu legen, zwischen heute, gestern und Monaten und Wochen, bis der Kranz dicht und voll war, in dem Wirres, Seltenes und gemein Alltägliches blüht.

Den Kranz muß ich dulden und mich seiner freuen. Wir leiden unter tausend. Qualen, tausend Wunder entzücken unsre Herzen.

Wir sind alle geborene Dirnen.

Wo ist die Staude, die unbrechbare gerade Staude; die für mich, für mich gewachsen ist? Wo ist meine Staude? Mein Geliebtes? Oh, die Staude wächst nimmer.

Johannes, was wirft und wälzt sich deine Schwere? Ach, mich drückt's, daß sie auf solch klingendem Schlitten, närrisch vor mein Haus gefahren kommt.

* * *

Und von ihr schwand immer mehr die Klarheit und gelassene Sicherheit. Das Geheimnis ihrer Liebe, das Seltsame und Fremdartige ihres Gefühls für ihn drängte sie in sich hinein, und hier wußte sie sich nicht aus.

Sie wusch sich morgens und badete abends, dazwischen sprang, hüpfte und schritt ihr Leben wie sonst. Aber wenn sie sich umschaute, fühlte sie sich verwandelt. Sie war wie tief von innen ergriffen, von einer Faust unter die Oberfläche gedrückt. Die Dinge, zwischen denen sie vertraulich ging, wichen erschreckt vor ihr zurück und um sie schlangen sich weite und enge Kreise.

Sie war zum Muschelsuchen an den Strand gelaufen, hatte sich mit zitternder Lust von den Wellen tragen lassen, war auf ein offenes, seelenerstarrendes Meer hinausgeschaukelt.

* * *

Noch erschauerte Johannes manchmal unter ihrem Blick, so daß seine Worte versiegten. Seine jähe Dankbarkeit wollte ihn von ihr fortreißen: die Gütige durfte ihn nicht lieben, nicht gerade ihn, den Sündigen; sie mußte sich von ihm halten. Doch mochte er sie hassen und vernichten, wenn sie ihn miede; in seine Dankbarkeit mischte sich Verachtung, daß sie ihn nicht verachtete, und so schweifte er um sie. Oft streichelte er ihr, tiefernst, fast mit Tränen in den Augen, die Wangen, oder küßte sie und ging wortlos neben ihr her, während seine Seele, fast verwundert über sich selbst, dieses tiefe Glück über sich strömen ließ, und schwer wurde und sich zur Erde senkte.

* * *

Sie liefen Hand in Hand zwischen den Kieferstämmen in der reinen Luft; sie warfen sich nieder in das Gras. Sie hielten sich umschlungen; es war ein Küssen ohne Ende. Wie ihre Lider sich halb über die Augen senkten, während sie den Kopf lässig zurücklehnte und die vor Erregung verschleierten Augen ineinander ruhten. Die Lippen fest auf volle Lippen pressend, küßten sie saugend und spürten den leicht alkalischen Geschmack ihrer Münder.

* * *

Es war ein bunter Herbst, da gingen sie wieder durch den Wald. Uralte Moosbärte wehten von den Ästen mancher Bäume; von einigen Bäumen schilferte die borkige Haut in langen Streifen ab. Andre waren in die Erde eingespießt, wie umgekehrte Flederwische, oder standen um sie herum über und über bewachsen, wie nackte Männer mit behaarten Beinen. Dann gab es welche, die mit Beulen übersät waren, und aus breiten Geschwüren eiterten. Immer stießen sich beieinander Krüppel und junger Schlankwuchs und greise vernutzte Vetteln. Durch diese sonderbare grüne Welt schritten der Breitstirnige und die sanfte Ernste, deren Blicke an seinem Gesicht hingen, und rissen sich die Worte von den Lippen. Ihre ungefüge Schwere lichtete und leichtete sich immer mehr zu vermessener Lust. Das heftige Reiben und Schwirren der Ästchen, Blätter, lockte ihre Ohren. Und plötzlich sahen sie, wie eine dürre, stark seelische, fadenscheinig aufgeputzte Tannenjungfer einen schmerbäuchigen Bierbrauerbaum umarmte, ihm Liebe und ewige Treue schwur. Irene begann wilder zu lachen; sie lachte, daß ihr Leib zuckte und sich zusammenkrümmte. Die Rothaarige riß sich von Johannes los; sie tanzte heißwangig um das seltsame Baumpärchen, dann warf sie sich in das Gras unter dem dicken würdigen Baum, erhitzt, sich vor Lachen schüttelnd, während der schwere Große sich die Stirne trocknete und das Blut in seinen Augen zu beruhigen suchte, die wie die Waldlichter flimmerten.

Auch ihn schwindelte, und er wußte nicht, wo er stand. Als er auf die Lachende unter dem Baume sah, erzürnte sich still etwas in ihm, wie damals, als sie über seine Worte hinwegdachte, und es gelüstete ihn, ihre Glieder gewaltsam gerade zu biegen, und den wirren Kopf stark in den Nacken zu drücken, trotz ihrem Widerstreben.

Daß sie nicht mehr lachte! Ja, wenn sie weiter lachte, müßte er nach ihrem weißen runden Hals greifen, würden seine Hände den schneeweißen, o schneeweißen Hals würgen müssen!

Wenn sie jetzt weiter am Boden lachte.

Er richtete sich gerade auf; etwas Kaltes, Herrisches, Unbekümmertes durchstraffte ihn und spannte seine Muskeln, als müßte er auf die Hingeworfene springen, die Finger in ihre Arme schlagen.

Er schloß die Augen, zwang sich und wurde schweigsam. Sie gingen weiter zwischen den Stämmen. Da erschrak er über sich und entsetzt baten seine Gedanken ihr ab. Er hielt ihre Hand fest; Irene war ihm so herzlich nahe wie ein Kind, das er schützen mußte. Aber sie sollte nicht von ihm gehen, ihn nicht allein lassen, sie sollte ihn selber beschützen, oder doch ihn fliehen: das wäre das Beste und Liebste. Warum lief er selbst nicht fort und ersäufte sich wie eine junge Katze, da er sie doch liebte? Er mußte fortlaufen, sich verstecken, wo dunkle Höllenflammen brennen: er könnte sie nicht inniger lieben, die Gütige, als so.

Er schloß die Augen, um ihrem Blick zu entgehen. Nachdem die lodernde Kälte, die sich in seine Glieder und bis in seine Kaumuskeln gereckt hatte, verschwunden war, wenn auch jede Erinnerung an Irenes fessellose Wildheit sie wieder aufsteigen ließ, strömte eine lösende süße Erregung ihm über die Stirn, Wangen, Lippen, bis in die Zähne hinein. Während Irene sich an ihn schmiegte, scheute er sich, sie zu küssen wie sonst. Er horchte nicht mehr auf ihr Plaudern, der Verfinsterte.

* * *

Plötzlich waren diese Gedanken in ihn gekommen. Auf die reine Sanfte stürzte er sich. Sie war aber doch Irene, der seine Dankbarkeit anhing, und kein Weib. Warum lachte sie so? Oh! warum? Jetzt ging er sie niederwerfen, wie man ein Weib niederwirft. Jetzt mußte er sie morden. Er suchte sich mit Anstrengung der Gedanken zu erwehren; er sträubte sich gegen die Sünde an der, die er liebte. Und doch reizte ihn das aufregende einmal begonnene Spiel mit den Gedanken, das er mit hellem Atem unternahm, immer von neuem, grausam, verwegen, selbstmörderisch, heiligenschänderisch.

Er konnte es nicht zügeln. Schon suchte sich das unbändige Gefühl zu rechtfertigen: diese schlagende Lust hatte ihn zu Irene geführt, dort im Garten, als sie ihm schwieg – bis er wieder in die Ohnmacht und Trauer verfiel, aus der er sich hob zu ihr.

Er besann sich: hatte er nicht den Weg verloren, und fand ihn jetzt wieder; seinen Kampfes- und Verteidigungsweg wider das Weib? Es kann nicht geschehen, daß sich Menschen lieben; sie müssen sich hassen und bezwingen. Sie war mit Schmeicheln hinterlistig in ihn eingedrungen, Irene, die ihn vergessen ließ, daß sie sein Feind war, in ihrer heimlichen Schlangenklugheit. Schon hatte sie fast gesiegt über den Unklugen, den sie mit ihrem klaren Antlitz höhnte, wie niemand höhnte. Jetzt hatte er sie durchschaut, wollte sich wehren, und was ihn gegen sie drängte, war gut, war das Beste in ihm.

Vor ihr Bild flog er dann wieder; in verzweifelter Wut bot er alles auf, um sich zu besänftigen.

Er klagte sich an, schleppte sich mit den entsetzlichen Grübeleien umher und übertrug von seinen Gedanken unwillkürlich auf sie durch wildes Abwenden, unerklärtes Meiden, im Zögern des Händedrucks, in raschen Blicken und in der Gewalt des Kusses.

* * *

Da lachte sie nicht mehr.

* * *

Irene ging halbwach umher. Ihr war zumute, als wenn sie über ein Stück schwarzen Samts striche und es sie dabei leicht schwindelte. Sie atmete unruhig, bald flach, bald tief, ertappte sich dabei wie sie vor sich hin sah und die blassen Hände lächelnd an die Wangen hielt. Ein Zittern strömte durch ihren Körper von den Zehen bis in die Arme und Finger, über den Nacken liefen ihr Kälteschauer, die unter leicht vornüber hängenden Brüsten herum huschten, daß sie sich aufstellten; über Leib und Schenkel verschwanden sie in die strengen Knie, die sie schwach machten; bis sie wieder hoch aufatmete, die Muskeln anspannte und sich zwang.

Es war ihr manchmal, als ob sie aufgehoben, lange in der Schwebe gehalten und dann unversehens auf den Boden geschmettert würde. Als ob auch etwas in ihr hin- und herliefe, das sich nicht hinsetzen wollte und dem sie immer zusehen mußte. Ganz eng zogen sich die Kreise um sie zusammen und vereinsamten sie. Sie war nie allein gewesen, jetzt aber mußte sie sich gar von Vater und Mutter trennen. O des launisch begonnenen Spiels. Tief erschrak sie, mit einem Schlage rettungslos; verschloß sich in sich selbst. Sie mußte sich beruhigen, sich ganz und gar auf sich besinnen. Im Garten saß sie, auf der Bank, wo der breitstirnige finster Leidende ihre Hand mit unterdrückt zartem Flehen an seine Schläfen gedrückt hatte. Und da kam es wieder herauf von Traum und Trunkenheit und war so voll Angst und

Schluchzen, so voll Heimlichkeit und Leben und Kopf-an-die-Schulterlegen. Sie spielte mit den Efeublättern und täuschte sich über den Augenblick und seine Befehle hinweg.

Starrte so lange vor sich hin, warf sich plötzlich glührot mit zusammengepreßten Knien und abwehrenden Händen ins Gras. Als sie sich aufrichtete und sich das Haar zurückstrich, hasteten ihre Gedanken. Zur Mutter wollten ihre Füße laufen; es hieß sich retten oder verstecken vor diesem wilden, starren Grauen.

Die kalte Angst, die sie früher vor Johannes gefühlt und fast vergessen hatte, zitterte wieder in ihr und war nun nichts Süßes an ihr. Es zog sie auf die Bank nieder; sie mußte es selbst ausfechten.

Mit zusammengebissenen Zähnen, entschlossen gepreßten Lippen trommelte sie rasch und willkürlos auf den staubigen Gartentisch, als ob sie sich mit ihren Fäusten bestärken wollte. Sie hatte den Dingen ins Auge gesehen. Was schon längst sich heimlich in ihr gegen ihn gewappnet hatte, klirrte jetzt, wo Gefahr anzog. Jetzt hielt sie den Schauer mit wachsamer Feindseligkeit aus. Der Entsetzliche sollte sie nicht fangen. Wenn sie sich besann, nebelten wieder Erinnerungen in ihr auf; was der Mann Johannes an Heimlichkeit, seltsamer Süße, zerreißender Sehnsucht aufgesogen hatte, seufzte zwischen dem Kampfeslärm.

Niemand war im Hause, als sie nach der Mutter suchen ging. In den rotsonnigen Gängen schlich sie zu der Bank zurück. Sie blieb stumpf vor dem Tisch stehen, auf den der lange Schatten ihres Kopfes und ihrer Brust fiel, sank auf den Stuhl und brach in ein hilfloses Weinen und Wimmern aus. Leicht zuckten die Schultern zusammen und krampfte sich der zarte Mädchenkörper in dem stillen Garten, durch dessen herbstbuntes, trocken raschelndes Laub Dämmerung schien und über dessen Kies ein Kater mit phosphorgrünen Augen schlüpfte. Und noch in die Dunkelheit hinein wand sich das Menschenkind.

* * *

In derselben Nacht aber riß sich ihre Seele, die er von ihr getrennt hatte, los von ihr und warf sich wie ein langer kühler Schatten über ihn.

Er flehte, als er es über sich wehen fühlte, zitterte in weicher Angst auf und konnte den Hauch nicht abwehren. Er barg seinen Kopf in den Händen, wandte sich ab, damit sie ihm nicht in das Gesicht, in die Augen sähe, ihm nichts nähme. In strömendem Schmerze ließ er sich die Hände von ihr lösen und fühlte ihre Tränen auf seinem Gesicht und bog den Kopf zu ihr auf. Und dann erkannten sie einander durch die wallenden Schleier; laut schluchzte er auf, als er auch in ihren Augen die Angst sah. Und beide fühlten nur die Angst unter der Macht, die in der Luft die zottigen Hände mit scharfen sicheren Krallen nach ihnen ausstreckte und bog.

* * *

Sie wollten sich trennen. Sie gingen nebeneinander durch den Wald. Sie fuhren zusammen, wenn sich ihre Hände streiften; um die geschlossenen Münder mit den Lippen zu berühren, wandten sich ihre Gesichter einander zu, aber sie senkten beide den Kopf, als sie sich in die Augen sahen.

Sie freuten sich, wenn ein breiter Baum zwischen sie trat und drückten beide ihre glühenden Stirnen an die Borke, gingen langsam weiter in dem knöcheltiefen gefallenen Laub.

Über Hecken und Sträucher ließen sie ihre Arme streichen und schleppen; aber auch da zuckten sie zusammen, wenn sie Rascheln voneinander hörten. Und die Zähne bohrten sich in die Unterlippe. Sie wollten sich trennen. Aber sie konnten es nicht wehren, daß das Dickicht sie zusammendrängte. Ein Wispern und Schnurren dünner Töne standen immer um sie herum und war die Stimme der Verlassenheit. Daneben schwellte mit leichtem Pfeifen und Knacken die Luft geruhsam auf und ab. Als die Stolze mit den fahlroten Haarsträhnen über Stirn und Wangen geraden Blicks vor sich hinsah und ging, stolperte sie und Johannes griff nach ihr und hielt sie. Seine Augen flackerten über ihr Gesicht hin, deren Mundwinkel sich verzerrten. Zwei starre drohsame Linien waren ihre Lippen; ein Blick tödlichen Hasses traf ihn und sie zischte zwischen den Zähnen.

Er schloß geblendet die Augen. Das Blut klopfte in seinen Händen. Über dunkelgrünes Moos schritten sie. Johannes blieb zurück und brach sich von einem niedrigen Baum einen hängenden losen Ast, an dem Spinnengewebe mit ausgesogenen trocknen Fliegenleichen wehten, und legte ihn sich über das Gesicht. Er keuchte leicht und ging gebückt. Über seinen Nasenrücken floß Blut, das auf seine Jacke tropfte. Tiefer stieg das weißlichhelle Blau des Himmels zwischen die Bäume herab und manchmal kamen sie sich ganz aus den Augen.

Irene lehnte gegen einen Baumstrunk, kroch dann unter ein Gebüsch, und warf sich auf den Rücken hin, mit gekrampften Fingern, als das Gras unter Johannes' Schritten raschelte. Der keuchte und sah über sie hinweg, als wenn sie selber totes Gras wäre. Der alte verächtliche Stolz lag auf ihrem Gesicht; dann als sie ihm nachsah, flog ein heller Hohn über die Schwingungen ihres Gesichts. Weiter brachen sie sich durch das Gehölz, irrten langsamer ins Gras. Schließlich standen sie an einem breiten Fahrweg, ohne sich anzusehen.

Von weitem stäubte ein Wagen heran; als er anrollte, rief Johannes den Führer an und hob die stille Kalte, die mit gesenktem Gesicht dastand, hinauf, wo sie ihm gegenübersaß. Sie hielt die Hände auf dem Rücken, als wenn sie gefesselt wäre, und wenn sie den Kopf hob, streifte sie Johannes, den Wagen und die Waldlandschaft mit einem leeren verschlossenen Blick. Johannes saß, die Arme auf die Knie gestützt, und den Kopf auf den Händen, eingesunkenen Rückens vor ihr. Wenn seine Augen den Saum ihres erdbeerfarbenen Kleides trafen, regte sich in ihm ganz, ganz von weitem eine Unruhe, so daß er nachsann; ohne zu finden, was es war, ließ er es entschwinden. Er hatte ihren Namen vergessen.

* * *

Nachtigallen schluchzen dir entgegen. Du schlürftest nie an einer Seele so bang und durstig.

Mir graut es vor dir. Du darfst mir nicht grollen; sollte dich wohl hassen und verachten.

Warum wirfst du mich nicht hin und schlägst mich, wenn meine Arme dich fortstoßen?

Aus der Ferne flüstere ich dir zwischen den Zähnen alles zu; weh mir, wenn du mich hörst.

Oh, wie begehren meine Arme und Lippen dich, nur dich. Komm zu mir, du Entsetzlicher. Im Traum und heimlich fiel ich zusammen, und wenn mein Leib sich in Trunkenheit wand, fuhr mir der tolle Ekel mit dunstigen gallertigen Händen über das Gesicht. In Blut und Schmutz schwamm ich; zertrümmert mußte ich mehr leiden, als meine Zunge sagen kann.

O in welche Schmach wirft es mich, daß ich ein Weib bin. Genug duldete ich in mir und nun wälzt es mich vor deine Füße hin. Komm zu mir, du Entsetzlicher. Ich bin ganz von mir abgedrängt, das Stumme in mir hast du sprechen machen; nun bette mich auch und laß mich büßen, daß ich Weib bin. Schlürftest nie an meiner Seele so bang und durstig. Meine Hände wollen in deinen zucken, wie Efeu wollen dich meine Glieder bedrängen.

Du darfst mich ganz vernichten, denn nur für dich bin ich aufgegrünt; für dich verfinsterte und hellte sich mein Mädchenblut und immer wieder weinte es quellend um dich, Johannes.

Ich müßte mich verwerfen, wenn du von mir gehst.

Nachtigallen schluchzen dir entgegen.

Herr, so brenne mich.

* * *

Schattenbilder.

Ein Weib geht über eine wellige Ebene, willenlos gleichsam, so stetig ist das langsame Schreiten. Viel dünne lange Haarsträhnen fallen nach vorn herunter über die gesenkte Stirn; das Gesicht beiseite gewandt geht das Weib. Es drückt die Ellenbogen spitz in die Weichen, die Hände senkrecht gehoben; die Finger sind gespreizt, und wie um den Wind zu proben stehen die Handteller nach vorn. Die Fußsohlen lüpfen sich langsam und dann krümmt sich das Knie unter den folgsamen, nachgiebigen Gewandfalten, und der Schatten geht einem andern entgegen. Der taucht aus der Erde auf, den Kopf zurückgeworfen, mit reifen Lippen, wandelt gegen sie zu, die in die Knie sinkt, vor seine Füße sinkt und seine Hüften umschlingt. Verschwinden im Dunkel. Unter gellem Gelächter.

* * *

Menschenstöhnen schlägt zum Himmel.

Zankende Hände packen sich, erbarmenlos loht Aug gegen Aug. Der Mensch soll nicht allein sein. Jammern, Betteln, flehendes Wimmern an allen Türen, verzweifeltes Rauben und Morden. Eine himmlische Stimme ruft; hinter einer himmelsüßen Maske sperrt sich ein Maul auf, funkeln zwei heiße Augen, höhnend: die unersättliche Verlassenheit.

Liebe: ihr bester Biß und gelles Gelächter.

* * *

Bald heischte ihr strenger Blick Gehorsam, bald preßte der alte Stolz drohend ihren Mund und straffte die Glieder. Ihr Schluchzen und Anklagen fragte ihn: was bin ich dir? Da mußte er sie trösten, wie ein Kind, das man geschlagen und beiseite geworfen hat. Sie ballte die Fäuste, warf sich in seine Arme, riß mit verzerrtem Gesicht an seinen Haaren: Du hast mich zerstört, hast mich in Händen, du kannst mich töten. O wie haßte sie ihn. Seine Arme lagen schwer auf zwei breiten Armlehnen; in sich ruhend hörte er sie kalt an, die seine Schenkel umschlug.

Ihre bittende Hingesunkenheit genoß er ruhend. Er wollte sie noch ganz vernichten, im Mitleid seine Macht ganz auskosten. Nun nannte sie ihre Schwäche, ihr Trostverlangen vor ihm, nun nannte er seine almosenschenkende Überlegenheit vor ihr:

Liebe. Wie Kinder herzten sie sich und sahen sich in die dunklen Augen.

Von ihrer Liebe trugen sie, wo sie gingen, Gedanken mit sich herum, durch das Menschengewühl, auf stillen Wegen. Das Stärkste in ihnen stärkte die Gedanken aneinander, die sie wie blaue Heiligenscheine umgaben und wie hohe weiße Lilien in den Händen vor sich trugen. So klar wurde jetzt alles. – Ruhig und gelassen lag ihre Hand in seiner.

Im Hintergrunde ihrer Seelen regte sich doch etwas wie ein großes Staunen: sie kannten sich beide nicht mehr, wo die Schauer und Hinreißungen sie nicht mehr wild überfielen: »Bist du es eigentlich?« – Nun suchten sie sich mit Neubegier auszuhorchen und nahe um den Herd zu schwärmen, über den jene grausen Feuerflammen gestanden hatten. Ganz nahe kamen sie sich in diesem entzückt ängstlichen Forschen. Immer tiefer drangen seine Sinne in ihre Züge und Bewegungen ein. Er fühlte und schmeckte sie aus, seine Augen tasteten all ihre gleitenden Umrisse ab, sein Ohr haschte nach den verschwiegensten und seltensten Zaubern ihrer Stimme. Dann erstaunte er manchmal, wenn er sie ansah: wie er sich auch anstrengte, so wußte er nicht mehr, ob sie schön war, oder schöner als andere. In ihrem Gesicht fand er sich wie in einem Wohnzimmer zurecht; er merkte, daß er Irene nicht vergleichen konnte: wer war Irene eigentlich? Da dämmerte ihm, daß er irgendwie erblindet und verarmt sei. Nun ging sie nicht mehr, scheuend wie eine ägyptische Königstochter, neben ihm, sondern war eine Wolke im Himmel oder ein Baum in der Allee. Er hatte Irene ganz eingesogen, so daß sie zu ihm gehörte. Ihr Bild hatte sich in ihn eingedrängt; ja er hatte sie verloren, aber sie besaß ihn jetzt, sie konnte er nicht mehr lassen, sonst schrieen seine Begierden nach ihr. Und so hatte sie Macht über ihn, konnte ihn verderben. Rächte sie sich nicht so?

Aber das glitt rasch über sein Herz hin, unbegriffen mit leichtem Armzucken, Spielen der Finger und hastvollem Streichen der Wangen, während er nachdenklich halb zerstreut, und verdrießlich ihre Hand betrachtete und zu sich sagte: Ja, wie liebe ich sie doch.

* * *

Nun begann Lilith heimlich zu kranken. In hassender Gier berühren sich Zufallswesen und sonst in nichts. Daß nicht eins das andere verschlingt, des waltet sie, Lilith, die Zähmerin, Grenzwächterin. Sie ist mager, schlank, braunhaarig und scheuäugig, zittert leicht. Eine dünne rissige Haut um dich und mich spannt sie. Sie zieht Zäune und Staketen um alle Gärten, wiegt sich süß als weicher Schnee auf den Ästen, Lilith. Mit immer neuem kühlen Tau labt sie den Eingeschlossenen, daß er vergißt und nicht fühlt: Es gibt keine Brücken in der Welt. Sie spricht dem einen und dem andern zu, daß er sich des einen und andern erbarmt. In das blaugrüne Sehnen flüstert zart, beschämt und traurig Lilith, die feinstimmige, streichelt den Kopf. Nun krankte Lilith und weinte Tag und Nacht.

* * *

Während Irene den Haß und die Angst vor dem Überlegenen zu sänftigen suchte, indem sie mit Zittern und wachsender Ruhe über die Geheimnisse dieser furchtbaren Seele strich, drang er mit Wut auf sie ein und sog an ihren innersten Verborgenheiten. Jetzt wurden sie ganz frei voneinander. Nichts warf sie mehr nieder und zusammen. Mit Spott über einander und sich selbst, mit verächtlichem Lachen gaben sie sich hin und versagten sich nichts von dem Glück ihrer Zweisamkeit, mit wildestem Hohn nichts von den letzten atemlosen Schwelgereien. Jetzt erst, wo keine Krallenhand ihnen mehr Tränen erpreßte, glaubten sie frei zur Liebe zu sein, zwei Menschen, Johannes und Irene. Wie Kätzchen, die nach Wollfäden haschen, um sie zu zerreißen, und sich auf den Pfötchen aufrichten und auf den Schwanz stützen, so spielten sie mit ihrer Liebe und warfen sich lachend auf den Rücken.

Und als die Erinnerung an die Schauer und Hinreißungen unter der strömenden Süße der Gegenwart ertrank, fischten sie die Leiche heraus, putzten sie komisch, und gaben der Versunkenen ein Totenmahl von Scherzen und Küssen, und endloses Gelächter hing wie Rosen darüber. Während sie noch eben kein Ende des Staunens über jenes entsetzliche fremde Aneinanderdrängen fanden, das ihre Liebe und Freiheit verdunkelt hatte, und diesem Seltsamen vergeblich nachsannen, wollte jetzt alles klar hervortreten; aber nicht mehr fremd, nicht mehr unbegreiflich dunkel und hoch:

Ein krankes, zerbrechlich mageres Mädchen erschien ihnen dies Sehnen; sie wiesen sich seine gelbe Blässe, die rachitisch verborgenen und aufgetriebenen Knochen, den aufgeschwemmten Leib. »Sieh nur die wasserhellen Äuglein Johannes, und diese engelhafte Verlogenheit; hinter den dünnen, zarten Rippen schlug gar ein schwaches Herz. Ach, waren wir Kinder, Johannes, ach, waren wir beide Träumer und Kinder.« Und Irene schüttelte sich vor Lachen an Johannes Brust. Und sie flüsterten im Dunkel zueinander und mordeten heimliche Dinge.

* * *

Nun starb Lilith, die kranke Lilith. Ihre Augen waren rot und vertrocknet, Lilith wand sich und mußte sterben.

* * *

Unmerklich verloren sie den Zugang zueinander. Ihre Gedanken glichen Lassos, die über den andern geworfen ihn immer öfter verfehlten. Sie saßen gedankenvoll nebeneinander und wußten nicht, was geschah.

* * *

Nun begannen sie sich zu täuschen. Der Klang ihrer Stimmen stand noch gebieterisch über ihnen. Sie sangen ihr nach und streuten Brillanten auf die Gräber. Aber wenn sie sich die schweren Hände zum Abschied reichten, atmeten beider Brüste hoch, der lähmenden Qual solchen Sprechens enthoben zu sein. Und in ihrem Zimmer fiel Irene auf einen Stuhl und sagte mit klarer Stimme vor sich hin: »Das ist die Liebe, die Lie – be.«

* * *

Aufgejagt und plötzlich verwirrt suchte beider wachsende Verstörung die Spuren des Weges ab, den sie gekommen waren, suchte den alten Wind wieder aufzusuchen, daß er wehe und rüttelte an den Bäumen, die kahl und steif waren. Er versank in die unerhörten Prächte ihres Leibes, aber sie fanden sich nicht mehr, und sie vergaben es sich nicht, daß sie Gemeinsames duldeten. Im Gewitter lief Irene durch den Wald zwischen den kahlen Stämmen und jauchzte vergessen zu dem Blitz, der knisternd durch die Luft sägte, drehte sich auf den Zehen um sich und bot die bloßen weißen Arme und den zurückgewandten Kopf, Lippen, Wangen und Lider dem Regen. In Johannes taumelte alles in plötzlicher dumpfer Hingerissenheit; er sah nur ihren glücklichen Hals und die liebenden Brüste, und fühlte die sichere scharfe Krallenhand an seiner Brust, hörte wieder das gelle Gelächter, das seiner nicht achtete; die alte Wut packte ihn, daß er seiner nicht froh werden konnte.

Und durch sie, die Weiße, Lachende; durch Irene. Er streckte nach ihr die Hände aus, drohend. »Wehre dich, wehre dich! Verfluchte!« Ihr zarter Ton fragte nach seiner Traurigkeit, als er weit hinter ihr zurückzubleiben begann. Seine Augen sagten ihr: »Wirst bald mit mir traurig sein, du.« Sie sah in klar beherrschte Züge. In Abscheu und Selbstverachtung fielen sie sich in die Arme und küßten sich trostlos weinend in dem grauen Regen.

* * *

Mehr als er litt Irene darunter, daß Lilith gestorben war. Ihr klagender Blick fuhr über sein Gesicht: dann verwandelte sich Irene wieder in die fremde stolze Ägyptische. Sie hatte vor seinen

Knien gelegen und ihre bittende Hingesunkenheit dargebracht; jetzt richtete sie über ihn, indem sie klagte und anklagte. Er konnte ihren Blick nicht aushalten und litt unter seiner Feigheit. Eine dumpfe Schwüle wühlte in seinem Körper, so daß er die Kleider beängstigend der warmen Haut anliegen fühlte und sich sein Brustkorb sprengend hob. Ein Schwindel überdunkelte ihn; mit einem Atemzuge waren Farbe, Klang, Umrisse hinweggenommen in die Leere, in die er selbst versank, während sich die Augen schlossen, der Kopf tief in den Nacken legte, die Arme sich reckten und der Körper mit leichtem Zittern sich auf den Zehen erhob. Uneingeständlich floh er vor ihrem Blick; aber er konnte es nicht verhindern, daß immer wieder das verächtliche Zucken um ihren linken Mundwinkel, den zu küssen er sich oft vertieft hatte, vor ihm auftauchte.

»Ich bin es schuld« – die Schwüle schloß sich enger um seine Brust und Kehle. Zu nichts war er vor seiner Sklavin durch die Mächte geworden, die ihn haßten, wie allen Menschenstolz. Er spürte, während die Hände vergeblich abwehrten, das Fell und die starren stechenden Fühlhaare der Schnauze. Näher strich ihm der Atem warm und ruckweise ins Gesicht. Wie er finster beiseite schaute, saß es ihm mit einem Satz an der Kehle. Da ließ er den Kopf in dumpfer Trauer fallen.

* * *

Irene schlich entselbstet umher. Sie sah selten auf, und mochte aufschreien, wenn man zu ihr sprach, wie früher zu der Ernstsanften und Sicheren sprach. Doch duldete es die Hingeworfene und wurde glücklich im Vergessen, wenn ihre Freundin zu ihr Törichtes, Loses und Böses kräuselte.

Sie glitt allmählich mit weinendem Herzen in die blaue Luft hinunter. Mit verhängten Augen erzählte sie von den Dingen der Oberfläche; ihre Lippen sprachen von seinem seltsamen nicht haftenden Blick; sie tranken wie ehe aus zierlichen Tassen und sogen an dünnen Zigaretten in dem hellgelben, mit Seide ausgeschlagenen Zimmerchen Irenes. Und die Raschäugige lauschte und warf ihr fragendes Entzücken dazwischen. In Irene wurde es lichter, während sie plauderte und von ihren eigenen Worten getragen vor einen Johannes glitt, vor etwas Breitstirniges, rätselhaft Finsteres und Liebloses, an das sie nicht denken konnte, ohne vor Vergnügen bebend, die gelblich weißen Hände auf die atmende Brust gepreßt, in heimlicher Wonne vor sich hin zu lachen. Sie verstand ihn wohl nicht mehr; sie hatte sich von einer grundlosen Laune die Lust an ihm trüben lassen.

Leise bat schon etwas in ihr ab. Und als die Freundin fortgehuscht war, sah Irene der Leichten, Rosigen vom Fenster aus mit glühheißen Wangen nach. Auf die Straße ging sie. Sie genoß mit tiefen Atemzügen den Alltag. Wie schön doch ihr Leben war.

Mit lächelnden Lippen, aber innigem Ernst küßte sie in ihrem Zimmer Johannes' Bild.

* * *

Ihre Augenlider hoben sich. Sie war die weiße Decke und der grüne Plafond, der kleine goldene Kronleuchter mit den bemalten Lichtern. Die niedrigen Stühle und die schimmernden Deckchen darüber schwammen in ihren Augen, gelbe Vorhänge und grauweißes Dämmerlicht. Die Linien oben an der weißen Decke krochen still und sperrten ihre Mäuler auf, verschwanden und verrannen ineinander. Die Linien streckten sich rasch, lagen still da. Eine leichte Hitze hauchte über ihre Arme, wo sie den Brüsten anlagen. Zarte Spannungen klangen in den Knien und Schultern der Stillen auf.

Sie stolperte über die Risse und grauen Punkte an der Decke, die sie immer wieder entlang laufen mußte, so daß die Angst sie tiefer atmen und die zuckenden Knie beugen und anziehen ließ. Und dann stand doch ein kleines Seufzen fremd und losgelöst irgendwo im Zimmer, dem sie antworten mußte, das sie heißer bedrängte und suchen ging; in Zimmermitten, in den Ecken, hinter den gelben faltenschweren Vorhängen, – vielleicht unter dem schweren verhängten Tische oder vor der Tür, vor der Tür. Hastig warf sie sich auf, um es zu suchen. Unter dem kurzen hellen Schmerz der gepreßten Hand richtete sie sich auf und fand sich beim Anblick der gelblichen Blässe ihrer Finger. Sie war von den Dingen getrennt, fühlte sich in ihren Gliedern. Irene. Sie streckte sich, Irene. Ein Sonnenfleck schimmerte schon über die Vorhänge.

Ich will heute in der Morgenluft spazieren gehn. Draußen im Garten. Vielleicht schneit es heute. Auch auf meine Bank schneit es. –

Wie beschattet von einer Unruhe, trug ihr die »Bank« »Johannes« zu. Sie konnten nicht mehr draußen sitzen; es war Winter. Winter war es geworden. – Winter?

Und wo saßen sie denn zuletzt? – »Was ist mit mir geschehen?« Aufgerichtet saß sie im Bette, Beute aller Stürme und Entsetzen. Das Zimmer klagte sie an. Die mädchenläppischen Bänder an der Wand und der Kasten mit Andenken auf dem Ecktischchen.

Sie drückte den Kopf in das Kissen, preßte es an Aug und Ohr und reckte krampfhaft den heißen Körper bis zu den Zehen, als wenn sie ihn von sich stoßen wollte zu den Dingen zurück. – »Pfui, oh pfui, ich – Dirne. Oh Maria nun hilf mir. Ich darf ihn nicht lassen, nie und nimmer, dann wäre ich ganz und gar geschändet. Seine feile Beute: ich, oh ich –« Sie schluchzte ins Kissen. »Warum ließ ich das geschehen? Ich darf nicht mehr leben, ich will nicht mehr leben.«

* * *

Und der Wind packte wacker die Segel, biß sich an den Rändern fest, spitzzähnig, und brachte das Boot zum Kentern.

Seine Seele schleppte Irenen mit sich herum. Sie war ein leerer Raum, eine Gasmasse in ihm, die sich immer weiter ausdehnte und in die alles abfiel vom Gemäuer und erstickte: morsche Steine, Blumen, rotblaue Gesichter, die anschwollen, quellende Augen, Münder, die nach Luft schnappten mit angespannten Halsmuskeln und die Herzen wühlen und wogen noch in der

Brust. Die Finger spielen und fassen nichts; in Todesgrauen dreht sich alles und kann sich nicht vergessen.

Er schleppte sie mit sich herum. Wohin hatten ihn diese Gewalten gebracht! Es half nichts, daß er sich immer wieder Ruhe und Sicherheit predigte; so waren es doch nur Stunden, um die er getäuscht war, und fand sich schließlich in seiner alten stöhnenden und nagenden Hilflosigkeit. Sie mußten sich trennen. Er wollte aufatmen, sich vor seiner Schmach verstecken. Der Zufall war es nur, der ihm Irene zugeführt hatte, sollte es nicht Narrheit heißen, sich an den Unsinn klammern und willenlos folgen? Ein Mensch und Sklave des Zufalls? – Dem Zufall eignet's, zu verwirren, stören, zu quälen und entzücken; er springt von einem Irrsinn zum andern und das heißt leben, und ist alles Zufall.

* * *

Ein Freund erzählte ihm von den Geheimnissen seiner Liebe; Johannes, zerstreut, warf unachtsam ein Wort dazwischen, das verstohlen von seinen eigenen Heimlichkeiten sprach. Wie fremd und schön sein Wort klang. Er erstaunte, nie war ein Wort von seiner Liebe über seine Lippen gekommen. Er versuchte gelockt mehr; die Worte rollten so ruhig hin, brachen nicht unter der Last, die er ihnen auflud. Ein Wort rief mit eigenem Willen das nächste, wie damals, als er um Irene warb, ihr höhnte und heimlich über sich selbst verwundert abbat. Er sah einen grausigen Spaß, der ihn nach der Schlaffheit der letzten Wochen inniger anzog, eine Selbstvergewaltigung voll Lüsternheit, und ein hastvoller Schritt auf dem Wege, an dem die Leiche Liliths lag. Hinterlistig stieß er sein Geheimnis in die graue Luft hinaus, fuhr mit den Worten hin, erst stockend und zaghaft, mit niedergeschlagenen grünen Augen, dann gleitend, reckend und schließlich ein Segeln mit breitentfalteten Flügeln und hellem Rauschen und übermütigem Plätschern in der Luft. Bebte, jauchzte: welches Glück.

Während er sprach, stärkten die lauten Worte einander wie Trompeten lässige Soldaten, und steiften ein schwankendes Gewölbe wie Säulen. Neugierig und ängstlich fragte er sich: Was geschieht da draußen? Was wird es noch alles sagen? Dabei wuchs die starre Lust, Irene weh zu tun. Er hörte den Worten nach, erkannte sein Erleben nicht wieder, sehnte, daß er mit so schlimmem Wortzauber Irenen, wie an sich gezogen, so von sich stieße. Um diese Worte schwebte Glück und Glanz. Erinnerungen an Siege und freie Launen. Das Ohr ließ sich von ihnen bald ganz fangen und so versank die Unruhe und Angst, schwankte im Dunkel beiseite, murmelte hier und da und schleuderte Steinchen und Brocken. Er faßte allmählich, welches Geschenk ihm wurde. Wie leicht atmet, wer spricht. Es blühte in ihm auf, wo er Irenen an seinen Freund verriet. Aus jedem Lächeln und Nikken des Freundes sog diese Freude sich Nahrung. Den letzten Entscheid gaben die Spiegel um ihn, die wehenden Fächer der Damen, die strahlenden Goldkronen mit den bemalten Kerzen. Seine eigenen Worte stießen gegen die Spiegel, fuhren entzückt zurück und fielen wie gerollte Igel vor seine Füße.

Als er ging, hob sich seine Freude unter der klaren schneedurchwehten Luft und dem starken Frost. In überwallendem Glücke genoß er seine Freiheit und die Erlösung von Zwiespalt, Tausendspalt.

Der Zufall ist wieder los. Sie geht mich nichts an, sie geht mich nichts an. Ich begehre – nicht gerade sie. Ich bin wieder allein. Wie glücklich sind wir vereinsamten Monaden. – Sie lachte mich so stolz und glückversteinert an, nun kann sie mir nicht entrinnen. Ich habe sie zerstört; sie ist mein in alle Ewigkeit. Eine Menschenseele ist mein und muß sich vor mir krümmen; ja das ist Liebe, wie ich sie begehre. Haha! das Wunder des Weibes: dienen sollst du und mich im Herrschen über dich meine Einsamkeit genießen lassen. Ich wollte sie nicht in mich einsaugen, sondern ausspeien, in die Knie zwingen. Ach, wenn die weiche Faust meines rothaarigen Teufels jetzt nach mir schlagen und ihr Mund mich anspeien wird, so kann ich lachen, und sie küssen, weil ich mein verachtendes Engelchen noch nie so liebte, wie jetzt, wo ich sie ganz zur Dirne gemacht habe. Gerade sie will ich, und will zu ihr. Sie soll mein Glück mitgenießen.

* * *

Um Irene begann sich eine seltsame Ruhe zu schließen. Wie schluchzende Kinder wichen die qualvollen Gedanken von der Abgemüdeten ab.

Die angespannte Seele dehnte sich langsam aus, tönte nur noch tief mit langsamen Schwingungen. Fast willenlos und unbesinnlich lehnte sie an ihrem Andenkentisch und kramte darin: »Ja, was ist mir nur geschehen?« Sie wurde müde und schwach, teilnahmslos am hellen Tag, glitt von Arbeit zu Arbeit. Und wenn sie, die Hände im Schoß, hingesunken war, um sich zu sammeln, allmählich zu sammeln und alles Bevorstehende und Vergangene ganz zu fassen, so trieb sie etwas wieder auf, so daß sie mit Augen, welche nichts sahen, im Garten, zwischen den schneeüberbürdeten Bäumen umhersuchte, Schnee in den Mund steckte und schluckte, ja ruhig auf die Straße lief, und plötzlich lächelnd mit zerstreutem Blick vor einem Spiegel stehend sah, daß sie mit zerzausten Haaren ging, worauf sie wieder auf ihr Zimmerchen lief, den Kopf in die Sofapolster grub und sich suchte.

Nur unklar tauchte immer etwas Heißes, Gelbes, Purpurnes vor ihr auf und schwamm, als sie sich im Garten versteckte, wie eine rote Sonnenuntergangswolke über sie weg, die keine zitternden Menschenhände fassen können.

Sie wurde von einer Erstarrung befallen. »Und ist mir doch wohler als je«, dachte sie; »ich bin jetzt ganz frei auch von Johannes. Wie schade, daß ich nun gerade sterben muß, wo die Luft so schön und klar weht, daß ich zerfließen könnte.«

Sie hörte Johannes' entsetzten Ruf nicht, fühlte es kaum, als er an ihren gesunkenen Händen zerrte, die raschelnden Haare aus ihrem Gesicht strich, ihre Schultern schüttelte. Sie saß still und gebeugt am Tisch, die Arme aufgestemmt, das Kinn in die Handteller drückend und sah vor sich hin. Ihre dunkelroten Lippen bewegten sich nicht, als er in sie drang: »Was ist dir geschehen? – Du! – Wer bist du?« Aber nach einiger Zeit hob sie das faltenlose Gesicht gegen ihn auf und sagte leise mit einem leeren Blick in die weiße Luft hinein: »Irene.« Da hob er die Leichte hoch, sprach zu ihr, küßte sie, um sie zu erwecken, wiegte sie in den Armen hin und her, während sein Inneres selbstmörderische Dolche schmiedete. Ein rauschendes Geflüster von Liebe und Bitten um Verzeihung schwebte um sie, verlangte pochend Eingang in ihre Seele, rang verzweifelt an allen Toren schwache Händchen. »Die Glöcklein läuten immerzu, aber warum kam er nicht zur Beerdigung? Er sagte mir doch oft, – ich bin eine schöne Leiche, und er will mich wecken.«

»Irene, so sieh doch auf, sieh mich an.« – »Er war immer so wild mit mir. Ich habe mich ganz und gar vergessen. Niemand darf davon wissen.« – »Mein Liebstes, Irene, Irene was geschah dir?« Sie lachte mit leuchtenden Augen leise auf und starrte ihn an: »Haha, wir beiden –.«

Es war als ob ein Vogelschwarm in die helle Winterluft aufschwärmte und den Flug versuchte. Und legte, wie sie es oft tat, den Kopf an seine Schulter, der neben ihr saß. »O wie lieben wir beide uns.« Sie lachte immer wilder, beruhigte sich nicht und warf sich im Stuhl zusammen und krümmte sich, bald warf sie den Kopf zurück und streckte sich ganz weit mit offenen Augen über den Stuhl. Sinnlos aus vollem Halse kam das Gelächter im tiefen, langen Strom. Sie schrie schluchzend und gell, während ihr Herz schwer und starr wurde und die blutunterlaufenen Augen zu träumen und funkeln begannen.

Im Jammer hielt er sie umschlungen. Als die Glieder der Ohnmächtigen, Todbleichen und Blutenden sich lösten, war in ihm ein eisiges unbezwingliches Grausen aufgestiegen. Sie erwachte. Da trieb es ihn, ihre Hände zu lassen, fortzulaufen, zu singen, die dunkle schwere Last vor sich hinzudrängen und laut, laut: »Johannes« zu rufen.

* * *

In Irenen beruhigte sich nach langen verdämmerten Tagen und Wochen manches. Die Tage trennten wie eine Mauer ihr früheres Leben ab. Wie eine Mauer, über die sie nicht sehen konnte. Wenn manchmal ein Hauch herüberschlug, so wimmerte es in ihr: »Er muß doch zu mir kommen, ich muß ihn halten und ihn wiederhaben.« Aber sie fühlte, wie die Zeit ihrem Schmerz milde Stacheln und Spitzen abbrach. Die Stolze widerstrebte – und ließ es geschehen. Unter dem leisen schwachen Glück des Genesens verlor sie die Glut zu sterben, das trotzig süchtige Todesverlangen. Sie ging nicht auf Vergessen und Einsargen aus; von sich dachte sie nicht hinweg. Verschlossen überdachte sie alles; Johannes' Freund, der mit dem Ratlosen, Unentschiedenen in jenem glänzenden Saale gesprochen hatte, trat zu der seltsam Kühlen, immer wieder Schluchzenden. Mit Staunen, doch fast teilnahmslos lauschte sie seinem verschwiegenen Werben. Seine Worte klangen, wie sie es gewöhnt war, – aber wie beruhigte sie jetzt diese Musik. Es beruhigte sie, den Gedanken eines andern nachzugehen, es erfüllte sie mit Mitleid für ihn, daß er so ahnungslos zu einer Elenden sprach, die ihn betrog und mit ihm spielte. Dann brach sie noch einmal zusammen, als sie hinter unbedachten Worten jenes Gespräch erriet. Sie schrie verzweifelt auf ihrem Zimmer; nur die Begierde sich zu rächen hielt sie am Leben.

* * *

Sie flogen um die Eisbahn. »Irene, Sie spotten meiner; gestehen Sie nur. – Sie wissen nun alles. Auch mir ging es wie Ihnen.« – Sie flog zum zweiten Male um die Eisbahn mit dem Freund. Vieles schauert unter der Erde und klingt auch verborgenes Rufen herauf.

Mit verschwimmenden Gedanken wandeln und gleiten sie; gestreckte Zeigefinger ziehen unter der weißen Eisdecke Zackenlinien: – oh, du dämmerndes Volk. Ging ein junger hohlwangiger Mönch mit erloschenen Augen eines Morgens starren und gläubigen Herzens auf den Markt. Der Weltvergessene, Gotttrunkene schrie, als er im hellen Lichte die eckigen und runden Formen der Früchte, die vielfachen Farben und die hingerissene Augenblicksluft der Menschengesichter sah, – und hinter ihnen den gestreckten ziehenden Zeigefinger.

Sie flogen wieder um die Eisbahn, Irene schwieg ganz ohne Lächeln. Fest ruhten bei jeder Biegung die Hände der beiden ineinander. Spöttisch dachte sie an sich und alles Leben. Die Füße der rothaarigen Irene rannten kummerlos den Linien unter der tragenden Eisdecke nach.

* * *

In manchen Augenblicken sann Johannes darüber nach, ob er nicht geträumt hätte, was im Garten geschehen war. Es schien ihm, als ob der Zwiespalt seiner Seele in jener Abendstunde leibhaftig vor seine Sinne getreten sei. Denn Irene umkleidete seine Verstörung mit immer dunklerem Grauen; war das schwere Blut, das von ihr troff, sein eigenes Herzblut. Ja Irene hatte sich aus seiner Seele in den dämmernden entsetzenschwangeren Stunden gerissen. Ein bläuliches, unsicher schwebendes Gespenst mit gelben verkniffenen Augen, das sich, seltsam vertraut, um ihn zu tun machte, sich hie und da um etwas mühte, ballte sich vor seinen Augen, riß vor ihm einen breiten Spalt in eine Wand, durch den seine Augen ein dunkles Flammenspiel sahen, in dem er nichts erkennen wollte.

Da trieb es ihn, laut, laut »Johannes« zu rufen! – Er wollte sich jenen Mächten nicht mehr versagen und sie nicht schmähen, die sich in ihn eingewebt hatten. Könnte er sühnen, was er gesündigt hatte! An ihr, der Reinen Sanften, vorbestimmt ihn zu sänftigen. Wenn jemand ihn freisprechen könnte von der Schuld seiner Einsamkeit, so war es die Glückliche, grausam Zerrissene, zu der die Dankbarkeit seiner Seele zu schwach redete mit allem Schluchzen.

Er mußte wieder ihre Hand an seine Schläfen drücken; – die Türen waren verschlossen, hinter denen die Kranke lag. Jäh wuchs das Elend in ihm, wuchs sein Verlangen nach Erbarmen und verschlang alles in ihm. Ein einziges flehentliches Händeausstrecken war er, ein einziges zerknirschtes Hingeworfensein, das nichts von Selbstgenuß wußte. Ihn hatte nie ein so lebendiges Entsetzen zerfleischt. Der Abgrund der Selbstverachtung war nie tiefer in ihm. Grauses, Zermalmendes hatte er auf die Zarte gehäuft. Dies hatte seine Dankbarkeit ihr angetan. Wie eine Seele lag das fahle Haar auf ihr. Lilith, die schöne, schmalschultrige, bettete ihre beiden Hände ineinander, daß seine Seele, verwundert über sich selbst, ein seltenes Glück über sich strömen ließ und schwer wurde und sich zur Erde senkte. Er aber legte traurig und irr Flammen an das Haus, das ihnen Zuflucht bot: er hatte es müssen wider eigenen Willen. Es brannte, sein eigenes Haus brannte jetzt loh, was sein Herz segnete. Die starren Mächte hatten ihn in solch Elend geworfen. Er sollte nicht allein sein und mußte jetzt tiefer vereinsamen als je. Er wollte nicht fassen, was er sich getan hatte; als er nachsann, erschrak er tief und der Haß auf jene Gewalten begann wie hartes Eisen zu glühen.

Er war im Kampf mit ihnen erlegen, sie hatten ihn gedrückt und zurückgeworfen. Brünstig kosteten sie ihre Herrschaft über ihn aus, schmatzten die Lippen an seiner Verzweiflung. Wie besät war er mit Wunden, Rissen und Bissen; zitternd und angstvoll floh er vor Irene, und sein Grauen sah sich nicht nach der Stelle um, wo seine Seele zerbrechen sollte. Aber er fühlte, daß eine Wolke sich immer schwärzer über seinem Kopf ballte.

Er genoß mit Schauern die kühle Freiheit, die ihn wieder aufnahm, entschlossen gab er sich dem Rausch hin. Schon begann er die finstere Wolke zu vergessen; er hatte übertrieben, sie hatten sich wohl trennen müssen. Irene war ihm nichts als ein Spielzeug gewesen, ein Weib, das ihm der Zufall über den Weg führte. Es war nicht gerade sie, die er liebte. Nun begrub er das Grauen vor den Gewalten, die über seinem Leben standen, ganz in knisternden Haaren. Bis ihn eine tiefe Müdigkeit überfiel. Das war ihm ehemals der Sinn des Lebens, immer freier zu werden, immer tiefer Begierde, Sehnsucht und Erstaunen fallen zu lassen. Zu veralten, zu verarmen, in die sichere stolze Kühle hinauf zu reifen. Jetzt hatte er seine Einsamkeit wieder und war Mensch.

Mit kaltem Hohn überdachte er sein Leben, Irene und sich. Halb willig, halb widerwillig war alles gelebt; er hatte es nicht im Ernst gemeint.

* * *

Er konnte sich seinen Überdruß nicht verhehlen, sogar seine Todesgedanken, wehrte er ab; wie ernst sie gar das Leben, das bald dumpfe, bald hitzige Hinleben nahmen. Auch zum Sterben war er zu müde. Verwelkte Hände legte er auf seine Vergangenheit und wärmte sich an ihr. »Närrchen, süßes Närrchen,« sagte er dann lächelnd vor sich hin, aber es war Wehmut und verborgene schmerzliche Sehnsucht in seinem Lächeln. Er vertiefte sich mit halb spöttischen, halb leidenden Grimassen in Erinnerungen und sog, fast in Mitleid mit sich selbst, an ihrem Duft.

Mit weichen Polypenarmen klammerten sich die entschwundenen, schaurigen Zärtlichkeiten an den Versteinerten, der sich ihrer nicht erwehrte, das träumende Beraubtwerden und Verlieren genoß.

Er glaubte in dieser Zeit einmal Irenes Stimme aus dem Munde einer entfremdeten Freundin zu hören. Jetzt schien ihm diese Freundin schön um ihrer Stimme willen, um ihrer leicht tiefen Stimme, die ihn ins Vergessene, Dunkle, Süßtraurige rief. Vielleicht hatte er auch vorher dieses entfremdete Weib nur um ihrer Stimme willen geliebt. Er wußte es nicht; aber er hätschelte diesen merkwürdigen und unheimlichen Gedanken, dieses aufträumende Vielleicht. Er hatte Irene in Angst den Rücken gewandt und suchte doch sie, gerade sie unter den Menschen, – sie allezeit geliebt. Ihr gebrochenes wie gurrendes Lachen, das gebundene Gleichmaß ihrer Bewegungen, die falbe Röte ihres spröden Haares schien in alle Welt zerstreut wie die Scherben einer kostbaren Vase und er war gegangen, die Stücke auf jedem Kehrichthaufen aufzulesen, wo er sie fand. So hatte sich alles in ihm heimlich nach ihr gesehnt durch wilde und verdüsterte Tage. Hatte er nicht einstmals darüber gestaunt, daß ihm die seltsame, ägyptisch strenge Schönheit Irenes entschwand, als er sich in ihren Zügen wie in einem Wohnzimmer zurechtfand? Sie besaß ihn von der Stunde; nach ihren Zügen ordnete er die Menschen, an ihrem Wesen maß er sie. Er fühlte, daß nicht der Mensch das Maß aller Dinge sei, sondern der Nebenmensch, der in Liebe oder Haß Macht über den andern gewinnt.

Seine Gedanken begannen um Irene zu schleichen. Jetzt versagte der Müde menschen- und liebessüchtigen Gedanken den Segen nicht.

Soll ich mich schämen, daß ich unbegierig bin nach Alexandertaten und Weltzerstörung? Ihr meßt das Leben mit der Elle nach der Breite des Erdreichs, über das es gebot. Euch ist Großes und Grobes gleich; ich will mich in die Tiefe graben. Vor meiner Tür weint ein Kind um seinen gebrochenen Puppenkopf; in seinem Wimmern liegt Schmerz, wie in dem Schluchzen seiner Mutter und des Mannes, denen zwischen heute und gestern Lebenshoffnungen eingestürzt sind. Es scheint mir schwer zu denken, daß es einen Gott gibt: aber wie stehe ich vor dem Herz- und Nierenprüfer neben Ländereroberern und Millionenbeherrschern, ich, der auf eine Menschenseele Jagd machte?

Das süßtraurige Märchen war noch nicht zu Ende, o er lebte noch mitten in ihm.

* * *

Was ist um mich? Es sind Nebel die ziehen. Warum schleppt die Feuchte bis zu mir? Die Nixe kam aus dem Waldessee; sollte der Mönch sie einmal küssen – wären dann beide erlöst; – knien, stammeln, halten sich doch höhnend und lachend in den Armen, verschwinden in dem dunstigen See.

Es weht mir über die Brust. Das Fenster knarrt, die Gardine weht auf. Oh ihr dämmernden Gestalten, was tretet ihr an mein

Lager, was steht ihr an meinem Bett zu Häupten und zu Füßen? Daß mich einer aufrichte. Wer seid ihr? So helft mir doch. Sind wir in den dunklen See versunken, Irene und ich, unerlöst, und stürzte ich sie mit mir, so wollen wir wieder hinaufschwimmen. Ich will uns erwecken, ich will es dürfen. Sühnen unser Verbrechen an uns. Ihr seid mächtig, ich fühle es! Das Vergangene ist mächtig; aber das Kommende soll mächtiger sein, ich fühle es; es ist mächtiger. Gewicht gegen Gewicht und nichts reift zu spät. Geht von meinem Lager, ihr gespenstigen Fratzen. Einen langen Bußgang mußte ich tun, ehe ich zu dir fand, Irene. Ach sieh, ihre Hände will Lilith, die zarte Lilith, ihre Hände wieder auf unser Haar legen.

Bescheiden mag ich neben dir gehen, zu viel und zu Entsetzliches begehre ich immer und gerade von dir. Damit wir büßten und uns wieder finden, mußten meine Lippen von unserm Elend unter Kronleuchtern und Spiegeln sprechen, fielst du mir lachend und blutend in die Arme. – Ach von meinen Lager fort, ihr!

Lilith wachte auf von den Toten.

* * *

Irene, wo du auch bist und ob du mich hörst, – wir Menschen sind Rauch und Qualm. Wie klagte ich dir oft, daß sich in Form zwingen müsse, was sich nicht aufgeben und verfliegen will. Innigst weiß ich jetzt, Irene, daß ich das Andere vor mir und neben mir bin, und sonst bin ich nichts und ist meine Einsamkeit nichts. Das Draußen formte mich, wuchs in mich hinein, und so kann ich lieben. Im Lieben und Begehren bin ich, ich; mich riß nichts aus innen heraus. Ich weiß nicht, ob ich dich, du Zufällige, ergreifen mußte, aber einmal muß sich alles entscheiden, und ich habe dich gewählt.

Vielleicht mußte ich gerade dich wählen, genug, ich habe dich gewählt; es ist geschehen. Das Vergangene ist lebendig und mächtig in uns; zottige Krallenhände hatten uns einst zusammengepreßt, jetzt fasse ich dich, wollen wir uns selber fassen. Unsere kindischen, heißen Münder haben sich geküßt; zu tief habe ich unter deinem Namen geliebt, gehaßt, begehrt und stolz gejubelt, zu tief hast du dich in meine Seele gewühlt und bist ein Teil von mir geworden, Maß aller meiner Dinge. Ich kann dich lieben. Ich muß nach dir verlangen; bin ich ein Bruchstück, so kannst nur du mich noch ergänzen. Irene, du, du hast mich zum Bruchstück gemacht. In mir schwillt das Leben wie Ebbe und Flut, über das Tageswesen der Menschen wachse ich immer kühler und fremder hinaus. Seit wir uns nicht gesehen, – du hörst es an meiner Stimme – bin ich verwandelt. Sühnen wollen wir, was wir verschuldet haben. Oh wie schauert mich, wenn ich an dich denke.

* * *

Zwischen den schwarzen Birken, an denen in der Späte des Abends kein Menschenschritt vorübertönte, ging Johannes' schwere Gestalt. Die Brust schwoll ihm, so daß er manchmal Irene vergaß, auf die er wartete. Mit einem Schlage schien sein Leben wieder in die Breite zu wachsen. Seine Augen glänzten. Auf Irenes langsamen schleifenden Schritt lauschte er, aber es war immer das heiße Blut, das durch die Gefäße stockte, schurrte. Ihr trug er seine sommerliche Reife entgegen. Für sie feierte und bekränzte sich ja alles in ihm. Wie sollte sie mit Blumen, Wein und jeglichem schwachen Duft, den sie liebte, überschüttet werden. Sie sollten sich wiedersehen. Ihre grauen metallstrahlenden Augen! Er hatte Irene in so tiefem Elend verlassen, das er verschuldete. Vor Mitleid erbebte sein Herz, und er wurde immer sehnsüchtiger. Jetzt ihr von Liebe zu sprechen, brauchte es nicht des losen Wortklangs, der den Widerstrebenden zwang. Er liebte, haßte sie, fiel vor sie hin, wie damals, als sie den Jungen, Verdüsterten nicht ansah. Es schien ihm, als müsse er jetzt durch einen freien Entschluß dunkle Stricke zerreißen, die um seine Brust lagen und seine Füße behinderten, müsse ein rostiges weites Tor öffnen.

Immer bitterer wurde sein Herz, er dachte an Irene, so dachte er sich schuldvoll. Ohne es zu wissen, schlich er durch die Straßen, durch Irenes Garten, vor ihr Haus.

Ich habe ein Recht auf dich, denn du warst mein. Neu bin ich, verwandelt. Unser Verbrechen zu sühnen brach ich auf; das Künftige soll mächtiger sein als das Vergangene. Nun bin ich: sieh mich doch, Irene.

Oh, du läßt mich schwer büßen. –

Während er unten mit zusammengesunkenem Rücken auf der Bank saß, rang um Irene jener Freund, den ihr die Worte zwischen Spiegeln und Kronleuchtern geworben hatten. Die Hände des Mannes wollten nicht von ihren Händen lassen. Die Rothaarige sah kalt in seine Augen.

Es wehte aus dem Garten herauf. Da ist's über sie gekommen. Sie hat nicht aufgeschrien, die Angst hat nicht das lauschende Gesicht verzerrt. Sie preßte die Hände an die Brust, willenlos einer grausigen Gewalt preisgegeben, die aus den schwarzen Baumwipfeln auf sie zuschritt; kauerte sich besinnend hin und starrte auf das Dunkel des Fensters zu. Gewimmert hat sie leise und ist zaghaft auf den Freund zugewichen, die Augen verschlossen. Dann ihr höhnender Triumphschrei gegen den Wipfel, und sie ist von seinen Armen umschlungen worden.

* * *

Ich habe nie gelebt; soll nie leben. Worte und Zufälle lebten für mich, starre Gewalten. So mächtig ist das Vergangene.

Während er mit traumblöden Augen auf die Wanduhr sah und der Schwingung des Pendels folgte, der wie ein Henkerbeil über Sekunde und Sekunde fiel, beschlich ihn das Gefühl, als ob ihm etwas fehle. – Die Uhr, er hörte die Uhr nicht mehr! Im Erwachen schlug seine Hand schwer gegen den Tisch: den Schlag hörte sein Ohr. Er sprang ganz auf, starrte auf den Pendel. Die Uhr ging, der Pendel hob und senkte sich, – er hörte das Ticken nicht mehr. Er spannte seine Aufmerksamkeit, behorchte alle Geräusche seines Atems, seiner Schritte, des Straßenlärms, er rüttelte am Fensterkreuz: konnte den Schlag der Uhr nicht mehr hören. »Ich spüre die Mächte, die für mich leben, die sich mir verbergen wollen; am hellichten Tage spüre ich sie.« Er brütete in erneuter Wut. In dumpfer, wirrer Hitze bäumte er sich auf, schrie nach Gewißheit, nach Gottesurteil. »Nun soll ich nicht leben dürfen.« Mit fieberndem Kopf ging er fort. Er wußte, daß er sich Gewißheit holen, der dunklen Mächte erwehren müsse.

* * *

Hohl ging der Sturm durch die Straßen, über denen ein Gewitter hungerte. Eine schmale Kluft erkletterte er hinter der Stadt. Seine Haare flatterten; der aufheulende Wind riß ihm den Hut vom Kopfe; seine Augen glühten. Die Windsbraut pfiff und lockte oben auf der Platte, riß den Wald an den Haaren, wollte ihn in die Höhe lieben. Er lachte. Er trat an einen Felsblock, kauerte an ihm nieder, umschlang ihn von unten, zu sich flüsternd: »Du, laß das Träumen sein. – Bald werde ich's wissen.« Seine Augen starrten zum grauen Himmel, zerrissen und gejagt flogen die Wolkenfetzen. »Wenn das Licht kommt, will ich es grüßen. Ich, o ich.«

Ein gelbes Leuchten ging über den Himmel; zuckendes Licht fiel über den Block, »Geliebtes«. – Er schrie zum ersten Male, neigte sich und rang mit dem Stein, ihn zu heben.

Kein Gott stand ihm bei. Den Kopf in den Nacken zurückgeworfen. Die Blicke klammern sich am Himmel fest, lassen ihn nicht. Er schrie zum zweiten Male. »Verlaß mich nicht.« Ein Grauen flog über sein Gesicht; seine Arme hoben den Stein nicht. Das helle Jauchzen der Windsbraut schnitt durch die Luft. Der Stein rührte sich, polterte in die Kluft. Ein letzter Schrei kam aus seinem Munde; er stürzte mit ausgestreckten Armen über den Boden hin. Mit Gellen, Stöhnen und zerreißendem Singen ging die Luft über das Gebirge.

* * *

Er taumelte.

Laß sie über meinen Kopf hinwegheulen. Sie mögen gewaltig sein, mir bleibt das Gelächter. Ich kann nur die Achseln zucken über sie.

Was ist der großen wilden Trauer enger Sinn? Ein Gefühlswicht brünstelt hinter einer Mädchenfratze, die ihm verloren ist. War einer, der nur eine lieben kunnt. Meine erinnerungstrunkene Trägheit putzt sich »unentrinnbarer Zwang«, und ist doch die schmachtende Trägheit das Einzige, dem ich nicht entrinne; – meine Trägheit, oh die putzsüchtige: sie nennt sich auch Gewissen!

Dann fiel er zusammen. Seine Qual dachte an Irene, die alles verschuldet hatte. Sie haßte er ohnmächtig und streckte nach der Stolzen, Sicheren drohende Hände aus. Was wollte er aber von ihr? Er konnte sie nicht lieben, nur erobernd war ihm Irene in die Seele gedrungen.

Was hatte sein Schmachten geträumt?

Sie soll meine Schwermut trösten. Sie reizt mich, sie höhnt mir. Hoho, man kehrt zur ersten Liebe zurück. Sie hat mir ein Stück Seele gestohlen. Gerade sie will ich. Sie soll mich trösten und trösten. Ich glaube, ich verlange nur nach Liebe, um mein dumpfes Blut mit gutem trostvollen zu mischen, ohne das ich nicht leben kann.

Von meinem kleinen Menschendurst mach ich den großen Lärm: – Liebe –.

* * *

Er lächelte.

Der Glaube erlosch; aber die Sehnsucht ist geblieben. Spät und schwer habe ich sprechen gelernt. Meine Stummheit hat in Ehrfurcht und Inbrunst vor den Worten gelegen, bis sie mir die Riegel lösten. Demütig, zart habe ich sie gemieden, und gaben dann mir ihre letzten verschwiegenen Wunder hin, nahmen an dem scheuen Liebhaber eine selige Rache. Die großen Worte, der erhabene Irrsinn der Worte: alle Schönheit und Entsetzen haben sie doch über mein Leben gebreitet. Oh, diese Windsbraut von Glück, die aus dem Wörtchen Liebe an meinen Mund schlägt. Die Zufallsschranken soll ich durchbrechen, nicht mehr einsam sein.

Wie kann ich nur atmen ohne Liebe, gleich einem Panther, der in seinem Käfig rennt? – Wo ist Irene? – Sie muß mich trösten, streicheln. Ich muß sie wieder haben, ich fordere mein Eigentum, sie hat kein Recht zu leben ohne mich.

Etwas in die Arme schließen und zerbrechen, ich möchte etwas langsam, langsam zerknirschen, Rippe um Rippe, Glied um Glied – Ach, Blut sehen, mit dem Munde Blut schlürfen. – Er hob die Arme, als wollte er etwas hinstürzen, wie er früher seinen Hund hingeschleudert hatte.

»Irene« schrie alles in ihm auf.

Sie hatte mir Liebe versprochen, mir meine Seele abgelogen, abgezogen die stolze Buhlerin.

Er schrak zusammen, lenkte seine Gedanken ab, sah um sich und zog sich scheu zurück.

Ihm war, als wenn er sie wild lachen gehört hätte. – Schlafen, in die kühlen Kissen mich legen, die mir nicht weh tun. Ein Sarg, der einen brütenden, sterbesüchtigen Menschengeist lockt und immer von neuem täuscht; ihn über Nacht, Nacht um Nacht, doch wieder spiel- und vergessensfroh macht.

Aber heute wäre ich ihm für alles dankbar. Alles hier, Kissen, Bett, Tisch, Stuhl und Decke, alles lebte, blühte, kroch und schwamm einmal in Einsamkeit, Tier oder Pflanze. Hat sich doch alles nun zu Staub und Holz beruhigt. Nur in mir, dem Herrn von Luft, Staub und jedem, muß sich das Leben noch ballen und angstvoll krampfen. Was lacht Irene so?

Nur in mir krampft das Leben, mich einsam und feindselig zu machen. Wie sie lacht, oh, wie sie lacht!

Johannes lag auf seinen Kissen ganz der Schwere hingegeben und diese dumpfe Gewalt genießend. Er fühlte sich gewaltsam in den Willen der Schwere hinein, in den leichten Druck zwang er seine Gedanken, den sein Körper, sein Rücken und seine Glieder auf das Lager übten. Johannes bewegte sich nicht, und so spürte er es bald nicht mehr leise ziehen und fallen. Ein Ersterben schlich über Glieder und Leib: er schwebte frei.

In seiner bangen Schwüle war er wieder allein. Die Elemente hatten ihn ausgestoßen.

* * *

Sie lachte, sie lachte.

Die Nacht war hereingebrochen, die Luft heimlich geworden. Da sah Johannes ihre Fenster am Gartenhaus leuchten. Er lief durch die Gartenwege mit halbgeschlossenen Augen, ohne gegen die Schwärze der Bäume anzurennen, den Kopf zurückgeworfen, mit reifen Lippen. Er lief und zitterte, zitterte: – Rostige Tore muß ich auftun. Er lief, wünschte halb, daß ihn jemand festbände oder von hinten über den Haufen schösse.

Ihr Haus mit den glühenden Fenstern glich einem Ungeheuer, Charybdis, die ihn mit einem langsamen machttollen Zuge einschlürfte.

Durch die verschlungenen Gänge, Wege, über den Kies, knirschte und klirrte sein Schritt.

Irene saß zusammengekauert auf einem Sessel, wich nicht zurück. Sie hatte nicht den Kopf gedreht und nicht die Augen vom Boden abgewandt, als die Tür klang. Die Hände waren gehoben, die Handteller abwehrend nach vorn gewandt. »Irene, geht alles verloren.«

»Noch schütze ich mich, Johannes« – »Ich habe dich in Blut verlassen, deine Lippen blieben wund.« Seine Stimme keuchte über die fahlrote hinweg. In Qual starrte er sie an, die den Kopf zu ihm hob.

In ihren Augen begann ein stilles Feuer zu glühen, ihre Brust wogte. »Irene, Wüste, Wüste ist alles in mir geworden.«

Er riß sie an den Handknöcheln zu sich auf. »So durfte ich nicht zu dir kommen. Unsere bösen Feinde wollen es. Wenn ich meine

Finger bewege, geschieht nur ihr Wille, nur ihr Wille. Oh wie hätte ich zu dir kommen sollen.« Irenes Sehnen und Muskeln spannten sich drohsam, sie reckte sich zu ihm auf. Ihr Blick traf ihn; er leuchtete hassend; aber Johannes schloß nicht geblendet die Augen. Er sprach nicht mehr; eine Verwandlung ging mit ihm vor. Sein Gesicht schien zu erkalten; die Mundwinkel blieben breitgezogen und die gespannten Kaumuskeln traten unter der Wangenhaut hervor. Irene erstarrte nicht. Sie flehte, während sie den Griff seiner Hände an ihrem Arm fühlte. »O du mußt sterben, ich sehe es an deinen Augen. Du, – aber töte mich.«

Sie blühte in seinen Armen auf. Inbrünstig und hingerissen flüsterte sie: »Töte mich, Johannes. Töte mich, ich fleh dich an. Du hast das Recht und sonst niemand.« Sie sah immer auf das erstorbene Gesicht, das sie noch nie gesehen hatte und das sie so glücklich fand. Seine starken Hände packten ihre runden Schultern, die jubilierend aufbebten.

»Irene, dein Hals ist so weiß – du löst mich, – wie heiß sind deine Lippen. Was tust du mir?« – –

Er ging taumelnd. Irene folgte ihm mit dem Blick durch den frühlingsknospenden Garten.

Als sie wieder im dunklen Zimmer lag, atmete ihre Brust wild und tief, flog, vom Dunkel gedeckt, über ihr Gesicht ein höllisches Lächeln. Sie war ihm gewachsen.

Johannes ging stumm durch den Garten und die Straßen mit breiter Stirn und schluckte oft. In ihm ging nichts Seelisches vor, ihn erfüllte nur das Gefühl seines Körpers, das Aufstampfen der Füße, das Wiegen der Arme. Er hatte die Empfindung, als müsse er einen Felsblock mit den Schultern heben oder langsam vor sich herdrängen. Dann achtete er auf sein schnaufendes Atmen und war in seinem stillen, mondhellen Zimmer.

Ihn gelüstete nach Schmerz; er sehnte sich unklar nach Erwachen und Besinnung. Ihm war, als müsse er aus irgendeinem Elend aufschreien.

Ungewiß, was er tun sollte, schaute er auf die stummen, in

sich zurückgezogenen Dinge an der Wand und in Zimmermitten, schlug mit den Knöcheln gegen die scharfe Tischkante und warf sich auf den harten Fußboden. Ein hoher Haufen von Blättern und losen Bogen fiel vom Tisch auf ihn herab und flatterte wie trockene, starre Frauenhaare über sein Gesicht. Er schleuderte die Blätter auseinander, wühlte, begrub sich in ihnen, und seine Hände zerrissen und zerrieben sie, während das düstere rettungslose Gesicht unbeweglich blieb und aus dem offenen Munde dröhnende Laute kamen.

Er wälzte sich in den Papieren. Als seine Finger einen Glassplitter am Boden faßten, preßte er ihn tief in seine Lippen, schluckte, indem er sich aufrichtete und ganz erhob, mit trunkener Ruhe das heiße Blut, das tropfenweis auf seine Hand fiel und dessen Glut und feuchtes Purpurrot ihn erzittern ließen. Er atmete rascher und unruhiger, trocknete seine Hände ab und betrachtete sich im Spiegel, aus dem ihn ein mondweißes, scharfschattiges, fremdes Gesicht anstarrte.

Zum Fenster schlug kühle Nachtluft herein. Er lehnte an der Wand, während sein Blick unachtsam die Papierfetzen und die Blutlache streifte.

* * *

Er warf den Kopf in den Nacken. Keine Ruhe wollte über ihn kommen, auch kein Ermatten durch lange Tage.

Liebe kann nicht sein unter Menschen. Und wenn es unmöglich ist, so soll Irene das Unmögliche geschehen machen. Sonst betrügt sie mich, Irene, und ich erschlage sie, reiße ihre Brust auf, zerdrück ihr Herz. Und sie entrinnt mir nicht wieder. Soll es büßen, büßen, daß mich keine Liebe löst.

Das Wort ging um ihn herum immerfort. Tiefer versank er in sich, immer wortloser. Er legte den Kopf in den Nacken, suchte sich wieder in den gewaltsamen Willen der Schwere einzufühlen.

Dann ging über den grauen Augen der Vorhang wieder auf.

Die Augen richteten sich geradeaus und dann langsam nach oben und zur Seite. Es ruhte sich wohlig in der erstarrten Welt. Ging alles um ihn herum: vom Teppich zog es zur Decke, schweifte zur Rechten und Linken, schloß ihn ein und stand ruhig da.

So heimlich wohnlich war diese Welt, es ließe sich wohnen in dieser krampflosen Welt. Mit eins war Alles so grenzenlos, verschwommen, und doch eng zusammengeschlossen und verbunden.

Jeder Ton im Liede klingt und lehnt an den andern, auch Farbe hebt sich gegen Farbe, nichts ist ohne das andere. Nichts gelöst und einsam: Verflochtenheit.

Kein Erstaunen bewegte Johannes; in die dumpfe Selbstverständlichkeit war er hineingenommen. Er lauschte starr hinein, wie als Kind, wo er fürchtete, die Dinge mit den rohen Händen der Worte zu zerbrechen.

So dicht, trippelnd nah war er den Dingen, denen er auf die Schulter klopfte, sie streichelte, ihre seidigen Pfötchen nahm. »Kätzchen, lieb, lieb Kätzchen.« Zwischen den Dingen ruhte er Schulter an Schulter.

* * *

Er riß sich los.

Wär' doch mein ganzes Leben nicht gewesen. Wer hat mich aus dem Tode zu Todessehnsucht gerufen? Oh, wer durfte das? Ein bitterer Abweg von Tod zu Tode ist das Leben.

Eine grausame Unbegreiflichkeit ist es. Ich faß es nicht, wozu sich das Leben über meine Wirbel, Muskeln und Häute geworfen hat.

* * *

Der Fingernagel des Gesunkenen ritzte das weiche Holz des Tisches; mit schweren, langsamen Gedanken sah Johannes auf die Buchstaben, Zahlen und Zeichen.

Und hier steht es, sinnlos von einem Nagel hingerissen. Sinnlos ist, was der Nagel schrieb, aber das Holz ist doch verwundet. Das Brett hier wird nicht mehr glatt werden, wie man es auch reibt und putzt. Mein Fingernagel hat, der Narr, Ewiges getan. Er hat es dürfen. Daß ich nicht schauere, den Finger zu heben, den Kopf zu bewegen, den Mund zu öffnen.

Die Vergangenheit ist kein Staub, den ich mir von den Kleidern schüttele. Wohl ist sie abgetan, aber gierig vom Maul der Ewigkeit geschnappt. Verrucht ist das Geborensein, verrucht das Wandeln unter dem Licht. Hier steht es, von einem Nagel hingeritzt; das Holz mußte es dulden, und so hat man mit mir getan. So hat mich das Andere, das Draußen, Zufall um Zufall zur Ewigkeit geschleppt, Stückchen um Stückchen in das tote Sammelhaus geschleppt. Erpreßt hat der Zufall mir mein Schicksal; einen Popanz hat man statt meiner gesehn.

* * *

Herabstürzen aus dem weißen Ungefähr, blödsinniges hartnäckiges Klopfen gegen die Kerkerwände. Hoho, Hoho. Müßten einmal alle zu kichern anfangen bei dem siebzigjährigen Brüten über den eigenen Nabel. Als träte in einen Wagen ein Beamter und fragte: »Mein Herr, Ihre Karte bitte. Welches Recht haben Sie zu leben?« Die Bahnhöfe leer, die Züge bleiben auf offener Strecke liegen, Laternen brennen noch von der letzten Nacht.

Was würden die Wächter sagen, wenn die Strolche in den Anlagen nicht mehr aufstehen würden, keiner raufen wollte. – Wenn einmal, was den Menschengeist in heimlichster Tiefe gerührt hat, sichtbare Gewalt über Nacken und stolze lärmfrohe Mächte gewänne und grausig drohend über ihnen stände. Und so auch über mir. – Willst du? Johannes, auch über dir?

* * *

So liegt alles still, seellos, aber verflochten, eins ins andere. Die hassenden Grenzen fielen. Ich wehre mich nicht gegen den Haß, der das Leben ist; das muß ich gehen lassen.

Willenlos, wie ich hineingerissen bin, muß ich weiter treiben, bis es mich zum Tode schwemmt. Brünstig bin ich zu sterben. Nun faß ich aber den Sinn des Lebens. Auf Vernichtung geht es aus, willentlich in Grausamkeit und Zerstörung lacht es. Zerfleischt eins das andere, doch sättigt, sättigt sich's sterbend. Darum ist die Liebe Krone des Lebens. Wir haben nicht Arme, um uns entzückt zu umschlingen, nur uns zu wehren und zu kämpfen gegen das andere und zu töten, wir Grenzzerstörer. Jeder Kuß verfehlt einen Biß. Ah, darum schnürt sich das Leben zur Zweiheit ein, zu Mann und Weib, daß es sich aufs wildeste packt und zerreißt.

Wie blickten wir uns hassend an, wie wollten meine liebenden Hände sie würgen. Es konnte nicht geschehen, daß wir uns liebten. So war doch kein abgründiger Hohn um diese Liebe. So ist die Liebe das Süßeste von allem, weil sie das Herzlichste in uns sättigt, an das Tor des Todes klopft, den schwarzen Vorhang willentlich liebt. Schwer hockt das Leben an dem Toten; es ringt und müdet sich mit Stein, Luft und Wasser ab, bis es sie wieder zerrieben hat und hinwirft und auf neue Beute springt.

Ich beneide es um die Danaidenarbeit nicht.

Über meine Wirbel, Muskeln und Häute hat es sich geworfen, wacker hat es mich gejagt und auf Beute getrieben; in der Liebe segnet es doch seine fiebernde Hoffnung. Durch alle Welt krampft diese Sehnsucht hin und schluchzt: wie hab' ich sie schluchzen hören. Sie peitschten mich durch alle Einsamkeiten bis hierher, die armen Mächte, die ich böse Feinde nannte. An den Pforten des Todes bitt ich ihnen ab.

* * *

Der Schwere, Breitstirnige und die Stolze mit dem starren roten Haar schlichen bleich und aneinandergedrängt in der scharfen Frühlingsluft zwischen den schwarzen hohen Stämmen. Es war früher Morgen, nach einer Nacht, die beide nicht hatte schlafen lassen.

Hinter Gestrüpp rieselte ein ganz schmaler Bach, an dem sie sich niedersetzten, auf einem liegenden Baume, sich die Hände hielten und von einander weg in die Kronen sahen.

»Warum tanzen wir nicht um die Bäume wie früher, Irene?« »Komm,« antwortete sie zitternd. So gingen sie langsam um einen Baum herum; plötzlich klammerte sie sich an seiner Brust fest und schrie zu ihm, der mit gesenktem Kopfe stand. »Johannes,« indem sie in seinen Augen suchte. »Ich sehnte mich oft deinen weißen Hals zu küssen, oh, Irene.«

»Ach, ich wußte es.« Da drehte sie sich um sich selbst, preßte ihren Rücken fest gegen einen Baum, den ihre blassen Hände hinten umschlangen, starrte auf Johannes. Langsam und lautlos wie ein Schwan über einen blauen See streicht, erschien ein harter Zug auf ihrem schmalen Gesicht; etwas Gewaltsames durchreckte sie.

Sie schrie nicht vor ihm, der näher schritt, preßte starr den Kopf zurück, als wäre sie an den Baum genagelt; aus ihren halbverhängten Augen funkelte es gegen ihn. Seine Augen, der den Kopf gehoben hatte, hingen trunken und delirierend an ihr; die finstere Verzweiflung wich daraus.

Sie lachte in aufschäumender Angst und sah hinter sich. Die Arme vorstreckend rief sie: »Hole mich.«

Immer wilder und tiefer lachte die Erwartende. Schritt um Schritt näherte sich der Schwere, Starke, dessen Züge sich verfeinerten. Er stöhnte: »Lach doch, so lach doch, Irene.« –

Dann ergriffen seine Hände ihre Arme, sie blühte ihm mit Gelächter, steil wie er, entgegen. Schrie gell auf.

Denn wie er sie umschlang, hatten seine Zähne tief in den weißen Hals und die Kehle geschlagen, das Gesicht in den Blutstrom gedrückt, schlürfte er an ihrem Halse, die mit leisem Keuchen gegen seine Umklammerung anrang. Er seufzte mit gepreßten Kiefern und zitterte: wie warm, wie warm. Es quoll wie ein Bad über sein Gesicht, lag wie ein rote Binde über seinen Augen. Den bittern Blutdunst atmeten sie: sie kannten sich beide nicht. Durch das Weib rauchte weiß und immer dichter die tödliche Lust; rührte ihr Stirn, Auge und Knie.

Sie wuchs in die Umarmung hinein, in die Schwere seiner mörderischen Hände, den erstickenden Druck seines Leibes. Aus seinen Armen, die sich lösten, glitt sie seufzend an ihm herunter, er stand über ihr gebückt, deren Mund offen war, deren Adern an den Schläfen stärker blauten. »Oh, Liebster, mein purpurnes Hochzeitskleid. Maria fährt zur Hölle«.

Sie spritzte ihr Blut nach ihm, mit tiefen Schauern, träumend. Ihre Finger kratzten den Waldboden; sie zuckte, als er sie aufhob. Noch als sie erkaltete, suchten ihre Lippen nach seinem Munde. Er ließ sie achtlos fallen. Seine Blicke suchten an den Bäumen, den Ästen und dem weißen Himmel.

Er erkannte halb, wo er war. Dürres Holz, Laub und Moos streuten seine schweren Hände über den stillen Körper. Gelbweiß unnahbar war ihr Gesicht. Er stand lange gebückt über der Toten, mit verschränkten Armen, und sann nach. Dann betrachtete er seine Hände, wusch sich am Bache. Murmelnd ging er weiter.

* * *

An den Menschenwohnungen schlich er versunken, dämmernd, fröstelnd vorbei. Auf seine Lippen trat unwillkürlich:

Wie sie so sanft ruhn, alle die Seligen. Hoho, geht einer um, trägt seine Hände durch die Straßen! – Lilith, die große Verdunklerin, wie raschelt ihr Atem hier, wie betet man zu der Betrügerin. – Meine nassen, blauschwarzen Hände. – Hoho, geht einer um, einer, einer!

Lilith singt, eine Nachtigall, hinter dem Fenster: »Itys, ach Itys« hinter den Fenstern. Wenn ich mich in die Stille vergrabe und die rasche Luft zu meiner Gespielin erwähle und buhle mit der grünlichen Bläue des Himmels, – so hold weht kein Wind, so seltsam leuchtet kein Himmel, daß mich seine Bläue jetzt nicht angrinste, daß die Stille nicht blöde, blöde zu mir lärmte. »Itys, ach Itys« hinter den Fenstern.

Sie zügelt die schwarzen heißen Pferde, daß sie sich bäumen und mit Schnauben hochstehen. Riß die Leine? Meine nassen blutschwarzen Hände, – da geht einer um. Sieh, du scheue Trauer, sieh meine Hände, sieh, daß die dunklen Flammen nicht zusammenschießen und der Brand ausbricht. Am Feuer trockne ich das Blut.

* * *

Es war Spätnachmittag, als er langsam die Tür zu Irenes Garten öffnete. Durch die verschlungenen Gänge, Wege über den Kies, klirrte sein Schritt wie sonst. Lange saß er in dem abendlichen Garten Irenes auf der Bank, auf der er zum erstenmal leidend ihre blassen stolzen Mädchenhände an seine Stirn und Schläfen gedrückt hatte.

Murmelte oft vor sich hin: »Irene hat einer gewürgt.« Die gelben Vorhänge ihres Zimmerchens wehten aus dem offenen Fenster heraus. Schreckhaft und dunkel vergrämt stand er auf, hastete hin und her. Der Wind blies über ihn und kühlte seine Stirn. Der Klang seiner Schritte tat ihm seltsam wohl. Wie fraglos gut alles geworden war; hallend klar und kristallisch grün. Wie eine Fliege im Bernstein sah er es vor sich. Dann rannte er schneller durch die Gänge, ließ sich den flackernden Wind in die Ärmel blasen, als wollte er sich forttragen lassen. Über seinen ganzen Körper strich der Wind; er zog ihn mit offenem Munde ein. Mit tausend flackernden Armen faßte der Wind nach ihm. Da begann das Itysrufen hinter den Fenstern jach zu verstummen. Während er durch die dunklen Straßen lief, schrie mit eins alles in ihm: Flamme, Flamme! Geht einer um, hoho!

Er mußte sein Opfer vollenden; ja das schmachtende Züngeln empfand er, die bläulichen, weißen, blaßroten und blutigroten Feuerflammen. Seine Bewegungen wurden immer freier, ganz leicht. Er lief mit berauschten Füßen, wie getragen, wie gewellt. Durch den mondhellen Wald brach er, kniete hinter dem Gestrüpp an dem schmalen flackernden Wässerlein. Da warf er das

Moos und Strauchwerk von der Erde auf, hob die Stille, Schwere mit beiden Armen und trug sie an den Bach.

Er wusch den blutigen Hals der Weißgesichtigen, noch immer Lächelnden. Aber ihre starren Haare ließ er nicht naß werden; flüsterte, flüsterte:

Ich war vor deinem Haus, Reni; ich habe noch einmal alles gegrüßt, auch unsere Bank. Es ist Zeit, ist Zeit. Dich hat einer erwürgt. Wer liebte dich so? – Bist nicht aus meiner Wurzel gewachsen; ich darf nicht »wir« von mir und dir sagen. O das Wort »wir«, – so werfe ich unsern Haß in die Luft. Werden uns in der Feuerluft die Finger streicheln und die Münder reichen. – Reni, sieh mich an, sieh mich doch an. Ich bin so reich, und doch so arm, daß du sterben mußtest. Die Welt ist zerklüftet, es gibt nirgends Brücken. Ich halte deinen Kopf; so fremd bist du mir, daß kein Gedanke von mir dich fassen kann. So fremd bist du mir, die ich liebe, daß meine Sehnsucht sich morden muß, um dies zu vergessen. So fremd bist du mir und verschleiert von solchen Engen, daß alle Welt zerbrechen müßte und in Stücke fallen und den Geist aufgeben, weil dies geschehen kann.

Komm, du Glückselige, meine Wonne taumelt zu dir, du, unsre Brautnacht flötet und schmettert. – Du haßt mich nicht mehr. Du kannst mich nicht mehr hassen. Bist jetzt ein weicher Fleischklumpen, schwer, krampflos, bist jetzt nicht – mehr – Irene –, du Rothaarige, Lächelnde. Du bist jetzt nicht mehr Irene, wo dein Haß nicht mehr ist. – Komm, es ist Zeit.

Er starrte verwirrt auf die Tote, stand langsam auf.

Wer ist das da? – Ich kenne den Klumpen nicht. Wo ist Irene? Den Klumpen kenne ich nicht. – Wer hat das getan? Wo blieb es, das Blutgierige, Geballte, dem ich nachstellte, hinter ihren Augen, ihrer Stirn, ihrem Sprechen, ihrem Lachen; es ist schon verweht. Jetzt will mich Irene morden, so will sie mich morden. Noch jetzt lächelt sie mir Hohn. Ich wollte eine Tür öffnen.

Rings um den Baum ging er, schichtete einen hohen Scheiterhaufen. Harten Gesichts hob er das tote Weib mit beiden Armen auf und lehnte es fest gegen den geborstenen Stamm. Dumpf schaute er auf die Stumme hin. Schüttelte wild ihre Schultern, würgte an ihrem Hals.

Reni! Wo bist du? Was lächelst du, so sprich doch, was soll dein Lächeln bedeuten? – O du Verfluchte. Weit ins Leere habe ich sie abgestoßen, zu den Mächten. Ich selbst bin mit ihr gestorben. Leer bin ich, allein. Ich wollte eine Tür öffnen. Dick qualmte es um seine Brust, dessen Hand in dem spröden Haar des Weibes wühlte und riß. Die Flämmchen spöttelten des weißen Mondlichts über dem schwarzen Geäst.

Von ihr ist nicht die Rede, ich wollte Irene nicht. Ich wollte keine Liebe. Meine Einsamkeit – wollte – ich – verlassen. Oh, ich versteh dein Lächeln, wie ich es immer verstanden habe; nun höhnst du meiner dort – im weißen Ungefähr und springst, daß ich alle Fäden zu dir zerrissen habe, dich nie berührt habe, solange ich auch um dich rang. Bei den Mächten bist du, die Macht, und kein Tod macht meine schreiende Einsamkeit schweigen. Und – kein Tod löst mich, in alle Ewigkeit schließt mir die Tore auf! Kein Fenster habe ich zum Schauen, keine Hände die Riegel zu brechen, keine Füße davonzulaufen. Tot ist das Leben, leichenstarr das Leben; es gibt kein Leben, sonst müßte es Liebe und Hände geben. Tot ist das Leben, was auch die Bäume wehen und der Mond und alles, was hier schwirrt, und diese Flammen hier, diese heißen Flammen.

Steifer Tod bin ich mit all meiner Angst, Johannes, und es gibt kein Erwachen zum Leben. Die Mächte, ja sie, die meiner spotten, die blöden, haben dies Verlangen und Irene selber ersonnen, gegen mich. Wie sie mich brannten, wie sie mich brennen!

Ich höre ihr gelles altes Gelächter. Oh – ich – ich weiß, was ich tue, ich – lache – mit –.

Da schlug eine große Flamme, plötzlich aus den zuckenden zusammenschießend, mit weißen Händen über den keuchenden verzerrten Mund. Sie umwallte löwengierig den Baum.

Mit Faustschlag und Fußtritt warf sie ihn um, gurrend und einschmelzend wälzte sie sich über die Äste und hockte mit grinsender Zärtlichkeit neben den Menschen nieder.

Sie wuchs aus der Erde auf, bog die zottigen Finger mit Krallennägeln nach den Brüsten und schrie mit Gelächter: »Meine Kinder! Meine lieben Kinder!«

ENDE

ANHANG

Editorische Notiz

Textgrundlage der vorliegenden Ausgabe ist der Band:

Alfred Döblin: Jagende Rosse, Der schwarze Vorhang und andere frühe Erzählwerke. Hrsg. von Anthony W. Riley. Olten 1981 (= Ausgewählte Werke in Einzelbänden).

›Jagende Rosse‹, 1900/01 entstanden, wurde erstmals in dem genannten Band auf der Grundlage zweier Manuskripte aus dem Nachlass ediert. Textgrundlage des 1902/03 entstandenen Romans ›Der schwarze Vorhang‹ ist die erste Buchausgabe, die mit einem vorangestellten »Vermerk« 1919 im S. Fischer Verlag erschien.

Daten zu Leben und Werk

10. August 1878: Alfred Döblin wird in Stettin als viertes von fünf Kindern des Schneidermeisters Max Döblin (1846–1921) und seiner Frau Sophie (geborene Freudenheim, 1844–1920) geboren.

1888: Döblins Vater verlässt die Familie; die Mutter zieht mit den Kindern nach Berlin.

1891–1900: Köllnisches Gymnasium in Berlin; 1896 Entstehung des ersten größeren Prosatextes mit dem Titel *Modern. Ein Bild aus der Gegenwart*.

um 1900: Entstehung des ersten (erst postum erschienenen) Romans mit dem Titel *Jagende Rosse*.

1900–1905: Medizinstudium in Berlin und Freiburg i. Br.; parallel dazu Besuch philosophischer Lehrveranstaltungen; Freundschaft mit Herwarth Walden und Else Lasker-Schüler; 1902/03 Entstehung des Romans *Worte und Zufälle* (erst 1919 unter dem Titel *Der schwarze Vorhang* veröffentlicht); 1904/05: Entstehung der Erzählung *Die Ermordung einer Butterblume* (Erstdruck im *Sturm* 1910).

1905: Promotion in Freiburg; Assistenzarzt an der Kreisirrenanstalt Karthaus-Prüll in Regensburg.

1906–1908: Assistenzarzt an der Irrenanstalt der Stadt Berlin in Buch; Beginn einer langjährigen Beziehung zu der Krankenschwester Frieda Kunke (1891–1918); Publikationen in medizinischen Fachzeitschriften.

1908–1911: Assistenzarzt am Städtischen Krankenhaus Am Urban in Berlin; dort lernt Döblin seine spätere Ehefrau, die Medizinstudentin Erna Reiss (1888–1957), kennen; Wohnung im Gertraudenstift am Spittelmarkt.

1910: Mitgründung der Zeitschrift *Der Sturm.*

1911: Kassenpraxis und Wohnung in der Blücherstraße 18 (praktischer Arzt und Geburtshelfer, später Nervenarzt und Internist); Verlobung mit Erna Reiss; Geburt von Döblins und Frieda Kunkes Sohn Bodo Kunke in Berlin; Nachtwachen auf der Unfallstation.

1912: Heirat mit Erna Reiss; Geburt des ersten gemeinsamen Sohnes Peter; Austritt aus der jüdischen Gemeinde; häufige Treffen mit Ernst Ludwig Kirchner.

1914: Ausbruch des Ersten Weltkrieges; Entstehung des Romans *Wadzeks Kampf mit der Dampfturbine*; Döblin wird Autor bei Samuel Fischer (bis 1933).

1915: Militärarzt in Saargemünd bis 1917; Wohnung in der Neunkircherstr. 19; Geburt des Sohnes Wolfgang in Berlin.

1916: Fontane-Preis für den Roman *Die drei Sprünge des Wang-lun*; Entstehung des Romans *Wallenstein.*

1917: Geburt des Sohnes Klaus in Saargemünd; Typhuserkrankung.

1918: Kriegsende und Revolution in Hagenau/Elsass; im November Rückkehr nach Berlin.

1919: Wohnung und Kassenpraxis in der Frankfurter Allee 340 (bis 1931); politische und zeitgeistkritische Glossen unter dem Pseudonym »Linke Poot« in der *Neuen Rundschau*.

1921: Erste Begegnung mit der Fotografin Yolla Niclas (1900–1977); Beginn der Arbeit an *Berge Meere und Giganten*.

1921–1924: Berliner Theaterreferat für das *Prager Tagblatt*.

1923: Als Vertrauensmann der Kleiststiftung verleiht Döblin den Kleistpreis an Wilhelm Lehmann und Robert Musil, Entstehung der Erzählung *Die beiden Freundinnen und ihr Giftmord*.

1924: Vorsitzender des Schutzverbandes Deutscher Schriftsteller, gemeinsam aktiv mit Theodor Heuss; von September bis November Reise durch Polen.

1925: Beteiligung an der »Gruppe 1925«, einem losen Zusammenschluss linksliberaler und kommunistischer Autoren; Begegnung u. a. mit Bertolt Brecht.

1926: Festvortrag zum 70. Geburtstag Sigmund Freuds; nach Inkrafttreten des »Schund- und Schmutzgesetzes« Distanzierung von der SPD; Geburt des jüngsten Sohnes Stefan.

1927: Die epische Dichtung *Manas* wird von Robert Musil enthusiastisch besprochen.

1928: Wahl in die Sektion für Dichtkunst der Preußischen Akademie der Künste; Vortrag *Schriftstellerei und Dichtung*; Festgabe des S. Fischer Verlages zu Döblins 50. Geburtstag: *Alfred Döblin. Im Buch – Zu Haus – Auf der Straße*; Döblin in der Berliner »Funkstunde«; Vortrag *Der Bau des epischen Werks* im Auditorium Maximum der Berliner Universität.

1929: Der Großstadtroman *Berlin Alexanderplatz. Die Geschichte vom Franz Biberkopf* erscheint und wird ein großer Erfolg.

1930: Votum für die Verleihung des Frankfurter Goethe-Preises an Sigmund Freud; Hörspielbearbeitung von *Berlin Alexanderplatz;* Uraufführung des Stücks *Die Ehe* in München im November.

1931: Im Januar Umzug in den Westen Berlins, an den Kaiserdamm 28; Vortragsreise durch das Rheinland; ab Mai »Donnerstagsrunde« in Döblins Wohnung; Mitwirkung am Drehbuch für die Verfilmung von *Berlin Alexanderplatz;* Döblin und Heinrich Mann erstellen ein Lesebuch für Schulen in Preußen (verschollen); Rede in der Berliner Sezession.

1932: Vortragsreise in Deutschland und der Schweiz; Besuch bei dem Psychiater Binswanger in Kreuzlingen und bei Kirchner in Davos; Beginn der Arbeit an dem Roman *Babylonische Wandrung oder Hochmut kommt vor dem Fall.*

28. Februar 1933: Flucht in die Schweiz, die Familie folgt nach Zürich; Döblin kann nicht mehr als Arzt praktizieren; Austritt aus der Preußischen Akademie der Künste; im Mai fallen seine Werke der Bücherverbrennung anheim; im September Übersiedelung nach Paris.

1933–1940: Exil in Frankreich; in den ersten Jahren Mitarbeit in jüdischen Organisationen, Döblin lernt Jiddisch; 1936 erhält er die französische Staatsbürgerschaft.

1934: Wohnung 5 Square Henri Delormel in Paris (bis 1939); Beginn der Niederschrift des autobiographisch fundierten Berlin-Romans *Pardon wird nicht gegeben.*

1935: Der Sohn Peter wandert in die USA aus. Beginn der Arbeit an der *Amazonas*-Trilogie.

1939: Teilnahme Döblins am Kongress des Internationalen PEN-Clubs in New York; nach Kriegsausbruch Mitarbeit im Pariser Informationsministerium an der Propaganda gegen Nazideutschland; Wolfgang und Klaus Döblin als französische Soldaten an der Front.

1940: Flucht durch Frankreich und Spanien, Überfahrt von Lissabon nach Amerika im September; vom Freitod des Sohnes Wolfgang, der sich am 21. Juni in Housseras/Vogesen das Leben nimmt, um nicht in deutsche Kriegsgefangenschaft zu geraten, erfahren die Eltern erst im März 1945.

1940–1945: Döblin lebt mit Frau und Sohn Stefan in Hollywood und arbeitet für ein Jahr als Scriptwriter für Metro-Goldwyn-Mayer, danach Arbeitslosenunterstützung, schließlich Zuwendungen aus dem Writers Fund; *November 1918* wird abgeschlossen.

1941: Alfred, Erna und Stefan Döblin lassen sich in der Blessed Sacrament Church in Hollywood taufen; Wohnung 1347 North-Citrus Avenue (bis 1945).

1943: Festrede Heinrich Manns zu Döblins 65. Geburtstag in Santa Monica, Lesungen aus Döblins Werken, Döblin deutet in einer nicht überlieferten Dankesrede seine religiöse Entwicklung an und stößt damit bei vielen Gästen auf Unverständnis.

1945: Im Oktober Rückkehr nach Paris, Unterkunft bei dem Germanisten Ernest Tonnelat.

9. November 1945: Fahrt über Straßburg nach Baden-Baden, dem Sitz der Militärregierung der französischen Besatzungszone; in deren Auftrag begutachtet Döblin zum Druck vorgelegte Manuskripte; Unterkunft zunächst allein in der Pension Bischoff, Römerplatz 2.

1946: Ende Juni Wohnung in der Schwarzwaldstraße 6 in Baden-Baden mit seiner Frau; Gründung der Zeitschrift *Das Goldene Tor*, deren Schriftleitung er bis zur Einstellung 1951 innehat; verstreute Veröffentlichung einiger im Exil entstandener Werke; im Oktober Beginn der Sendereihe *Kritik der Zeit* im Südwestfunk; Abschluss des Romans *Hamlet oder Die lange Nacht nimmt ein Ende*.

1947: Im Juli erster Berlin-Besuch nach 1933, Vortrag *Unsere Sorge der Mensch* in Berlin-Charlottenburg (auch in Freiburg, Frankfurt, Göttingen); Rede beim Empfang des Schutzverbandes Deutscher Autoren; Döblin gründet den Verband südwestdeutscher Autoren in Lahr.

1948: Im Januar zweiter Berlin-Besuch; die Festschrift *Alfred Döblin zum 70. Geburtstag* erscheint im Limes Verlag.

1949: Mitgründung der Akademie der Wissenschaften und der Literatur in Mainz; im September Ehrengast beim Kongress des Internationalen PEN-Clubs in Venedig; mit der französischen Kulturbehörde Umzug nach Mainz-Gonsenheim, Centre Mangin, Wohnung in der Philippschanze 14; Döblins Bericht über die Emigration erscheint unter dem Titel *Schicksalsreise*.

1950: Verschlechterung des Gesundheitszustandes; Abschluss der Erzählung *Die Pilgerin Aetheria*; Vortrag *Die Dichtung, die Natur und ihre Rolle* in der Mainzer Akademie.

1951: Begründung der Akademie-Reihe *Verschollene und Vergessene*, Auswahl mit Werken von Arno Holz.

1952: Ende September Herzinfarkt, bis Januar 1953 im Mainzer Hildegardishospital; von einer französischen Abfindung und Überweisung des Entschädigungsamtes Berlin Kauf einer kleinen Wohnung in Paris, 31 Boulevard de Grenelle; Beginn der autobiographischen Aufzeichnungen *Journal 1952/53*.

1953: Umzug nach Paris am 29. April; im Juli Wahl zum Ehrenmitglied der Mainzer Akademie.

1954: Verschlimmerung der Parkinson-Krankheit, Aufenthalt in verschiedenen Kliniken und Sanatorien in Baden; Großer Literaturpreis der Mainzer Akademie.

1955: Mai bis Juni stationär im Freiburger Uni-Klinikum, dort Feier seines 50-jährigen Doktorjubiläums, Juni bis September Kurhaus Höchenschwand; Rückkehr nach Paris.

1956: Im März Aufnahme im Sanatorium Wiesneck, Buchenbach bei Freiburg. Der Roman *Hamlet oder Die lange Nacht nimmt ein Ende* erscheint bei Rütten & Loening in Ost-Berlin.

26. Juni 1957: Tod Döblins im Landeskrankenhaus Emmendingen; am 27. Juni wird ihm postum der Literaturpreis der Bayerischen Akademie der Schönen Künste verliehen; am 28. Juni wird er in Frankreich im engsten Familienkreis auf dem Friedhof von Housseras neben seinem Sohn Wolfgang beigesetzt. Freitod Erna Döblins am 15. September in Paris; sie wird ebenfalls in Housseras beigesetzt.

Nachwort

Routines um 1900

Alfred Döblins frühe Romane führen nach wie vor eine Art Schattendasein. Das liegt gewiss an der schwierigen, z.T. postumen Publikationsgeschichte. Es hat aber auch damit zu tun, dass sie in den gängigen werkgeschichtlichen und literarhistorischen Erzählungen allenfalls als Vorspiel oder Cliffhanger taugen: Danach erst passieren die entscheidenden Dinge.

Mit Blick auf Döblins Gesamtwerk wird die Wahrnehmung der frühen Texte durch zwei Fokussierungen erschwert: erstens durch die Orientierung an den ›großen‹ Romanen, vor allem natürlich an *Berlin Alexanderplatz*; zweitens dadurch, dass die Prosa der ›Nuller Jahre‹ vor Döblins Kanonisierung als expressionistischer Erzähler, also noch vor *Die Ermordung einer Butterblume*, entstanden ist. Nicht nur auf Döblin bezogen, fangen die heroischen Moderne-Erzählungen in der Regel erst mit dem Expressionismus an. Die ›Nuller Jahre‹ des 20. Jahrhunderts mit ihrem diffusen Gemisch aus Fin de Siècle, Jugendstil, Impressionismus, Symbolismus, Neuromantik etc. stellen literaturgeschichtlich eine Art Lücke zwischen dem Realismus des 19. Jahrhunderts und der ›eigentlichen‹, emphatischen Moderne dar. Die ersten beiden Romane Döblins, 1900/01 und 1902/03 entstanden, fallen genau in diese Lücke (vgl. Baßler 2013, S. 6).

Vom 21. Jahrhundert aus gesehen, ist es womöglich gerade dieser Ort zwischen Nicht-mehr-Realismus und Noch-nicht-Avantgarde, der Döblins frühe Romane auf neue Weise interessant macht. Dieser Ort wird vielleicht jetzt erst sichtbar, weil der gute alte Realismus in der Zwischenzeit wieder so dominant geworden ist, dass man sich nach spürbareren Zeichen und verrückteren Texten zu sehnen beginnt – ohne sich dabei aber die irgendwann leergelaufenen, historisch gewordenen Avantgarde-Gesten von Expressionismus, Dadaismus und Surrealismus zurückzuwünschen.

Um dieses Dritte zwischen Realismus und emphatischer Moderne in den Blick zu bekommen, hat der Literaturwissenschaftler Moritz Baßler den Begriff der Routine aus William S. Burroughs Roman *Queer* aufgegriffen und als »wichtigste literarische Erfindung« um 1900 ins Spiel gebracht (Baßler 2010, S. 18). Eine Routine ist nach Baßler ein idiosynkratischer Diskurs, der sich ganz bestimmte eigene Spielregeln setzt. Das bekannteste Beispiel für einen solchen Diskurs sind die vielfach zu findenden Borderliner- und Irren-Reden in der frühen Moderne. Mit dem Realismus des 19. Jahrhunderts sind sie durch die Figur des Sonderlings und das auf den ersten Blick psychologisierende Erzählen verbunden. Man erhält durch entsprechende Textverfahren einen scheinbar realistischen Einblick in die Seelenlagen einer besonderen, gesellschaftlich abweichenden Figur. Was die Routines um 1900 allerdings vom (poetischen) Realismus unterscheidet, ist, dass sie keinen Anspruch mehr auf symbolische Repräsentanz und Allgemeingültigkeit erheben. Es fehlt der verklärende Meta-Code über dem Ganzen, stattdessen gibt es nur noch Partikularität. Diese Partikulariät – etwa in Gestalt autonomer Gedankenrede wie in Arthur Schnitzlers *Leutnant Gustl* – ist kennzeichnend für eine historistisch zersplitterte Moderne. Allerdings werden die idiosynkratischen Routines erst dann »absolument moderne« (Arthur Rimbaud), wenn sie auch noch ihre Bindung an Figurenperspektiven auflösen und sich mit ihren Spielregeln verselbständigen. So weit gehen Döblins frühe Romane nicht. Dennoch kippt auch bei ihnen die partikulare Perspektive personalen Erzählens bereits ins Künstliche: Anders als realistisch oder psychologisch zu lesende Prosa bleiben sie als Texte mit bestimmten Spielregeln spürbar, entautomatisieren also das Verstehen und lenken den Blick immer wieder zurück auf das jeweils vorliegende Gewebe aus Zeichen und Zitaten.

»man erzählt nicht, sondern baut«

Auf das Künstliche und Kalkulierte an seinem ersten Roman *Jagende Rosse,* der im Jahr 1900 »zwischen Schularbeiten und Nachhilfestunden« entstanden ist und zu Lebzeiten unpubliziert blieb, weist Döblin rückblickend selbst hin:

> Ein lyrischer Ich-Roman. Gar keine Handlung; nur seelischer Entwicklungsgang in lyrischer bildhafter Beschreibung. Es treten keine Personen neben dem Ich auf.
> Der Held ist im Anfang in jugendlicher ländlicher Enge; dann stürzt er sich in das Leben, das breit als Meer geschildert wird, dann lassen seine Begierden nach, und das Problem des Buches taucht auf: was bleibt nach den Begierden? Der Held geht in die eisige Aszese, in die Selbstversenkung, wo er die »Wahrheit« sucht. Schon glaubt er sich am Ziel, – da sieht er: er hat sich im Kreis gedreht; es sind seine Begierden in anderer Form. – Dann abfallende Handlung: seine Verzweiflung, Resignation, schließlich tobsüchtige Krise: und nun nach Schwäche und Rekonvaleszenz Durchbruch zum offenen Leben. (AW, Schriften zu Leben und Werk, S. 80 f.)

Auch wenn solche Selbstauskünfte von Autoren, zumal im Rückblick, mit Vorsicht zu genießen sind, deutet dieses Resümee doch darauf hin, dass schon bei Döblins erstem Roman von einer poetologischen Maxime ausgegangen werden kann, die erst ein gutes Jahrzehnt später, im 1913 erschienenen *Berliner Programm,* formuliert wird: »Der Erzählerschlendrian hat im Roman keinen Platz; man erzählt nicht, sondern baut« (GW, Schriften zu Ästhetik, S. 120 f.). Auffällig an Döblins Selbstauskunft ist jedenfalls, dass sie eine klare Struktur des »seelische[n] Entwicklungsgang[s]« mit deutlichen Zäsuren konstatiert und darüber hinaus nahelegt, dass es sich bei diesem strukturierten Ablauf um die Durchführung und Veranschaulichung eines »Problem[s]« handelt. Lyrische Prosa von Zwanzigjährigen stellt man sich seit der Genie-Ästhetik des Sturm und Drang anders vor. Immerhin aber gibt es noch einen im Zentrum stehenden »Held[en]« und einen nach Psychologie klingenden »seelische[n] Entwicklungsgang«.

Noch deutlicher wird das Künstlich-Gebaute seines ersten Romans, wenn Döblin auf die wiederholte Entstehung seines Romanmanuskripts auf der Grundlage von »Konzepten« zu sprechen kommt:

> Damals war Fritz Mauthner der angesehenste Berliner Kritiker. Ich schickte ihm mein Manuskript. Er bat mich schriftlich, es ihm teilweise vorzulesen, da seine Augen schlecht wären. Ich fuhr bis zum Grunewald, dann – schämte ich mich, fuhr nach Hause, bat um – Rücksendung. Postlagernd, falscher Name. Als ich das Päckchen abholen wollte, sollte ich mich legitimieren, konnte es nicht: es war ja gar nicht mein Name. Da ließ ich das Manuskript – auf der Post. War wochenlang verzweifelt über den Verlust der Arbeit. Schrieb dann alles nach den Konzepten, die ich noch hatte, noch einmal. Ließ es aber nun fest und sicher liegen. (AW, Schriften zu Leben und Werk, S. 82)

Dank vorliegender Konzepte kann der Text also »noch einmal« geschrieben werden; er ist – zugespitzt gesagt – reproduzierbar und steht durch seinen konzeptionellen Charakter im Zeichen der Wiederholung als spürbarer Spielregel des Textes. Genau das meint der Begriff der Routine.

»Den Manen Hölderlins in Liebe und Verehrung gewidmet«

Die prominenteste Wiederholung des Romans *Jagende Rosse* wird bereits in der vorangestellten Hölderlin-Widmung markiert. In *Schicksalsreise* erinnert sich Döblin an die Bedeutung, die Kleist und Hölderlin für ihn hatten, und verweist insbesondere auf seine *Hyperion*-Lektüre(n) um 1900:

> Aber wie flammte ich auf, und das war das erste Lebenszeichen jenes dunklen Seins, das ich als mein Selbst mit mir herumtrug und von dem ich ohne weiteres annahm, es sei mir vertraut, und was ich kannte, das wäre wirklich ich –, wie flammte ich auf, als mir die »Penthesilea« von H. v. Kleist begegnete, und wie richtete sich mein Zorn gegen den kalten, gar zu wohl temperierten Goethe, der dieses Werk ablehnte. Zu Kleist, den ich in mein erwachendes Herz schloß, gesellte sich Hölderlin. Kleist und Hölderlin wurden die Götter meiner Jugend. [...]
> Den »Hyperion« von Hölderlin trug ich zwischen 1898 und 1900 mit mir herum, in einem zuletzt völlig aufgelösten Reclambändchen. – So aufmerksam und so intensiv las man ihn wohl damals im allgemeinen noch nicht. Diese beiden, Kleist und Hölderlin, wurden meine geistigen Paten. Ich stand mit ihnen gegen das Ruhende, das Bürgerliche, Gesättigte und Mäßige. (AW, Schicksalsreise, S. 128)

Eine der zentralen Spielregeln der *Jagenden Rosse* lautet also an der Epochenschwelle um 1900: Springe (mit Hilfe von Reclambändchen) zurück zur Epochenschwelle um 1800 – und fege dabei über das bürgerliche 19. Jahrhundert hinweg. Das »Ruhende, das Bürgerliche, Gesättigte und Mäßige« – damit ist von der frühen Moderne her gesehen neben dem »wohl temperierten Goethe« der poetische Realismus und bei Döblin vor allem Theodor Fontane gemeint.

> Welches Vergnügen hat der gebildete Spießbürger, der Mann in besseren Verhältnissen, an diesen [Theodor Fontanes, S. M.] Schilderungen der »kleinen Freuden und Leiden« des Menschen. Dies Vergnügen legt bloß die ganze Entartung, die der Bürger in den verflossenen Jahrzehnten erfahren hat (er hat sie nicht erlitten, es ging schmerzlos). Der Bürger sagt triumphierend vor diesen Werken: so und nicht anders sind die Menschen, die geschraubten Bücher lügen; da gibt es nichts von

> Dämonie. Wer diesen Dämon tötet, ist ihnen mehr als der Ritter Georg: der Humor labt die Untertanen Wilhelms; hinter den Rolljalousien hören sie den vielgepriesenen Cantus: »Schlaf, Kindchen, schlaf.« (AW, Der deutsche Maskenball, S. 83)

Dieser Affekt gegen das betulich-einlullende Erzählen des Realismus findet sich in vielen Texten der frühen Moderne und geht oft mit einer »Abneigung gegen das Erzählen« überhaupt, »gegen Scheinkausalität u Scheinpsychologie« einher (Musil 1983, S. 934). Döblins »Dämonie« richtet sich gegen diesen Schein, und die Lüge geht für Autoren wie ihn gerade nicht von den »geschraubten«, sondern von den eingängig erzählten Büchern aus, da diese die eigene ›Geschraubtheit‹, das Gemachtsein ihrer Referenz- und Kausalillusionen zu verschleiern versuchen.

Diese erkenntniskritische Stoßrichtung der literarischen Moderne ist stark von Friedrich Nietzsche geprägt. Und Nietzsche ist es auch, der lange vor Norbert von Hellingrath der emphatischen Hölderlin-Rezeption der Moderne den Weg gebahnt hat. Döblins Hass jedenfalls auf das Bürgerliche und Gemäßigte, der ihn mit Kleist und Hölderlin verbindet, ist ohne Nietzsches Bild von Hölderlin als »wahre[m] und ächte[m] Nicht-Philister[]«, der an der »Philister-Vernunft« der Wirklichkeit zugrunde geht (KSA 1, S. 171 f.), kaum denkbar.

Für die frühe Moderne ist ein so verstandener Hölderlin – zu nennen wäre etwa auch Büchners 1879 erstmals publizierter *Wozzeck* – als neu entdeckter Borderliner interessant, von dem der poetische Realismus so nicht zu erzählen erlaubte. Vor allem aber verhindert die konkrete intertextuelle Wiederholung von Hölderlins *Hyperion* die um 1900 kritisierte Scheinpsychologie: So wie etwa auch die offensichtlichen Anleihen bei Nietzsches berühmtestem Rand- und Grenzgänger Zarathustra, machen die *Hyperion*-Bezüge immer wieder die Anführungszeichen spürbar, zwischen denen in *Jagende Rosse* die erzählte (Innen-)Welt samt der dazugehörigen Rhetorik generiert wird. In der Rezeption wurde das, ausgehend von bestimmten Erwartungen an ein entweder realistisch-welthaltiges oder originell modernes Erzählen, meist eher negativ bewertet. Der Begriff der Routine sorgt demgegenüber für eine angemessenere Nüchternheit und macht deutlich, dass es im Kontext der ›Nuller Jahre‹ um kalkulierte Effekte von Künstlichkeit geht. Darüber hinaus aber verhindert die Routine der *Jagenden Rosse* schon dadurch die verhasste Scheinpsychologie, dass mit Hölderlins *Hyperion* ein Text als Modell für den zu erzählenden »seelische[n] Entwicklungsgang« dient, der seinen Helden – *vor* dem Realismus – noch gar nicht als primär psychologisch motivierte, sondern subjektphilosophische Figur, um nicht zu sagen: Allegorie, inszeniert, die die reflexive Entzweiungsbewegung des Geistes und die damit verbundene metaphysische Sehnsucht nach Versöhnung vorführt (vgl. Hoock 1997, S. 130ff.).

»Sehnsucht« ist entsprechend auch eines der wiederkehrenden Lexeme in Döblins Text. Das Bild der jagenden Rosse hängt mit diesem vom idealistischen Diskurs übernommenen Sehnsuchtsbegriff untrennbar zusammen, da es die Ruhelosigkeit veranschaulicht, die aus der genannten Entzweiung hervorgeht. Auch in Hölderlins *Hyperion* taucht nicht zufällig das Bild eines tobenden Rosses bereits zu Beginn des ersten Bandes auf:

> Wie ein Geist, der keine Ruhe am Acheron findet, kehr ich zurück in die verlaßnen Gegenden meines Lebens. Alles altert und verjüngt sich wieder. Warum sind wir ausgenommen vom schönen Kreislauf der Natur? Oder gilt er auch für uns?
> Ich wollt es glauben, wenn eines nicht in uns wäre, das ungeheure Streben, alles zu sein, das, wie der Titan des Ätna, heraufzürnt aus den Tiefen unsers Wesens.
> Und doch, wer wollt es nicht lieber in sich fühlen, wie ein siedend Öl, als sich gestehn, er sei für die Geißel und fürs Joch geboren? Ein tobend Schlachtroß oder eine Mähre, die das Ohr hängt, was ist edler? (Hölderlin 2008, S. 325)

Döblins Text ruft das triadische Verlaufsschema des Idealismus von ursprünglicher Harmonie über reflexive Entzweiung bis hin zu neuerlicher Versöhnung durchaus als Strukturzitat auf. Doch die teleologische Gerichtetheit dieses Schemas ist diskursgeschichtlich irgendwo zwischen 1800 und 1900 verlorengegangen. Zwar gibt es auch bei Hölderlin kein dauerhaftes Erreichen des Telos, wie der großartige Schluss des *Hyperion* – »So dacht ich. Nächstens mehr« – zeigt (ebd., S. 457). Aber die unendliche Anstrengung bei dem Versuch, Entzweiung, Ur-Teilung und Differenz immer wieder neu aufzuheben, ist gar nicht zu verstehen, wenn es nicht einen fundamentalen Optimismus und eine letztlich unerschütterliche, weil metaphysisch begründete Sehnsucht nach Versöhnung gäbe. Dieser Optimismus wird mit dem Strukturzitat bei Döblin nicht mitgeliefert. Metaphysik ist in ihrem Kern, als *prima philosophia* und ernst gemeinter Diskurs von Letztbegründungen, nicht zitierbar, da sie sich beim Zitieren in ein bloßes Vokabular unter anderen verwandelt – und genau das passiert in Döblins Text. Mehr noch: Wenn die Sehnsucht nach Versöhnung und Aufhebung aller Differenz nur noch als »Sehnsucht zur Mutter hin« (S. 36) erscheint, bleibt von der idealistischen Progression lediglich die regressive, ödipale Struktur übrig. Und dazu passt, dass es in *Jagende Rosse* nicht wie bei Hölderlin ein gerichtetes »Streben«, sondern – im Gegenteil – sehr viel Wiederholung und Kreislauf gibt.

Reihung und Wiederholung

Schon Döblins Formulierung vom »seelische[n] Entwicklungsgang in lyrischer bildhafter Beschreibung« zeigt an, dass von Entwicklung in *Jagende Rosse* kaum die Rede sein kann. Bildhafte Beschreibungen jedenfalls sorgen in Erzähltexten nicht für den Fortgang der Handlung, sondern finden in narrativen Pausen statt: Die Handlung und erzählte Zeit stehen still, während der Text mit seinen Beschreibungen weiterläuft. Innere Entwicklung aber benötigt auch äußere Handlung, so sieht es das Modell der großen Initiationsromane seit Wielands *Agathon* und Goethes *Wilhelm Meister* vor. Zwar ist das mit der Entwicklung schon im *Hyperion* keine einfache Sache, wie die Form des Briefromans zeigt, die die Handlung nur gebrochen in Rückblenden präsentiert. Trotzdem passiert in diesen Rückblenden ja einiges, was für Hyperions innere Entwicklung entscheidend ist: Er bricht auf in die Welt, er trifft und verliert den Freund Alabanda, er findet und verliert seine große Liebe Diotima, und er nimmt an den politischen Kämpfen seiner Zeit teil, weil er an die Verwirklichung großer Ideen glaubt.

Nichts von alledem in *Jagende Rosse*. Die Stationen, die Döblin rückblickend festhält, lassen sich zwar durchaus am Text belegen: Der Held stürzt sich mit dem »Frühling« ins Leben und beginnt an diesem Leben mit seinen Lügen zu zweifeln (S. 12–27); er geht dann in die »eisige Aszese« (S. 27–41), um sich schließlich auch hiervon abzuwenden (S. 41–55), weil die Empörung über die Lebenslügen der Menschen gar nicht haltbar ist, wenn »Lüge« und »Wahrheit« gleichermaßen nur »vergebliche Worte« sind (S. 43); und am Ende (S. 55–66) läuft er geläutert über »die Erde und Äcker« (S. 63) und will »zu den Menschen gehen« (S. 66). Aber was ist das für ein Entwicklungsgang, wenn der Held von Anfang bis Ende den provinziellen Rahmen »jugendlicher ländlicher Enge« gar nicht verlässt? Wo sind die Ereignisse und Handlungen, in denen sich nach dem amerikanischen Mythenforscher Joseph Campell die für jede Heldengeschichte zentralen Entwicklungsschritte von Trennung, Initiation und Rückkehr manifestieren? Wo sind die Initiationshelfer? Wo ist bei dieser autonomen Gedankenrede ein Adressat wie Hyperions Bellarmin? Und vor allem: Was ist angesichts dieses komplett Monologisch-Monomanischen von dem finalen Gang zu den Menschen zu halten, der da nach einem der zahllosen Gedankenstriche in den letzten Zeilen des Textes anvisiert, nicht aber erzählt wird?

Es gibt durchaus Stellen im Text, die diese Hinwendung zu den Menschen entwicklungslogisch zu motivieren scheinen – als Abkehr von einem Hochmut, der genauso illusionär wie die Lebenslügen der Menschen ist (S. 46), als Wiedergeburt und Gesundung (S. 59), als ›natürlicher‹ Wechsel von einem pubertären Frühling »vor langer Zeit« (S. 58 u. 61) zu einem reiferen, glücklicheren »Sommer« (S. 57), der unverkennbar auf Zarathustras »großen Mittag« verweist. Doch solche Stellen bleiben bis zum Schluss umgeben von Rückbezügen und Wiederholungen, die die Vorstellung einer fortlaufend-linearen Entwicklung oder des Durchbruchs von etwas qualitativ Neuem in Zweifel ziehen. Das fängt schon damit an, dass bereits in Hölderlins Referenztext die für den Bildungsprozess so wichtige Erfahrung von Freundschaft und Liebe bei aller Emphase immer schon entzaubert ist und am Ende durch das idealistische Konzept einer schönen Natur ersetzt wird: »Ja, vergiß nur, daß es Menschen gibt, darbendes, angefochtenes, tausendfach geärgertes Herz! und kehre wieder dahin, wo du ausgingst, in die Arme der Natur, der wandellosen, stillen und schönen« (Hölderlin 2008, S. 315 f.). Auch in Nietzsches *Zarathustra* sind die »Menschen« ja gerade nicht das Ziel, sondern allenfalls als dem Untergang geweihte Übergangsfiguren zwischen Tier und Übermensch interessant. Am Ende lässt Zarathustra entsprechend die »höheren Menschen« hinter sich, mit denen er zuvor noch Mitleid hatte, und macht sich wie zu Beginn des Textes wieder allein, nur von Vögeln und einem Löwen begleitet, auf den weiteren, menschenleeren Weg; wer die »Kinder« und »rechten Menschen« sind, die er sucht, bleibt offen. Zwar zitiert Döblins Text Zarathustras Aufbruch und den finalen Topos einer nietzscheanischen Mittagssonne, aber der Text verweigert durch die bloße Addition eines weiteren Topos jede Suggestion eines glaubwürdigen, erzählerisch motivierten Aufbruchs zu etwas Neuem. Indem Döblins Text bestimmte *Zarathustra*-Versatzstücke aus dem Kontext reißt und additiv für die Motivierung des eigenen Schlusses verwendet, geht mit dieser kontingenten

Setzung die vom Referenztext temporal entfaltete und rhetorisch aufgebaute ›Notwendigkeit‹ bestimmter Entwicklungsschritte oder Aufbrüche komplett verloren.

Dieses Prinzip der Addition und Reihung stellt die für die Routine der *Jagenden Rosse* wichtigste Spielregel dar. Auf der syntagmatischen Ebene zeigt sich dieses Prinzip vor allem an drei Phänomenen: an der Dominanz parataktischer Strukturen sowie an zahlreichen Aufzählungen und Parallelismen. Die Textur, die dadurch fast mechanisch erzeugt wird, wirkt sehr künstlich und in dieser Künstlichkeit durchaus ordentlich und homogen. Der Witz aber an dieser so offensichtlichen Rhetorik ist nicht der Eindruck von Künstlichkeit als Selbstzweck; vielmehr verweisen die Reihungsphänomene auf der syntagmatischen Ebene auf das, was sich auch in der paradigmatischen ›Tiefe‹ abspielt und was Döblins Text radikal von Hölderlins *Hyperion* – und auch von Nietzsches *Zarathustra* – unterscheidet. Während es bei Hölderlin etwa mit dem Idealismus noch ein zentrales Paradigma gibt, das sowohl den Thesaurus als auch die Erzählstruktur des Romans bestimmt, ist der Idealismus bei Döblin nur ein Paradigma unter vielen, aus denen der Text sich bei der Bildung seines Syntagmas bedient. Mehr noch: Von Hölderlin bis Nietzsche, vom Vitalismus bis zum Jugendstil jagt Döblins Text regelrecht durch das um 1900 zur Verfügung stehende Angebot von Vokabularen und kommt dabei genauso wenig wie der Held, aus dessen partikularer, personaler Perspektive der Text durchgängig erzählt wird, an irgendein Ziel.

Auf der Ebene der Lexik führt diese Jagd zu einer »Fülle und Überfülle« (S. 65) bekannter Topoi wie »Sehnsucht«, »Wahnsinn«, »Nichts«, »Frühling«, »Lust und Verlangen«, »Wahrheit und Lüge« etc. Auf der Ebene des Erzählten verhindert sie die finale Motivierung ebenso wie die um 1900 verhasste »Scheinkausalität« und »Scheinpsychologie«. Das Ich des Textes ist im Grunde nur eine Funktion und Reflexionsfigur dieser Jagd des Textes. Wenn es sich als aus sich »heraus gedrängt« (S. 9), als »ruhelos«

und »rettungslos« beschreibt (S. 65), muss man das entsprechend nicht gleich psychologisch oder gar geschichtsphilosophisch als Krisensymptom im Sinne orientierungsloser Adoleszenz oder transzentendaler Obdachlosigkeit werten; vielmehr reflektiert der Text in solchen Figurenattributen vor allem seine eigene Bewegung als dynamisches Gewebe aus Zitaten. Die vielfach konstatierte Kontingenzerfahrung der Moderne, der jeder archimedische Punkt, jedes verbindliche Zentrum oder Telos abhandengekommen ist – hier zeigt sie sich ganz konkret im Verfahren des Textes.

Überhaupt ist Döblins erster Roman als nicht-realistischer Text höchst selbstreflexiv: Kunst im Sinne des *Kalypso*-Dialogs, »die, während sie spielt, ihres Spiels lacht, (…) ironische Kunst, die sich selbst zerstört, indem sie sich aufbaut« (GW, Schriften zu Ästhetik, S. 95). Wenn das Monolog-Ich der *Jagenden Rosse* also zum Beispiel ausruft: »Genug, genug, ah übergenug« (S. 41), dann kann man das durchaus auch als ironischen Hinweis darauf lesen, dass dieser Text die Kritik an seiner eigenen Routine gleich mitliefert. Und die Ankündigung »jetzt kommt der Schluß« (S. 53) macht deutlich, wie genau der Text weiß, dass die Spielregel der Reihung das Ende nur als kontingente Setzung erlaubt.

Eine »Geschichte des Liebestriebes«

Döblins zweiter Roman *Der schwarze Vorhang* entstand 1902/03, wurde zunächst in Fortsetzungen 1911/12 in der Zeitschrift *Der Sturm* publiziert und erschien in überarbeiteter Fassung erstmals 1919 bei S. Fischer als Buch. Wie zu Döblins erstem Roman *Jagende Rosse* gibt es auch zu diesem Roman eine konzeptionelle Selbstauskunft des Autors:

> Absicht ist: eine Geschichte des Liebestriebes eines Menschen. Wie dieser Trieb aus der natürlichen Isolierung den »Helden« herausdrängt, ihn zu Pflanze, Tier, Freund, schließlich zur

»Heldin« und zum Mord an ihr führt, soll psychologisch entwickelt werden. Gegenüberstellung des geläufigen sentimentalen leeren Liebesbegriffs – »Worte« –, und des inhaltsvollen, des Eigentums-, Haß- und Neidtriebes. – Nach ersterm denkt, nach letzterm lebt der »Held«. – Sexuell Pathologisches wird also auf ein normalpsychologisches Verhalten zurückgeführt, als dessen Verschärfung, und eben durch diese Zurückführung begreiflich und künstlerisch darstellungsfähig. – Der lyrische Kern ist: die Unmöglichkeit der völligen Vereinigung zweier Menschen selbst in der Liebe; das *Wort* »Liebe« täuscht solche Vereinigung, solchen innern Zusammenhang der Wesen vor, wirklich ist und lebt nur das Einzelne, Zusammenhangslose, der »*Zufall*«, das Einsame, das vernichtend auf andere Einsame übergreift. – (AW, Briefe, S. 23)

Die Verbindungen zu Döblins erstem Roman liegen auf der Hand: Der soziale Kontakt, der in *Jagende Rosse* am Schluss »verlangt« wird (S. 66), das Herausdrängen aus der Isolierung, wird in *Der schwarze Vorhang* – inhaltlich wie formal – zum Programm. Und wie dieses Verlangen bereits in Döblins erstem Roman von einem fundamentalen Zweifel am »Mauseloch der Liebe« (S. 53), am Klischee der Liebe als bloßer Überschrift (S. 26) konterkariert wird, so wird in Döblins zweitem Roman dem Wort »Liebe« als romantischer Vorstellung der dauerhaften und »völligen Vereinigung zweier Menschen« eine radikale Absage erteilt. Sogar das sexuell Pathologische und Gewalttätige, das in Döblins zweitem Roman mit dieser unerfüllbaren Sehnsucht nach Vereinigung einhergeht, ist im ersten Roman bereits angelegt, wenn der einsame »Held«, die Liebe mit Nietzsche auf tierische Lust und den Krieg der Geschlechter reduzierend, von sich sagt, er liebe nur, was unter ihm stehe; wenn er auch Menschenweiber liebe, treibe er »Sodomiterei« (S. 52). Entsprechend werden auch Selbstzerstörung und Lustmord bereits vorweggenommen, wenn in *Jagende Rosse* die eigenen Begierden wie Hunde erscheinen, die »sich anfallen und verbeißen«, und wenn das Monolog-Ich bekennt, dass alles, was sein Mund berühre, sterben müsse, »so süß und glücklich es auch sein mag, so lieb ich es auch selbst habe« (S. 47).

Im Unterschied aber zu *Jagende Rosse* ist diese in Lust- und Selbstmord gipfelnde Gewalt in Döblins zweitem Roman nicht nur Gegenstand der Figurenreflexion, sondern Teil der erzählten Handlung. Die Routine von *Der schwarze Vorhang* begnügt sich nicht mehr mit dem Singular eines autonomen inneren Monologs, sondern fügt dieser Stimme zwei weitere hinzu: zum einen die extradiegetisch-heterodiegetische Stimme eines übergeordneten Erzählers, zum anderen, intradiegetisch, ein weibliches Gegenüber als Objekt der Begierde und eigenständiges Monolog-Ich.

Auch diese komplexere Erzählstruktur ist wie schon die autonome Gedankenrede des ersten Romans gegen das gerichtet, was Döblin später in seinem *Berliner Programm* den Rationalismus der »psychologischen Prosa« nennt (GW, Schriften zu Ästhetik, S. 119f.). Wenn Döblin also in dem zitierten Brief über die »Absicht« des zweiten Romans davon spricht, dass »psychologisch entwickelt« werden soll, wie der Liebestrieb zum Mord führt, so ist damit bereits zehn Jahre vor dem *Berliner Programm* ein von der Psychiatrie lernendes Erzählen gemeint, das sich »auf die Notierung der Abläufe, Bewegungen« beschränkt – »mit einem Kopfschütteln, Achselzucken für das Weitere und das ›Warum‹ und ›Wie‹« (ebd.). Zwar scheint die Einführung einer extradiegetisch-heterodiegetischen Erzählinstanz, die sich nullfokalisiert mit Wertungen und Kommentaren in die Geschichte einmischt, in Widerspruch zu diesem Achselzucken zu stehen, während die autonomen »Ichreden« in *Jagende Rosse* geradezu perfekt der bloßen »Notierung« seelischer Dynamiken in ihrer »Unmittelbarkeit« (ebd.) und personalen Partikularität zu dienen scheinen. Schaut man sich aber genauer an, was mit der nullfokalisierten Erzählerrede passiert, wird deutlich, dass Döblin den autonomen »Ichreden« auch im zweiten Roman zunehmend Raum gewährt, dass er dabei aber eine Rahmung vornimmt, die für die Abkehr von Realismus und Psychologie ein differenzierteres, breiteres Spektrum erzählerischer Möglichkeiten bietet.

»also verstricke ich mich«

Für Döblin gibt es zwei Auswege aus der psychologischen Prosa: »Entweder offenes, nicht mehr verschämtes Lyrisma mit seiner Unmittelbarkeit [...]. Oder die eigentliche Romanprosa mit dem Prinzip: der Gegenstand des Romans ist die entseelte Realität« (ebd., S. 120). *Jagende Rosse* stellt ein Beispiel für den ersten Weg dar, spätere Romane wie *Berlin Alexanderplatz* schlagen offenkundig den zweiten Weg ein. *Der schwarze Vorhang* hingegen steht mit seinen narrativen Spielregeln zwischen diesen beiden Wegen – und genau darin liegt der besondere Reiz dieses Romans.

Gleich der erste Absatz setzt die Spielregel performativ in Szene, die Döblins zweiten Roman vom ersten unterscheidet. In einer selbstreferentiellen Schleife startet der Text mit einem Gleichnis, in dem die Erzählbewegung des gesamten Textes ironisch gespiegelt wird:

> Wie im ersten Träumen, wenn der Leib Kissen und Decke nicht empfindet, das Seelchen anhebt, sich sacht um einen Pfahl zu schwingen, rascher, rascher, holla, hurra husch, und die Besinnung an einem Wollfaden gebunden folgt, sich verrennt, verstrickt, taumelt, fällt, einschläft, ja einschläft, – also verstricke ich mich nunmehr in mein Gleichnis. (S. 70)

Was dieser Satz sprachlich inszeniert, ist nichts anderes als Döblins poetologische Maxime des »Fanatismus der Entäußerung« (GW, Schriften zu Ästhetik, S. 121). Am Ende dieses Satzes taucht zwar erstmals das Erzähler-Ich auf, das sich dann auf den nächsten Seiten profiliert und positioniert, indem es mit auktorialem Gestus über die »nur erdacht[e]« Hauptfigur Johannes spricht (S. 71). Die Ironie des Anfangssatzes liegt aber darin, dass dieses Ich erst in dem Moment ins Spiel kommt, in dem die Kontrolle über das ›eigene‹ Erzählen eines Gleichnisses verlorengeht. Das auktoriale Ich wird also genau in dem Moment sichtbar im Text und als Subjekt gesetzt, in dem es die ›unsichtbare‹ performative Souveränität bei der Konstruktion des Gleichnisses einbüßt. Mehr noch: Als Teil des Satzes wird es zu einem Teil des eigenen Gleichnisses und damit als ursprünglich setzende in eine ihrerseits gesetzte Instanz verwandelt, die der von ihr selbst ausgelösten Bewegung des Satzes immer schon ausgeliefert ist.

Abgesehen davon, dass dies ein weiteres Beispiel für »ironische Kunst« ist, »die sich selbst zerstört, indem sie sich aufbaut« (GW, Schriften zu Ästhetik, S. 95), reflektiert dieser eine Satz genau das, was mit dem extradiegetisch-heterodiegetischen Erzähler-Ich im weiteren Verlauf des Textes passiert: Wie sich das Ich des Anfagssatzes in sein eigenes Gleichnis verstrickt, so verstrickt sich auch das Erzähler-Ich zunehmend in die Geschichte, die es erzählt. Die Nullfokalisierung weicht, erzählanalytisch gesprochen, einer zunehmenden internen Fokalisierung, so dass wie bei *Jagende Rosse* immer mehr Raum für unmittelbare »Ichreden« entsteht, dabei aber im Unterschied zum ersten Roman immer wieder auch das Erzählen von Handlung in der dritten Person möglich ist und damit – als zum Scheitern verurteile Gegenbewegung – soziale Interaktion, d. h. »Liebe«, erzählbar wird.

Die für die beginnende Moderne so symptomatische Erkenntnis- und Sprachkritik à la Nietzsche, Mach und Mauthner zeigt sich in einem literarischen Text wie *Der schwarze Vorhang* in dieser erzählstrukturellen Verstrickung, die von Johannes' erstem eingeschobenen Monolog an (S. 87 f.) immer unschärfer macht, welches Ich da überhaupt spricht (vgl. Fulda 1999, S. 125), und die nicht zufällig bei den Passagen in der dritten Person immer wieder die zwischen Erzähler- und Figurenrede changierende erlebte Rede nutzt. Erlebte Rede und inneren Monolog gibt es als Techniken interner Fokalisierung bzw. personalen Erzählens durchaus schon vor der Moderne. In den Routines um 1900 jedoch – so die verfahrensgeschichtlich interessante These von Moritz Baßler – zeugt die Verstrickung der Erzählerrede in die idiosynkratische Figurenrede von einer Partikularität, wie es sie vor der Moderne noch nicht gegeben hat. Und selbst bei naturalistischen Routines um 1900, bei denen man das zunächst am wenigsten vermuten würde, produziert die personale Idiosynkrasie immer auch eine »idiosynkratische Textur, die als solche Aufmerksamkeit beansprucht und also artifiziell wirkt« (Baßler 2013, S. 17).

Diese Artifizialität verlangt bei modernen Texten regelrecht nach einer langsamen, akribischen Lektüre, während realistische Texte gerade umgekehrt ihren eigenen Kunstcharakter unsichtbar zu machen versuchen und daher das schnelle, plotgetriebene Lesen provozieren (vgl. Barthes 1992, S. 19 f.). Im Unterschied zur emphatischen Moderne geht die Artifizialität in den Routines um 1900 allerdings nicht mit einer insgesamt unverständlichen Textur einher; die eigenen Sinnfragen werden lediglich immer wieder zurück zum »geschraubten« Text geführt, der so eigenwillig wie seine Hauptfigur wirkt. Die zentrale Frage lautet entsprechend immer wieder: Was macht der Text? Erst dann kann sich die Frage anschließen, welche Sinneffekte dabei entstehen, was also etwa die Verstrickung der Erzählerrede in die Figurenrede im konkreten Fall zu bedeuten hat.

Wollte man die erzählstrukturelle Verstrickung in *Der schwarze Vorhang* auf einen psychologischen Begriff bringen, könnte man sagen, dass Johannes' Wahn zunehmend auch die Erzählerrede und Irenes Gedankenrede infiziert, so dass beide zu bloßen Echo-Figuren in einer immer totaleren und schließlich tödlichen Narzissmus-Struktur zu werden drohen. Der Text bietet zahlreiche Zeichen an, die Johannes' Geschichte als Fall eines solchen (pathologischen) Narzissmus lesbar machen. Das Problem dieser Lesart besteht jedoch darin, dass man dabei in jene von Döblin kritisierte Naivität der Psychologie verfällt, die rationalistisch an

Worte wie »Liebe«, »Sadismus« oder »Narzissmus« glaubt und aus solchen »primitiven und abgeschmackten Buchstabenverbindungen« dann den »Leitfaden einer lebennachbildenden Handlung« samt entsprechender Kausalitäten glaubt ableiten zu können (GW, Schriften zu Ästhetik, S. 120).

Bezeichnenderweise wird die Narzissmus-Kritik ja auf den ersten Seiten des Romans vom Erzähler selbst geliefert, genau von der Instanz also, die die Sicherheit ihrer auktorialen Machtposition bereits mit dem ersten Absatz eingebüßt hat und sich strukturell so sehr in diese Narzissmus-Geschichte verstrickt, dass ihr die kritische auktoriale Distanz zunehmend abhandenkommt. Genau darum aber geht es: Döblins Text zeigt mit erzählerischen Mitteln, dass es keinen sicheren Ort gibt, von dem aus das Leben der ›kranken‹ Hauptfigur zuverlässig erzählt und bewertet werden könnte. Da Döblin anders als etwa Richard von Krafft-Ebing in seiner 1886 erstmals erschienenen *Psychopathia Sexualis* den Sadismus von Johannes »auf ein normalpsychologisches Verhalten« zurückführen »und eben durch diese Zurückführung begreiflich und künstlerisch darstellungsfähig« machen will, kann der Text keinen übergeordneten Erzähler etablieren, der, gleichsam die Normalität verkörpernd, der Ansteckung durch das von ihm Erzählte entgeht.

Diese Zurückführung des Pathologischen »auf ein normalpsychologisches Verhalten« kann nicht vom Erzählverfahren abstrahiert werden und zeigt sich, wie gesagt, in der Unschärfe der Perspektiven im weiteren Textverlauf. Sie zeigt sich aber auch schon auf den deutlich auktorialeren Anfangsseiten. So imaginiert sich der Erzähler etwa nach wenigen Seiten als kluge »Schwester«, die dem im Wald verlorenen »Brüderchen« Brotkrümel und Kiesel für den Heimweg hinwirft (S. 72 f.), und begibt sich damit als Familienmitglied (innerhalb eines weiteren Gleichnisses) auf die gleiche intradiegetische Ebene wie Johannes – ganz zu schweigen davon, dass sich bei *Hänsel und Gretel* ja beide im Wald verirren und es nicht das Brüderchen, sondern die Schwester ist, die

die Hexe in den Ofen stößt. Darüber hinaus zeigt sich die Ansteckung der Erzählerrede durch die »Unheilerreger« (S. 71) der Hauptfigur gerade in den distanzierten Urteilen von einem scheinbar sicheren auktorialen Standpunkt aus. Auch wenn der Erzähler Johannes auf den ersten Blick nicht so behandelt wie dieser seinen Hund oder seine Geliebte, ist es doch Ausdruck einer verwandten Kälte, wenn Johannes als »plumper, breitschultriger Mensch« eingeführt (S. 70) und als »Gans« tituliert wird (S. 73). Johannes erscheint aus der Sicht des Erzählers wie ein pubertärer Melancholiker und sadistisch gewordener Werther, der statt Klopstock Nietzsche liest und dann dilettantisch versucht, seine Lektüre-Erfahrung in eigene Schreibversuche zu übersetzen, indem er die stümperhafte, schließlich abgebrochene Geschichte eines einsamen Königs zu Papier bringt, der süchtig nach Weißwein ist, aber in seinem ganzen Königreich keinen finden kann. Im Folgenden wird diese Geschichte dann erneut als Gleichnis genutzt, um Johannes als verwöhnten, größenwahnsinnigen Möchtegern-König vorzuführen, der nach etwas sucht, was es nicht gibt. »Dilettantismus«, »Melancholie«, »Narzissmus« – Begriffe, die durchaus etwas über die psychischen Probleme der Hauptfigur verraten, letztlich aber gehören sie eben nur zu jenen »primitiven und abgeschmackten Buchstabenverbindungen«, die sich vor »das Reale« (GW, Schriften zu Ästhetik, S. 120) schieben. Wer an solche Worte als Psychologe, als Erzähler glaubt, der tappt in genau die gleichen Fallen wie der kritisierte, auf Distanz gebrachte Held.

»diese beständige Vergewaltigung«

Da der Realismus psychologisch erzählt, verpasst er aus Döblins Sicht genau das, was er sich selbst auf seine Fahnen geschrieben hat: »das Reale«. Was aber soll dieses Reale überhaupt sein? Eine naheliegende Antwort liegt im Begriff des Naturalismus, den Döblin nicht als »historische[n] Ismus«, sondern als »Sturzbad«

versteht, »das immer wieder über die Kunst hereinbricht und hereinbrechen muß« (GW, Schriften zu Ästhetik, S. 122). Denn der Naturalismus steht idealtypisch für die maximale Nähe zu einem besonderen Gegenstand, etwa einer Figur aus einem bestimmten Milieu, ohne poetisch-verklärenden Überbau. Das »Reale« ist nichts anderes als das Partikulare dieses Gegenstands, und so gesehen meint »Naturalismus« als »Sturzbad« nicht erst das, was Döblin später in seinen großen Romanen viel breiter entfaltet, sondern auch schon das, was ein Text wie *Der schwarze Vorhang* mit seiner Fokussierung auf die partikulare Perspektive seines psychopathischen Helden macht. Entsprechend ist das »Reale« nicht irgendwo vor oder jenseits des Textes zu verorten, sondern kann sich nur im Zuge eines ›naturalistischen‹ personalen Erzählens im Text selber prozesshaft entfalten.

Je mehr sich aber der Text ›naturalistisch‹ an die gesprochene Rede oder Gedankenrede seiner Figuren anschmiegt, desto künstlicher, gleichsam antinaturalistischer wird er. So gesehen sind scheinbar paradoxerweise nur »geschraubte«, hochartifizielle Texte in der Lage, das »Reale« bzw. Partikulare darzustellen. Und so gesehen steht auch die ausgeprägte Intertextualität in Döblins frühen Romanen in keinem Widerspruch zu ihrem Partikularismus: Wie naturalistische Routines im engeren Sinn des historischen »Ismus« mit ihrer tendenziell autonomen Figurenrede so tun, als würden die Figuren so sprechen, wie ihnen (aufgrund ihrer sozialen Herkunft) der Schnabel gewachsen ist, und gerade durch die dargestellte (idiomatische oder dialektale) Besonderheit die Anführungszeichen der Figurenrede umso deutlicher machen, genauso bleiben auch die Anführungszeichen in Döblins zweitem Roman immer spürbar. Wie in *Jagende Rosse* konstituieren sich die Figuren Johannes und Irene nur in der Entäußerung an kulturell vorgegebene Topoi und Zitate. Was bei einem Naturalisten wie Zola die Addition von Figuren und Vokabularen innerhalb eines potentiell unendlichen Roman-Zyklus ist (wobei in der Regel eine Figur genau ein Vokabular verkörpert), findet bei Döblin innerhalb der Figuren selber statt. Irene und Johannes erscheinen dabei als Produkte einer auf Hochtouren laufenden intertextuellen Montage, die sich unzähliger Figuren der Weltliteratur bedient – von Hänsel und Gretel und Faust über Lilith, Eva, Philomele und Maria bis hin zu Kleists Penthesilea, Goethes Braut von Korinth und last but not least natürlich wieder Nietzsches Zarathustra (vgl. Keller 1980).

So wie Johannes gleich zu Beginn als Leser eingeführt wird, der durch den »Unheilerreger« *Zarathustra* zum Erzähler der Königsgeschichte wird, so vollzieht sich auch die Initiation des auktorialen Ich, das Johannes' Geschichte erzählt, durch ansteckende Lektüren. Auch wenn Johannes »nur erdacht« ist und das Erzähler-Ich – im Gegensatz zum historischen Naturalismus – an keine »Naturgesetze« glaubt, denen die Geschichte seiner Hauptfigur folgt, kann es doch nicht einfach erzählen, wie es gerade »gelaunt« ist, sondern lässt dem »Unheilerreger« im ›eigenen‹ Text seinen Lauf. Der initiierende Satz, von dem sowohl das Königsgleichnis als auch Johannes' Geschichte ihren Ausgang nehmen, stammt aus der Vorrede von Nietzsches *Zarathustra* und wird dort Zarathustras Aufbruch zu den Menschen vorangestellt: »Hier genoß er seines Geistes und seiner Einsamkeit und wurde dessen zehn Jahre nicht müde« (S. 70). Johannes setzt diesem von ihm gelesenen Satz »trotzig« den Anfang seines Schreibversuchs entgegen: »Ein König liebte – den weißen Wein. Aber es wuchs keiner in seinem Reiche [...]« (S. 72). Während Johannes jedoch seinen dilettantischen Versuch abbricht, gewinnt Döblins Text gerade dadurch den Anschein von Einheit und Geschlossenheit, dass er vom notwendigen Scheitern des im Zeichen der Einheitssehnsucht stehenden Aufbruchs seiner Hauptfigur erzählt und dabei noch viel mehr liest als sein Held. Wie die beiden explizit erwähnten Lektüren von Johannes – neben Nietzsches *Zarathustra* noch Alphonse Daudets Erzählung *L'Arlésienne* (S. 87 f.), in der Johannes' Namensvetter Jan sich in eine Frau verliebt und schließlich Selbstmord begeht – sind auch die zahlreichen Lektüren des Textes selbst alles andere als zufällig und stehen im Dienst der zu erzählenden Geschichte. Die Intertextualität in *Der schwarze Vorhang* fügt sich also in die idiosynkratische Perspektive der Hauptfigur und verleiht der Verstrickung des Textes in die Geschichte seiner pathologischen Hauptfigur paradigmatische, d. h. kulturelle ›Tiefe‹.

In solchen intertextuellen Infizierungen und Spiegelungen liegt eines der Strukturmuster des Textes, die dafür sorgen, dass – zumal mit Blick auf das mörderische Ende – der Schein von Notwendigkeit entsteht. Diese Notwendigkeit, die geradezu konventionell-linear zu Lustmord und Selbstzerstörung führt, unterscheidet Döblins zweiten Roman vom ersten. Geradezu leitmotivisch zieht sich etwa die auf Kleists *Penthesilea* verweisende Engführung von Küssen und Beißen durch Döblins Text (vgl. S. 77 f., 130 f., 161), die dann im finalen Lustmord gipfelt:

> Denn wie er sie umschlang, hatten seine Zähne tief in den weißen Hals und die Kehle geschlagen, das Gesicht in den Blutstrom gedrückt, schlürfte er an ihrem Halse, die mit leisem Keuchen gegen seine Umklammerung anrang. Er seufzte mit gepreßten Kiefern und zitterte: wie warm, wie warm. Es quoll wie ein Bad über sein Gesicht, lag wie ein rote Binde über seinen Augen. Den bitteren Blutdunst atmeten sie: sie kannten sich beide nicht. (S. 162)

Man kann solche Passagen heute kaum noch lesen, ohne das Genrehafte und dadurch immer auch Parodistische mitzulesen. Im Grunde gilt das aber auch schon für die Zeit um 1900. Was in der heutigen Populärkultur etwa die einschlägigen (und höchst selbstreferentiellen) Slasher- und Splatterfilme sind, das waren für Döblin jene »Hintertreppenromane in Fortsetzungen« mit ihren »grausigen Foltereien, ganz besonders chikanösen Tötungen«, die er in jungen Jahren verschlungen hat (zit. n. Meyer 1998, S. 75). Andererseits greift Döblins Text einen Subjektdiskurs auf, der hochkultureller und emphatischer nicht sein könnte. Denn mit seinem philosophischen Mix aus Leibniz, Kleist, Nietzsche und Mauthners *Beiträgen zu einer Kritik der Sprache* behauptet Döblins Text mit seiner Hauptfigur, dass fensterlose Monaden (S. 123) in einer nicht mehr harmonisch prästabilierten Welt nur noch durch Gewalt miteinander in Verbindung treten können. »Das Descartsche Ich, das in Johannes nur noch sich selbst verwirklichen will, wird zum fratzenhaften Tier, zum Scheusal, das sich in der Kehle des Mitmenschen festbeißt, um sich zu erlösen. Ein ungeheurer Angriff auf die Grundwerte des liberalen Bürgertums, auf den Glauben an die sich selbst erlösende Kraft der Individualität« (Keller 1980, S. 32). Und da dieses ›Ich‹ seit jeher männlich codiert ist, ist Döblins Text auch ein Angriff auf die patriarchalische Gewalt dieses ›Ich‹, das, gerade weil es nicht so souverän und geliebt ist, wie es gerne wäre, Frauen nur als ›Nicht-Ich‹ und Eigentum behandeln kann:

> Wie kann ich nur atmen ohne Liebe, gleich einem Panther, der in seinem Käfig rennt? – Wo ist Irene? – Sie muß mich trösten, streicheln. Ich muß sie wieder haben, ich fordere mein Eigentum, sie hat kein Recht zu leben ohne mich.
> Etwas in die Arme schließen und zerbrechen, ich möchte etwas langsam, langsam zerknirschen, Rippe um Rippe, Glied um Glied – Ach, Blut sehen, mit dem Munde Blut schlürfen. Er hob die Arme, als wollte er etwas hinstürzen, wie er früher seinen Hund hingeschleudert hatte. (S. 155)

Hinter Johannes' patriarchalischer ›Liebe‹ steht nicht weniger als die »Heillosigkeit einer Einheitsemphase, die die abendländische Denktradition aufdrängt« (Fulda 1999, S. 124). Drunter macht es Döblins Text nicht. Und genau durch diese Suggestion einer langen Denktradition hinter Johannes' Geschichte gelangt Döblins Text – trotz aller Unschärfe der Perspektiven, trotz aller Freiheit der Szenenfolge, durch die das »Zerstückelungsprinzip«

der Vampir- und Menschenfresser-Topik bis auf den Textkörper durchschlägt (ebd., S. 125) – zu einem scheinbar folgerichtigen, gleichsam philosophisch motivierten Schluss.

Während Johannes an seiner wahnhaften Einheitsemphase zugrunde geht, gewinnt der Text seine Einheit und seinen notwendig scheinenden Schluss dadurch, dass er sich von diesem Wahn anstecken lässt. Genauso gut könnte man aber auch umgekehrt sagen: Der Text generiert und finalisiert sich selbst, indem er zwei wahnhafte Figuren ›erdenkt‹ und dann ganz konsequent einen kulturell komplex codierten Opfertod sterben lässt. Wie Johannes sich in den Hals von Irene verbeißt, so verbeißt sich auch der Text in Johannes und saugt vampiristisch die durch die Hauptfigur aufgerufenen Diskurse aus.

Doch so wie Johannes darum weiß, dass er einem durch das Wort »Liebe« provozierten Wahn erliegt, hinter dem sich keine Notwendigkeit, sondern die pure Kontingenz verbirgt (vgl. S. 112, 141, 152 u. a.), so kann auch Döblins Text nicht an die Notwendigkeit seines Schlusses glauben. Einheit, das zeigt Johannes' Geschichte, ist nur als gewaltsam erzeugter Schein möglich – und darin wiederum spiegelt sich genau das, was auch der Text macht, wenn er die unterschiedlichsten Vokabulare anzapft. Schon Rainer Maria Rilke hatte auf dieses Gewaltsame in seinem Gutachten zu Döblins Roman hingewiesen, als er schrieb, dass »durch diese beständige Vergewaltigung, die am Zartesten geschieht«, »etwas Perverses, etwas Lasterhaftes in dieses Buch« komme, »das nur im ersten Augenblick im Stoffe selbst zu liegen scheint. Thatsächlich liegt es in dem perversen Verhältnis seines Autors zu seinem Stoffe« (zit. nach Meyer 1998, S. 84). Denn auch wenn Döblins zweiter Roman anders als *Jagende Rosse* durch seinen Schlusstopos auf der Handlungsebene eine gewisse Gerichtetheit erhält, spielt sich intertextuell doch die gleiche Jagd durch die heterogensten Diskursangebote ab, die sich weder zu einem organischen Text noch zu organischen Figuren fügen. Ohnehin lässt der Text keinen Zweifel daran, dass man es bei diesen Figuren nur mit Bildern zu tun hat (vgl. S. 94, 109, 115); entscheidend ist aber, dass zwischen diesen Bildern gewaltige Lücken klaffen, die kein Ganzes mehr ergeben – ganz im Sinne dessen, was Nietzsche als Charakteristikum der beginnenden Moderne ausgemacht hat:

> Womit kennzeichnet sich jede litterarische décadence? Damit, dass das Leben nicht mehr im Ganzen wohnt. Das Wort wird souverain und springt aus dem Satz hinaus, der Satz greift über und verdunkelt den Sinn der Seite, die Seite gewinnt Leben auf Unkosten des Ganzen – das Ganze ist kein Ganzes mehr. […] Das Ganze lebt überhaupt nicht mehr: es ist zusammengesetzt, gerechnet, künstlich, ein Artefakt. (KSA, Bd. 6, S. 27)

Das von Nietzsche diagnostizierte Künstliche und Zusammengesetzte zeigt sich zum Beispiel darin, dass Irene einerseits als verführende Eva imaginiert wird, andererseits aber als Maria zur Hölle fährt und wenige Zeilen später als Adams erste Frau Lilith erscheint, die mit ihrem Ausruf »Itys, ach Itys« (S. 163) wiederum vom jüdisch-christlichen Erzählregister in die antike Mythologie springt, zur Geschichte von Philomeles Vergewaltigung durch Tereus. Was sich in solchen fortlaufenden Ersetzungen vollzieht, ist nicht nur eine »Aufweichung der Einheit der erzählten Person« (Keller 1980, S. 33), sondern auch eine die gesamte Textur prägende Bewegung der Dezentrierung, die der Egozentrik auf Erzähler- und Figurenebene radikal zuwiderläuft.

Diese Dezentrierung lässt sich in Verbindung bringen mit der zunehmenden »Verunsicherung der Tier-Mensch-Grenze« um 1900 (Thums 2008, S. 40), die vor allem durch den Darwinismus und die neu entstehenden Sexualwissenschaften hervorgerufen wird. In Wilhelm Bölsches *Liebesleben in der Natur* (1889–1903) wird diese Unterscheidungskrise mit einem Monismus beantwortet, der Natur und Kultur als harmonische Einheit zu erzählen versucht. Versatzstücke dieses Diskurses der Jahrhundertwende werden auch in Döblins Text zitiert (vgl. S. 76f., 155). Allerdings wird dieser versöhnliche Monismus als illusionäres Einheitsbegehren entlarvt, hinter dem sich eine »mehr oder weniger verdeckte Geschichte der Gewalt« verbirgt (Thums 2008, S. 44), wobei diese Genealogie der Gewalt ebenfalls vom Darwinismus geprägt ist und bei Nietzsche zu der Überzeugung führt, dass »das Leben *essentiell*, nämlich in seinen Grundfunktionen verletzend, vergewaltigend, ausbeutend, vernichtend fungirt und gar nicht gedacht werden kann ohne diesen Charakter« (KSA 5, S. 312).

»Verbrennen musst du dich wollen in deiner eigenen Flamme«

Dass auch mit Gewalt keine bleibende Einheit für die »unsichere Tiergattung« Mensch (AW, Schriften zu Leben und Werk, S. 185) und für einen Text erreichbar ist, der sich so sehr von der Unruhe und Kontingenzerfahrung seiner Hauptfigur anstecken lässt, zeigt sich nirgendwo deutlicher als am Schluss. Hier, in den letzten drei Absätzen, verabschiedet sich Döblins Text vollends von jeder realistischen Referenz und lässt »plötzlich« die Personifikation einer Flamme auftreten, die Johannes über den »keuchenden verzerrten Mund« schlägt und mit schreiendem Gelächter den Text beendet (S. 166f.).

Nur noch metaphorisch lesbar, machen diese drei abschließenden Absätze deutlich, wie dicht gewebt Döblins Text ist. Das liegt an den leitmotivischen Verknüpfungen innerhalb der Textur, die die Lexeme »Baum«, »Flamme«, »Gelächter« betreffen. Es liegt vor allem aber auch an den intertextuellen Verweisen, die den Eindruck eines gleichsam besessenen Kreisens ums Immergleiche erzeugen. Ein Beispiel hierfür ist der Schrei der Flamme »Meine Kinder! Meine lieben Kinder!« (S. 167), der *inter*textuell auf den Schluss des *Zarathustra* und *intra*textuell auf die Leseszene am Anfang des Romans (und damit wiederum auf die Vorrede des *Zarathustra*) verweist, so dass sich der Kreis des Textes insgesamt zu schließen scheint.

Diese Schließung scheint mit der kurz zuvor vom Text angebotenen narrativen *clôture* des sterbenden Liebespaares zu korrespondieren. Doch schon dieser finale Topos des Liebestods leistet im Bewusstsein der Hauptfigur nicht, was typische Erzählschlüsse wie Hochzeit und Tod eigentlich leisten sollen: zuvor aufgebrochene Konflikte aufzulösen. Das Gleiche gilt für die Flammen-Allegorie, die die zuvor vom Text entfalteten Widersprüche und Konflikte (Kontingenz vs. Einheit; Tier vs. Mensch; Einsamkeit vs. Liebe etc.) eben nicht »plötzlich« los wird, sondern in ihrer eigenen, von der Hauptfigur übernommenen Einheitsemphase lediglich verschiebt. In seiner hyperbolischen Metaphorik montiert und zitiert diese Flammen-Allegorie geradezu exzessiv – und unterläuft durch dieses ›kalte‹ Montieren genau das, was eigentlich ›heiß‹ ersehnt wird: Einheit und organische Ganzheit. Der Flammentod ist so gesehen nur eine poetologische Metapher dafür, dass »das Ganze« nicht mehr lebt, sondern nur noch, wie Nietzsche schreibt, »zusammengesetzt«, also auf künstliche Verfahren der Reihung und Montage angewiesen ist.

So verweist die Metaphorik am Schluss zum Beispiel auf Goethes Gedicht *Die Braut von Korinth*, in dem es auch um vampiristische Vereinigung und die Vision eines in Flammen aufgehenden Liebespaares geht: »Bring in Flammen Liebende zur Ruh'! / Wenn der Funke sprüht, / Wenn die Asche glüht, / Eilen wir den alten Göttern zu.« Auffällig ist vor allem, dass Döblins Text ausgerechnet am Ort seiner Schließung einen Text importiert, der von einem fundamentalen kulturellen *Bruch* und dem daraus folgenden Bruch eines Heiratsversprechens erzählt. Worum es in Goethes Ballade geht, sind die mit Gewalt einhergehenden Setzungen der Christianisierung im alten, polytheistischen Griechenland. Der Riss zwischen beiden Kulturen verläuft genau zwischen dem Bräutigam und der bereits christianisierten Familie der Braut, wobei die Braut schon vor der Begegnung mit ihrem Bräutigam geopfert wird und nur noch als untote Liebende in Erscheinung treten kann. Auch bei Goethe geht es also um die mit Gewalt einhergehende Kontingenz der Welt, die in der Lücke, im Bruch zwischen zwei entgegengesetzten Ordnungen, Polytheismus auf der einen, Monotheismus auf der anderen Seite, offenbar wird. In einer solchen Welt, in der Kontingenz mit Gewalt beantwortet wird, ist die Liebe chancenlos; Liebende werden in einer solchen Welt zu ruhelosen Untoten, die Ruhe und Erfüllung allenfalls im gemeinsamen Flammentod finden.

Auch in Mauthners *Beiträgen zu einer Kritik der Sprache* steht am Anfang das Bild des Feuers, das von dem aporetischen, bruchstückhaften Unternehmen erlöst, mit einer von Worteitelkeiten und Abstraktionen beherrschten Sprache eben diese Sprache zu kritisieren. Auch Johannes und mit ihm der Erzähler sind ja Sprachkritiker à la Mauthner, die um den Aberglauben des abstrakten Wortes »Liebe« und die Unmöglichkeit sprachlicher Vereinigung wissen, zugleich aber diesem Aberglauben nicht entrinnen können. Sprachkritik ist deshalb nicht ohne Selbstkritik und Selbstzerstörung zu haben. Auch dafür steht die finale Flammen-Allegorie in Döblins Roman, die poetisch umsetzt, was Mauthner in seinen *Beiträgen* etwa unter dem Lemma »Einsamkeit« verhandelt: das Irrewerden einer Sprache, die sich vom tyrannischen Schein der Verständigung und zwischenmenschlichen Kommunikation konsequent verabschiedet.

In diesem Irre- und Einsamsein steckt natürlich erneut sehr viel Nietzsche, bei dem es nur so von Flammen-Metaphern wimmelt. »Verbrennen«, heißt es etwa im *Zarathustra*, »musst du dich wollen in deiner eigenen Flamme: wie wolltest du neu werden, wenn du nicht erst Asche geworden bist!« (KSA 4, S. 82) Die Flamme ist bei Nietzsche also kein Bild, das zur narrativen Schließung taugt, sondern für heroische Erneuerung steht. So heißt es in *Die fröhliche Wissenschaft*: »Ja! Ich weiss, woher ich stamme! / Ungesättigt gleich der Flamme / Glühe und verzehr' ich mich. / Licht wird Alles, was ich fasse, / Kohle Alles, was ich lasse: / Flamme bin ich sicherlich.« (KSA 3, S. 367) Und in den *Dionysos-Dythyramben*: »Meine Seele selber ist die Flamme, / unersättlich nach neuen Fernen / lodert aufwärts, aufwärts ihre stille Gluth. / Was floh Zarathustra vor Thier und Menschen? / [...] Ihr Meere der Zukunft! Unausgeforschte Himmel! / nach allem Einsamen werfe ich jetzt die Angel: / gebt Antwort auf die Ungeduld der Flamme, / fangt mir, dem Fischer auf hohen Bergen, / meine siebente letzte Einsamkeit! ––« (KSA 6, S. 393 f.)

Allerdings ist die Flamme in Döblins Roman keine Metapher für das sich erneuernde, sich zum Übermenschen entwickelnde Ich; vielmehr tritt sie als eine personifizierte Naturgewalt auf, die höhnisch gegen dieses Ich gerichtet ist. So gesehen ist die finale Flammen-Allegorie auch als Parodie und Kritik an Nietzsches Lehre vom Übermenschen zu verstehen: als »Absage an Zarathustra, an den heldischen Menschen, an die große Individualität, ihre Autonomie« (Keller 1980, S. 32), und darüber hinaus als radikale Kritik an Nietzsches teleologischer, also immer noch metaphysischer Moral einer Höherentwicklung des Menschen – eine Kritik, die Döblin 1903 auch in seinem Aufsatz *Zu Nietzsches Morallehren* ausgeführt hat (AW, Kleine Schriften I, S. 29–55).

Allein das intertextuelle Gewebe des Schlusses, das enzyklopädische Wuchern der Zitate, macht deutlich, mit was für einem komplexen und unendlich reflektierten Roman man es hier zu tun hat. Der Vergleich mit den ›größeren‹, ›reiferen‹ Texten späterer Jahre verhindert die Wahrnehmung dieser Komplexität, die, wie schon im ersten Roman, sogar noch die Kritik an der eigenen Routine mit einbezieht. Denn das höhnische *Zarathustra*-Zitat, das der Flamme am Schluss in den Mund gelegt wird: »Meine Kinder! Meine lieben Kinder!«, lässt sich auch als selbstironische Frage nach der Fruchtbarkeit idiosynkratischer Routines und Irren-Reden in der frühen Moderne deuten. So komplex eine solche Routine sein mag, so sehr sie sich inhaltlich wie formal emanzipiert von einem in den ›Nuller Jahren‹ immer noch mächtigen 19. Jahrhundert und als frühes »Simulakrum von Wahnsinn« (Kittler 2003, S. 368) bereits vorausweist auf die Texturen der emphatischen Moderne – sie stellt für Döblin doch nur *eine* Möglichkeit modernen Erzählens dar.

Sascha Michel

Literaturhinweise

1. Texte von Alfred Döblin

AW – Ausgewählte Werke in Einzelbänden
GW – Gesammelte Werke
Briefe. Hrsg. von Heinz Graber. Olten, Freiburg/Br. 1970 [AW].
Der deutsche Maskenball von Linke Poot. Wissen und Verändern! Hrsg. von Anthony W. Riley. München 1987 [AW].
Kleine Schriften I. Hrsg. von Anthony W. Riley. Olten 1985 [AW].
Schicksalsreise. Bericht und Bekenntnis. Hrsg. von Anthony W. Riley. Solothurn, Düsseldorf 1993 [AW].
Schriften zu Ästhetik, Poetik und Literatur. Mit einem Nachwort von Erich Kleinschmidt. Frankfurt/M. 2013 [GW].
Schriften zu Leben und Werk. Hrsg. von Erich Kleinschmidt. Olten, Freiburg/Br. 1986 [AW].

2. Texte über Alfred Döblin und sonstige Literatur

Anz, Thomas: »Modérn wird módern«. Zivilisatorische und ästhetische Moderne im Frühwerk Alfred Döblins. In: Internationale Alfred-Döblin-Kolloquien: Münster 1989 u. Marbach a.N. 1991. Hrsg. von Werner Stauffacher. Bern u.a. 1993. S. 26–35.
Barthes, Roland: Die Lust am Text. 7. Aufl. Frankfurt am Main 1992.
Baßler, Moritz: Entsagung und Routines. Aporien des Spätrealismus und Verfahren der frühen Moderne. Berlin 2013.
Baßler, Moritz (Hrsg.): Literarische Moderne. Das große Lesebuch. Frankfurt am Main 2010.
Braungart, Georg: Leibhafter Sinn. Der andere Diskurs der Moderne. Tübingen 1995.
Fulda, Daniel: »Das Abmurksen ist gewöhnlich, der Braten ungewöhnlich.« Döblins kannibalistische Anthropologie. In: Verschlungene Grenzen. Anthropophagie in Literatur und Kultur-

wissenschaften. Hrsg. von Annette Keck, Inka Kording u. Anja Prochaska. Tübingen 1999, S. 105–135.
Hölderlin, Friedrich: Gesammelte Werke. Hrsg. von Hans Jürgen Balmes. Frankfurt am Main 2008.
Hoock, Birgit: Modernität als Paradox. Der Begriff der ›Moderne‹ und seine Anwendung auf das Werk Alfred Döblins (bis 1933). Tübingen 1997.
Keck, Annette: »Avantgarde der Lust«. Autorschaft und sexuelle Relation in Döblins früher Prosa. München 1998.
Keller, Otto: Döblins Montageroman als Epos der Moderne. Die Struktur der Romane *Der schwarze Vorhang, Die drei Sprünge des Wang-lun* und *Berlin Alexanderplatz*. München 1980. S. 13–58.
Kittler, Friedrich: Aufschreibesysteme 1800/1900. 4., vollst. überarb. Neuaufl. München 2003.
Kleinschmidt, Erich: Poetik der Unordnung. Kontingenz und Steuerung im Schreibprozess bei Alfred Döblin. In: Internationales Alfred-Döblin-Kolloquium: Mainz 2005. Hrsg. von Yvonne Wolf. Bern u. a. 2007. S. 189–202.
Kyora, Sabine: Eine Poetik der Moderne. Zu den Strukturen modernen Erzählens. Würzburg 2007.
Mauthner, Fritz: Beiträge zu einer Kritik der Sprache. Bd. 1–3. Stuttgart 1901/02.
Meyer, Jochen: Alfred Döblin 1878–1978. Eine Ausstellung des Deutschen Literaturarchivs im Schiller-Nationalmuseum Marbach a.N. 4., veränderte Aufl. Stuttgart 1998.
Musil, Robert: Tagebücher. Hrsg. von Adolf Frisé. Neu durchges. u. erg. Aufl. Bd. 1. Reinbek 1983.
Nietzsche, Friedrich: Kritische Studienausgabe. 15 Bde. Hrsg. von Giorgio Colli und Mazzino Montinari. 2., durchges. Aufl. München 1988 [= KSA].
Prauß, Gabriele: Im Zeichen der Melancholie. Das imaginäre Potential in Döblins Roman *Der schwarze Vorhang*. In: Internationales Alfred-Döblin-Kolloquium: Leiden 1995. Hrsg. von Gabriele Sander. Berlin u. a. 1997, S. 31–48.

Ribbat, Ernst: Die Wahrheit des Lebens im frühen Werk Alfred Döblins. Münster 1970.

Riley, Anthony W.: Nachwort des Herausgebers. In: Alfred Döblin: Jagende Rosse, Der schwarze Vorhang und andere frühe Erzählwerke. Olten 1981 [AW].

Schäffner, Wolfgang: Die Ordnung des Wahns. Zur Poetologie psychiatrischen Wissens bei Alfred Döblin. München 1995.

Stegemann, Helga: Studien zu Alfred Döblins Bildlichkeit. Bern u.a. 1978.

Thums, Barbara: Tiere – Menschen – Sensationen. Anthropologie und Ästhetik in Alfred Döblins *Der schwarze Vorhang*. In: Germanistische Mitteilungen 68 (2008), S. 37–54.

Alfred Döblin
Gesammelte Werke
Herausgegeben von Christina Althen

Bd. 1	Jagende Rosse / Der schwarze Vorhang
Bd. 2	Die Ermordung einer Butterblume. Gesammelte Erzählungen
Bd. 3	Die drei Sprünge des Wang-lun
Bd. 4	Wadzeks Kampf mit der Dampfturbine
Bd. 5	Wallenstein
Bd. 6	Berge Meere und Giganten
Bd. 7	Die beiden Freundinnen und ihr Giftmord
Bd. 8	Reise in Polen
Bd. 9	Manas
Bd. 10	Berlin Alexanderplatz
Bd. 11	Unser Dasein
Bd. 12	Babylonische Wandrung oder Hochmut kommt vor dem Fall
Bd. 13	Pardon wird nicht gegeben
Bd. 14	Amazonas
Bd. 14.1	Das Land ohne Tod
Bd. 14.2	Der blaue Tiger
Bd. 14.3	Der neue Urwald
Bd. 15	November 1918
Bd. 15.1	Bürger und Soldaten 1918
Bd. 15.2	Verratenes Volk
Bd. 15.3	Heimkehr der Fronttruppen
Bd. 15.4	Karl und Rosa
Bd. 16	Der Oberst und der Dichter / Die Pilgerin Aetheria
Bd. 17	Der unsterbliche Mensch / Der Kampf mit dem Engel
Bd. 18	Schicksalsreise
Bd. 19	Hamlet oder Die lange Nacht nimmt ein Ende
Bd. 20	Die Geschichte vom Franz Biberkopf / Schriften zum Film
Bd. 21	Schriften zu Leben und Werk
Bd. 22	Schriften zu Ästhetik, Poetik und Literatur
Bd. 23	Schriften zur Politik und Gesellschaft
Bd. 24	Schriften zu jüdischen Fragen

Alfred Döblin

Das Lesebuch

Herausgegeben von Günter Grass
Ausgewählt und zusammengestellt unter Mitarbeit
von Dieter Stolz

Band 90396

Alfred Döblin wurde vor allem durch seinen Roman »Berlin Alexanderplatz« zu einem der kanonischen Autoren der literarischen Moderne. Das Lesebuch, das Nobelpreisträger Günter Grass zu Ehren Alfred Döblins zusammengestellt hat, erinnert daran, dass Döblin schon lange vor seinem Erfolgsroman ein höchst vitaler Autor der Avantgarde war und mit seinen fast vergessenen Exilromanen maßgeblich zur Aufklärung des 20. Jahrhunderts beigetragen hat. Neben Auszügen aus den wichtigsten Erzähltexten enthält das Lesebuch zahlreiche Beispiele von Döblins kritischer Publizistik und zentrale autobiographische Dokumente. Eingeleitet wird der Band mit Günter Grass' berühmter Rede »Über meinen Lehrer Döblin«.

»Ich möchte, daß Alfred Döblin eines Tages
so zum Bildungsschatz – um ein altmodisches Wort
zu benutzen – gehört wie Thomas Mann,
wie Brecht, wie all die anderen Klassiker der
deutschsprachigen Moderne.«
Günter Grass

Fischer Taschenbuch Verlag

fi 90396 / 1

Alfred Döblin
im S. Fischer Verlag

»Der stilprägende Einfluss, den Döblin auf die Erzählweise deutscher Romanciers nach 1945 ausgeübt hat, lässt sich nur mit dem Kafkas vergleichen.«
Marcel Reich-Ranicki

Die drei Sprünge des Wang-lun
Chinesischer Roman
504 Seiten. Leinen

Wallenstein
Roman
904 Seiten. Leinen

Berlin Alexanderplatz
Roman
532 Seiten. Leinen

Berge Meere und Giganten
Roman
640 Seiten. Leinen

Pardon wird nicht gegeben
Roman
392 Seiten. Leinen

November 1918
Eine deutsche Revolution
Bürger und Soldaten 1918
Roman
416 Seiten. Leinen

November 1918
Eine deutsche Revolution
Verratenes Volk
Roman
492 Seiten. Leinen

November 1918
Eine deutsche Revolution
Heimkehr der Fronttruppen
Roman
576 Seiten. Leinen

November 1918
Eine deutsche Revolution
Karl und Rosa
Roman
784 Seiten. Leinen

Hamlet oder Die lange Nacht nimmt ein Ende
Roman
616 Seiten. Leinen

S. Fischer

fi 555 094 / 1

Heinrich Mann
Studienausgabe in Einzelbänden

Herausgegeben von Peter-Paul Schneider

Der Atem
Roman. Band 5937

Die Armen
Roman. Band 12432

Empfang bei der Welt
Roman. Band 5930

Ein ernstes Leben
Roman. Band 5932

Es kommt der Tag
Essays. Band 10922

Flöten und Dolche
Novellen. Band 5931

Geist und Tat
Essays. Band 12860

Der Haß
Essays. Band 5924

Die Göttinnen
I. Band: Diana
Band 5925
II. Band: Minerva
Band 5926

Die Göttinnen
III. Band: Venus
Band 5927

Im Schlaraffenland
Ein Roman unter feinen Leuten
Band 5928

Der Kopf
Roman. Band 12731

Die Jagd nach Liebe
Roman. Band 5923

Die Jugend des Königs Henri Quatre
Roman. Band 10118

Die Vollendung des Königs Henri Quatre
Roman. Band 10119

Die kleine Stadt
Roman. Band 5921

Macht und Mensch
Essays. Band 5933

Madame Legros I/II
Sämtliche Schauspiele.
Band 16712/13

Mut
Essays. Band 5938

Professor Unrat oder Das Ende eines Tyrannen
Roman. Band 5934

Sieben Jahre Chronik der Gedanken und Vorgänge
Essays. Band 11657

Stürmische Morgen
Novellen. Band 5936

Der Untertan
Roman. Band 10168

Ein Zeitalter wird besichtigt
Band 5929

Zwischen den Rassen
Roman. Band 5922

Fischer Taschenbuch Verlag

fi 555 077 / 3

Literarische Moderne
Das große Lesebuch
Herausgegeben von Moritz Baßler
Band 90252

Wie keine andere Epoche steht die literarische Moderne für den lustvollen Bruch mit Traditionen: Umgangssprache und Großstadt ziehen plötzlich in die verklärten Kunstwelten des 19. Jahrhunderts ein; man entdeckt die Ästhetik des Hässlichen und spielt mit Unsinn und Kontingenz; statt aufs große Ganze zu zielen, taucht man in Bewusstseinsströme ab oder berauscht sich an der »Anarchie der Atome«. – Das vorliegende Lesebuch versammelt die kanonischen und die zu Unrecht vergessenen Texte dieser faszinierenden Epoche und führt eindringlich vor Augen, wie riskant, wie verstörend, wie herrlich unverständlich diese Texte auch heute noch sind. Es gibt keine Epoche der deutschen Literatur, so das Fazit dieser einzigartigen Sammlung, der eine größere Spielfreude zueigen ist, keine, in der mit so anarchischen Zügen experimentiert, und keine, in der mehr gelacht wird.

Mit Texten von Franz Kafka, Christian Morgenstern, Rainer Maria Rilke und vielen anderen.

Fischer Taschenbuch Verlag

fi 90252 / 1